말뚝들

인류의 전체를 헤아려보면
영혼의 숫자는 턱없이 부족하다
—즈비그니에프 헤르베르트, 〈판 코기토의 영혼〉,《헤르베르트 시선》

차례

하나 • 9

둘 • 145

셋 • 285

작가의 말 • 302
추천의 말 • 305

1

　불행에 대해 겸손해야 한다고 장은 생각한 일이 있다. 누구나 조금씩은 불행하고, 가장 불행한 사람조차 끊임없이 불행하지만은 않으므로 호들갑 떨 필요가 없다고 말이다.
　마침내 이루 말할 수 없는 불행이 찾아왔을 때 장은 불행이란 단어가 자신의 처지를 설명하는 데 한참이나 모자람을 깨달았다. 지난날의 견해가 오만했다는 것을 인정하는 대신 불행의 일부를 감경받는다면 반드시 그렇게 할 생각이었다. 하지만 아무도 장의 불행을 덜어 가려고 하지 않았다. 장은 그 사실이 믿기지 않았다. 이게 전부 내 것이라고? 이렇게나 크고 많은 것이? 이 정도 불행이면 모두가 함께 나눠야 공평하지 않은가? 비록 내가 누군가의 불행을 나눠 가진 적이 없더라도 말이야. 그의 불행은 온전히 그의 것이기만 했다. 자꾸만 스스로에게 물었다. 나한테 왜 이런 일이 생겼지?
　그런 질문조차 사소해지는 순간이 올 줄은 몰랐다.

*

좋은 대출 백 개를 통과시키는 것보다 나쁜 대출 한 개를 잘라내는 게 중요하다. 자리보전하려면 언제고 명심해야 할 원칙이었다. 대출심사역이 되고 장이 만난 첫 번째 사수는 서류 뭉치 세 개를 그의 앞에 던졌다. 셋 중 하나는 이미 부결 처리된 건이라고 했다.

"서류만 보고 찾아내. 퇴근 전까지."

셋 다 작은 규모의 제조업 사업장이었다. 만드는 물건은 서로 달랐지만 비슷한 규모의 매출로 발생하는 비용도 비슷했다. 이미 일으킨 대출이나 담보 규모도 엇비슷했다. 함께 묶인 다른 서류에는 빠진 항목이 없었고 하나같이 규정대로 작성되어 있었다. 장은 종일 같은 서류를 여러 번 들여다봤다. 자신이 담당자였다면 모두에게 대출을 내줬을 거라고 결론을 냈다. 퇴근할 때가 다 돼 사수가 장에게 물었다.

"찾았어?"

"이거 함정 아닙니까? 부결 난 대출은 없는 거죠?"

장의 반문에 사수는 한쪽 입꼬리를 올리며 서류 뭉치 하나를 찍었다. 장은 고개를 갸웃했다. 어째서?

"사장이 박카스를 들고 왔는데 나는 카페인이 영 안 받거든. 게다가 거짓말하는 눈이었어. 눈은 거짓말 못 한다잖아."

장은 말없이 고개를 끄덕였다. 실은 굉장히 당황했는데 그런 티를 내고 싶지 않았다. 사수가 원하는 게 바로 장의 당황인 것 같았기 때문이다. 자신이 타인의 삶을 결정할 수 있다고 믿는 사람에게 근거를 제공하고 싶지 않았다. 옳지 않은 일이라는 생각도 들었다. 그런 이유로 대출을 거절했다가는 민원 폭탄을 맞기 십상이었다.

"물론 그렇게 말하진 않았지. 이유야 얼마든지 만들 수 있으니까. 중요한 건 찜찜한 일에 모가지 걸지 말라는 거야. 대한민국에 은행이 여기만 있는 것도 아니잖아. 네가 정 그런 일을 하고 싶다면 말리지 않겠는데 나까지 엮지는 말아줘."

얼마 지나지 않아 사수는 이직했다. 동기 중에 승진이 느린 편이라며 늘 불만이 많았다. 좋은 기회를 잡아 직급을 높여 갔으니 그에게는 잘된 일이었다. 옮긴 곳에서도 여전히 여신 업무를 했을 것이다. 그를 찾아가는 사람들이 박카스를 들고 가지 않기를 기원하는 수밖에 없었다.

십 년도 더 지난 일인데 업체 이름이 장의 머릿속에 남아 있었다. 장은 마침 아주 오래전 일들까지 불러내어 따져보는 중이었다. 자신에게 닥친 불행을 규명하기 위한 절차의 일환이었다. 이미 폐쇄된 법인의 등기부 등본에서 폐업 일자를 확인했다. 장의 은행에 다녀간 뒤 일 년 정도가 지난 시점이었다. 사태를 파악하기에는 주어진 정보가 너무 적었다. 최선을 다해 버텨내는 분투의 시간이었을 수도, 돌이키기 힘들 만큼 기운 회사가 자연스럽게 정리된 시간일 수도 있었다.

사수가 현명했을까? 어차피 오래가지 못할 회사였고 그걸 알아차린 사수가 눈치 빠른 사람이었을까? 그게 아니라면? 누군가의 부주의와 냉대가 불운하게 연속되면서 받아야 할 기회를 받지 못해 쓰러진 거라면? 대표자로 기록된 이름을 검색창에 입력했다. 특별히 확인되는 행적은 보이지 않았다. 장이 걱정할 필요 없을 만큼 잘살고 있을지도 모를 일이었다.

사수는 잘 지내나? 바라던 대로 골치 아픈 일을 요리조리 피해 가며 안락을 누리고 있나? 그게 발판이 되어 더 나은 삶으로 뻗어 갔을까? 나쁜 태도가 걸림돌이 되어 생각지 못한 일을 겪었을까?

그때 부결된 대출에 장의 책임은 없었다. 다만 세상에 벌어지는 일들이 어떤 식으로 영향을 주고받는지 그 원리를 알고 싶을 따름이었다. 이전까지는 크게 관심을 두지 않은 영역이었다. 스스로가 불행해지기 전까지는 말이다.

*

일이 터진 시점에 장은 유배 중이었다. 본부장의 눈 밖에 나 감정평가사를 따라 전국에 흩어진 담보 물건을 확인하러 다녔다. 대출심사역의 업무라고는 할 수 없는 일이었다. 이미 실행 중인 대출 건을 관리하고 새로운 업체와 영업을 트는 것만으로도 업무는 빡빡했다. 포천으로, 평택으로, 아산으로 한 번씩 출장을 다녀오면 집에까지 일을 싸 들고 가는 것 말고는 방법이 없었다.

그렇다고 장이 자신을 불행하게 여겼을까? 그럴 리 없었다. 불행에 대해 겸손한 태도는 여전했기 때문이다. 그땐 아직 압도적인 불행을 만나기 전이었다. 장과 늘 동행하는 감평사 전아정 씨의 유쾌한 성격이 적잖은 위로가 됐다. 아정 씨 또한 업무지원본부 팀장의 눈 밖에 나 귀찮은 외근을 전부 떠맡는 처지였다. 중형 감정평가법인에서 잔뼈가 굵은 그는 은행의 전문 위원으로 이직한 지 막 삼 년을 채워가고 있었다. 초등학교와 중학교에 다니는 두 아들의 엄마이기도 했다. 괄괄한 성격에 운전을 잘했다. 예상보다 일이 일찍 끝나는 날은 어김없이 아정 씨가 거침없는 칼치기 실력을 뽐낸 덕분이었다.

두 사람은 유배자 신분으로 의기투합해 몇 번이나 술판을 벌였다.

"버텨. 인사라는 게 어차피 돌고 도는 거잖아. 버티다 보면 니네 본부장이 영전을 하든 떠내려가든 결판이 나겠지. 나야 재계약 안 돼도 어디든 이직하면 그만이지만 장 과장은 공채 출신인데 아깝잖아."

"역시 전문직이 최고네요."

"자기도 한 이삼 년 잡고 도전해보든가. 학교 다닐 때 공부 잘했을 거 아니야."

"위원님은 어쩌다가 팀장하고 척진 거예요?"

"쓰라는 대로 안 쓰니까 고까운 거지 뭐. 애 엄마라고 만만하게 봤는데 만만하게 안 해주니까 빡친 거고. 그렇게 여기저기 눈치 보고 다닌다고 누가 임원 시켜준다니? 그러다 사고밖에 더 나냐고. 메뚜기도 한철이야. 우리 팀장 내년 못 넘긴다에 내 왼쪽, 오른쪽 손모가지 세트로 건다. 형님, 형님 하면서 따라다니는 부문장 나가리 되면 완전 낙동강 오리알 되는 거야."

두 사람은 꼼장어를 안주 삼아 소주를 각 일 병씩 비웠다. 술이 애매해 장도 아정 씨도 별로 취하지 않았다. 다음 날은 논산까지 내려가야 했다. 맥주를 딱 한 잔 더 할까 말까 고민하는 사이 아정 씨의 집에서 연락이 왔다. 미련 없이 자리가 정리되는 순간이었다. 아정 씨가 부른 대리운전 기사가 운전대를 잡는 걸 확인한 뒤에야 장은 택시를 잡았다. 자정이 다가오는 시내에 택시는 많지 않았고 택시에 타려는 취객은 많았다. 장은 걷기 시작했다. 걷는 데까지 걷다가 지치면 다시 택시 잡기를 시도할 생각이었다.

그때 전화가 울렸다. 화면에 뜬 발신자는 본부장이었다. 장은 눈을 의심했다. 특별히 눈에 든 적도 없지만 확실하게 눈 밖에 나고부터는 장에게 말 한마디 걸지 않았다. 이 시간에 맨정신일 리가 없었다. 받으면 받는 대로 안 받으면 안 받는 대로 피곤한 일이 생길 것 같은 예감이 들었다. 결국 전화를 받았다. 우려 속에 미묘한 기대가 아주 없지는 않았다.

"장 과장."

"예, 본부장님."

"나 여기 천왕봉이야. 지리산 종주 왔다."

"아, 그런…… 그러시군요. 너무…… 축하드립니다. 잘하셨네요."

"너 내가 휴가인 것도 몰랐지?"

"예에. 아, 제가 뭐, 계속 외근이라서…… 아시잖아요. 아시지 않나?"

"요즘 네 생각 많이 했다."

"아, 그거…… 잘하셨네요…… 잘하신 건가? 본부장님, 약주 하신 거 아니죠? 음주 산행 위험합니다. 동행 있으시죠?"

"너 나한테 왜 그런 거냐."

본부장의 말이 훅처럼 묵직하게 장을 파고들었다. 좀 전까지 아정 씨와 마신 술이 확 깨는 기분이었다. 왜 그랬더라. 왜 그랬는지는 대충 기억이 나는데 왜 그래야 했는지는 뭐라 설명할 길이 없었다. 묻고 싶기는 장도 마찬가지였다. 제가 그랬죠. 제가 그랬는데 너는 나한테 왜 그러셨어요?

"죄송합니다. 제가 생각이 짧았습니다."

말을 뱉은 직후 장의 머릿속은 복잡해졌다. 조금 더 세게 나갔어야 했나. 죽을죄를 지었다고 할 걸 그랬다. 죄를 지어서 이미 죽어 있다고 할 걸 그랬다. 거의 영혼의 상태인데 간신히 음성으로

만 남아 있다고. 지리산 가는 택시를 이미 잡았으며, 당신을 안전하게 모시기 위해 천왕봉으로 가는 중이라고 할걸.

"여신 본부에서 사람 찾길래 네 얘기 했다. 대민건설 워크아웃 들어가는 거 알지? 다음 주에 티에프로 발령 날 거야. 가서 열심히 해라."

그러고선 전화가 일방적으로 끊어졌다. 장은 한 대 세게 얻어맞은 기분이었다. 어안이 벙벙했다. 워크아웃을 담당하는 태스크포스라니. 죽도록 일이 많고, 그만큼 기회도 많은 자리였다. 삶의 질을 포기한 채 자신을 갈아 넣다 보니 자기도 모르는 사이 승진이 돼 있더라는 어느 선배의 경험담이 떠올랐다. 대민이라면 장에게는 특히 친숙하기도 했다. 첫 발령지의 추억 아닌 추억이 있었으니 말이다. 본부장이 그런 자리에 장을 꽂아주었다. 유배에서 풀어주는 것도 모자라 꽃가마를 태우다니. 그 꽃을 자세히 보면 먼저 간 이들의 선혈이 수놓여 있다는…… 자신도 얼마간은 그 꽃을 더 붉게 칠해놓고 떠나야 하는…… 그렇대도 사양할 이는 별로 없는 가마였다.

그래서 장이 기뻤을까? 그렇지 않았다. 불행에 겸손한 태도였던 장은 행복에 동요되는 것 역시 경계했다. 사령장에 이름 찍힐 때까지 아무것도 확신할 수 없는 게 인사였다. 다음 날 아정 씨와 함께 논산을 가야 하는 데는 변함이 없었다. 번갈아 운전하기로 해서 이번엔 장의 차례였다.

집에 가려는 마음이 급해졌다. 얼른 침대에 들어가 조금이라도 맑은 정신으로 일어나야 했다. 짧지 않은 운전 길에 작은 사고라도 있어서는 안 될 일이었다. 장은 대로로 뛰어들어 두 팔을 휘저었다. 야속하게 지나치는 차를 몇 대나 보내고서 '따블'을 부른 덕에 간신히 뒷좌석에 앉았다. 가슴이 몹시 콩닥거렸다.

*

장은 그 순간을 분명히 기억하고 있었다. 자신이 본부장을 당혹시킨 순간을. 본부장도 장만큼이나 분명하게 기억하는 것이다. 그러니 장에게 벌을 줬겠지.

어느 점심시간에 구내식당에서 시작된 대화 때문이었다. 장은 점심을 간단하게 먹는 것을 좋아했다. 출근할 때 작은 가방에 그날 먹을 도시락을 챙겼다. 건강을 특별히 생각하거나 점심값을 아끼려는 건 아니었다. 구내식당의 번잡함이 불편했다. 본점 근무의 단점이기도 했다. 알고 지내는 모든 사람에게 인사해야 한다는 것과 인사를 할지 말지 고민되는 애매한 사람을 마주치는 것, 누가 인사를 했는가 안 했는가에 대한 품평에 참여해야 한다는 것까지. 사람이 많은 만큼 싫은 일도 너무 많았다.

간단한 도시락이면 그 모든 불편함에서 벗어났다. 훈제 달걀 한 알과 낫토 50그램 한 팩, 전자레인지에 데워 먹을 수 있는 즉석 잡곡밥과 질소 포장된 작은 무말랭이 반찬, 거기에 바나나 한 개. 그게 장이 좋아하는 점심이었다. 탕비실의 점심 멤버는 장 말고도 있었다. 당뇨 때문에 식단을 하는 모 대리와 월초마다 다이어트를 시도하는 모 사원, 밥 대신 단백질 셰이크 두 통을 때려 붓는 모 차장까지. 작은 인원 변동은 가끔 있지만 대체로 익숙한 얼굴들이 모여 최소한의 관심만을 주고받았다.

그런 장을 구내식당으로 향하게 만드는 메뉴는 우동이었다. 한 달에 네댓 번 부정기적으로 우동이 나왔다. 장은 원체 면을 좋아했고, 그중에서도 면이 통통한 우동을 가장 좋아했다. 격렬한 야근을 마치고 돌아가는 길에는 꼭 우동집에 들렀다. 백종원의 프랜차이즈 '역전우동'이 최애 가게였다. 김치우동 한 그릇을 마시듯 들이켜면 일어설 때쯤에는 등판이 촉촉하게 땀에 젖어 있었다. 혼곤한 기분으로 집에 들어가 쓰러지듯 잠드는 것이 좋았다.

구내식당으로 향하는 동료들의 행렬에 가만히 섞여 들면 어김없이 장의 등장을 눈치채는 사람이 있었다. 그 사람이 누구든 뭔가 깨달았다는 듯 한마디를 하게 되는 거다.

"아, 오늘 우동 나오는 날이구나!"

그날 장의 자리는 어쩌다 보니 본부장 근처였다. 좋아하는 우동을 앞에 놓고도 식사에 집중하지 못했다. 본부장과는 관계없었다. 그는 아랫사람을 쓸데없이 긁는 타입의 상사가 아니었다. 자기 이야기를 편하게 했고 다른 사람의 이야기도 편하게 들어줬다.

그 정도면 양반이라는 게 세간의 평가였다. 장은 그가 몇백 년 전에 태어났으면 실제로 양반이었을 거라고 생각했다. 반상의 법도가 엄연한 시대에 체통을 지키는 벼슬아치였을 것이다.

장은 쌍놈…… 쌍놈인 것이다. 회사에 매인 솔거 노비다. 대학 시절 행정 고시를 준비했던 장의 꿈은 관노였던 셈이다. 양반은 양반 대접을 받고 쌍놈은 쌍놈 취급을 당한다. 그게 장이 깨달은 사회의 법칙이었다. 당장의 직급이 아니라 근본적인 신분의 문제였다. 신분은 혈통으로 결정되고 면천은 극히 이례적이다.

장이 우동 앞에서 고민한 건 오전에 받은 전화 한 통 때문이었다. 연금 파트에서 부장 달고 있는 진희 선배가 대출 건으로 은근한 압박을 넣었다. 뭐를 어떻게 해달라고 구체적인 말은 없지만 물어보는 뉘앙스가 이미 부담스러웠다. 서류를 들춰 보니 진작에 커트할 생각으로 빼둔 회사였다. 당장에 상장 폐지돼도 이상하지 않을 엔터사였고, 장이 볼 때 유일한 희망은 현금 많은 비상장사에 팔려 가 우회 상장에 쓰이는 것뿐이었다. 그나마 운이 무척 좋아야 일어날 일이었다.

본부장은 언제나처럼 테이블의 대화를 주도했다.

"근데 우리 이모가 영문과 나왔다고 한 게 기억난 거야. 어차피 원어민 수업 팔로업하는 새끼 튜터 정도인데 이모가 해주면 좋겠더라고. 단어 암기한 거 좀 봐주고 숙제 챙기면 되니까."

이모라 함은 본부장의 진짜 이모가 아니라 입주 도우미를 말했다. 영어 유치원을 우수한 성적으로 졸업한 본부장의 영애는 추첨으로 결정되는 사립초 진학에 실패한 뒤 입체적인 사교육으로 학습 공백을 보완하고 있었다. 본부장은 자신의 우아한 가정생활을 가식 없이 들려주었다. 결코 누구에게 재려고 드러내는 게 아니었다. 진솔할수록 돋보여서 진정한 '갭'이 느껴졌다. 양반과 쌍놈의 갭이.

"그래서 페이랑 시간까지 다 맞췄는데 얘기하다 보니 좀 이상하네? 영문과가 아니라 영무과래. 영어무역과. 그런 과가 있어? 찾아보니까 캠퍼스더라고. 솔직히 우리 이모가 나한테 거짓말하고 그런 건 없지. 영문과나 영무과나 영어 배운 건 마찬가지고 나도 캠퍼스냐고 물어본 적 없으니까. 여튼 이래저래 둘러대서 튜터링 없던 일로 하고 오늘 아침에 봤는데 엄청 민망한데. 진짜 어떻게 해야 되나 싶더라고. 뭐 작은 선물 같은 거라도 사 갈까?"

장은 솔직한 말로 좀 짜증이 나 있었다. 진희 선배의 의중을 눈치껏 알아차리면 밥이나 한번 거하게 사주려나? 선배가 행장실 문 부수고 들어가 장 과장 저놈 물건이라고 보증이라도 서주려나? 그러다 삐끗하면 순경보다 무서운 윤경 놈들한테 잡혀가서 물고문밖에 더 당하려나? 윤경은 윤리경영지원실의 줄임말로 작년에 부장 검사 출신을 헤드로 영입한 감사 부서였다. 북한으로 치면 보위부였다. 그러니 장은 충분히 짜증이 날 만한 상황이었다. 그럴수록 입을 열지 말아야 하는데 순간을 참지 못했다.

"어떻게 하긴요. 그냥 가서 미안하다고 하세요."

옆에 앉은 차 대리의 젓가락질이 어색하게 멈췄다. 아주 짧은 정적이 무척 길게 느껴졌다. 장은 높은 곳에서 아래를 내려다본 것 같은 현기증에 휩싸였다. 황급히 우동 한 젓가락을 크게 떠 입을 막았다. 씹지 않고 꿀꺽 삼켰다. 본부장은 조금도 동요한 기색 없이 단무지를 집어 아삭아삭 씹었다. 교양 있는 사람답게 입안에 있던 것을 모두 삼킨 뒤 평소처럼 말을 이어갔다.

"그러게. 가서 미안하다고 해야겠다."

본부장은 정말로 집에 돌아가 입주 도우미에게 미안하다고 말했을 것이다. 장은 그 사실을 추호도 의심하지 않았다. 용서가 보장된 사과는 마음을 가볍게 한다. 용서받지 않을 수 없는 위치에 있는 사람들이 그런 사과를 한다. 오, 장은 그 순간의 자기를 용서할 수 없었다. 본부장이 자신에게 그랬던 것처럼 말이다.

*

장을 실은 택시는 한산한 밤거리를 거침없이 달려 아파트에 도착했다. 비밀번호를 눌러 1층 출입문을 열고, 여전히 고장 나 있는 엘리베이터를 확인했다. 도리 없이 계단을 오르기 시작했다. 15층 건물의 꼭대기 층이 그의 집이었다. 결혼 준비를 하며 서둘러 마련한 서울 외곽의 구축 아파트는 그의 명의였다. 손실 중이던 주식까지 모두 팔아 현금을 마련하고, 거기에 대출을 잔뜩 껴서 겨우 등기를 쳤다. 십 년을 만난 해주와는 결혼을 준비하던 중에 헤어졌다. 남은 건 집 한 채뿐이었다.

장은 훨씬 작게 시작하고 싶었다. 큰 빚을 지고 싶지 않았다. 사실 그건 장이 일하며 깨달은 진실과는 거리가 있었다. 작은 부자를 큰 부자로 만들어주는 게 빚이고, 큰 부자를 계속 부자로 있게 하는 것도 빚이었다. 빚 때문에 망한 사업을 일으켜 세우는 것도 빚이었으니 빚은 모든 것의 시작이자 끝이며 세계의 핵심이었다. 그렇다면 세상의 가난은 어디서 오는가? 사람들은 빚이 많아서가 아니라 돈이 없어서 가난해졌다.

결국에는 그때 장을 밀어붙인 해주에게 고마워할 일이었다. 생각 없이 집을 깔고 앉아 있는 동안 부동산 시세는 차근히 올라갔다. 여전히 주식으로 돈을 잃으면서도 전보다 마음이 편했다. 언제나처럼 해주가 옳았다. 장을 주저하게 만든 건 무지였다. 한 번도 큰 빚을 져보지 않았기에 두려웠다. 결혼 문턱을 넘지 못한 것도 비슷한 이유라고 생각했다. 얼핏 듣기로는 해주도 아직 결혼하지 않고 지내는 듯했다. 미래를 생각하지 않고 계속 만났다면 여전히 잘 지내고 있지 않았을까? 장은 적막한 집에 들어서며 때때로 자문했다.

온종일 비어 있던 집에는 냉기가 가라앉아 있었다. 장은 물을 꺼내 벌컥벌컥 들이켜고 식탁 위에 옷을 벗어 던졌다. 소파에 무너지듯 앉자 머리에 피가 마구 돌았다. 술기운에 계단을 오르느라 뜻하지 않은 운동까지 겹친 탓인 듯했다. 엘리베이터가 고장 난 지 일주일인데 아직 고치지 않았다는 게 말이 되나 싶었다. 티브이를 켜고 볏단처럼 옆으로 쓰러졌다.

늘 틀어놓는 뉴스 채널에 대민그룹 둘째 아들의 얼굴이 지나갔다. 한 번도 싸워본 적 없이 완벽하게 승리한 사람의 표정이란 그런 것이었다. 위기에 빠진 건설사의 자구 계획안을 발표하는 자리였다. 금메달리스트의 귀국 소감처럼 자신만만하고 멋졌다. 빚이 많은 사람처럼 보이지 않았다. 성공도 실패도 남의 돈으로 하는 사람의 여유였다. 장은 다시 목이 말랐지만 냉장고까지 걸어갈 기운이 없었다.

이어지는 뉴스는 서해안에 떠내려온 말뚝들에 대한 것이었다. 전례 없는 일이라고 했다. 썰물에 몸의 일부를 드러낸 말뚝들의 긴 대열이 장의 머릿속에도 선명하게 남아 있었다. 누구와 함께 말뚝을 보러 갔던가? 금세 스틸 컷처럼 그때의 장면이 떠올랐다. 다른 많은 좋고 아름다운 기억과 마찬가지로 그의 곁에는 해주가 있었다. 죽은 사람이 먼 바다로 나가 말뚝이 된다는 전설이 안내판에 적혀 있었다. 다큐멘터리에서 본 말뚝의 모습은 조금 으스스하기도 했다. 목질화된 몸통과 팔다리에 해조류와 패류가 붙어 있었다. 어쨌든 평범하게 묻히거나 태워지는 것보다 모양새가 근사해 보였다. 머리를 땅에 처박고 거꾸로 서 있는 동안 단단해진 몸 사이로 물고기가 돌아다니는 상상을 했다.

우리 죽어서도 그렇게 나란히 서 있자. 그런 말을 해주에게 했던 것 같다.

말뚝들이 떠내려온 건 조류의 변화 때문으로 보인다고 했다. 기후 위기와 관련이 있을지 모른다고 했다. 계속되는 가정법의 문장을 보니 아직 정확하게 밝혀진 건 없는 듯했다. 관계 기관이 역학 조사를 포함한 분석을 위해 말뚝들을 수거해 갔다고 했다. 기사를 읽는 기자의 목소리가 카랑카랑했다. 저렇게 크고 높고 또박또박 말해서는 좋은지 싫은지 알 수 없다고 장은 생각했다. 아무도 누군가와 저렇게 대화하지 않는데 왜 저렇게 말할까. 저것도 배우나. 왜 저런 것을 배우지. 저렇게 말하면 거짓말하기에 편할까 불편할까. 생각하는 사이 장의 의식이 조금씩 흐려졌다.

뉴스에 이어 3단 화환이 3만 9000원이라고 노래하는 꽃 배달업체의 광고가 흘러나왔다. 그렇게 티브이를 켜놓은 채로 장은 빗자루처럼 곤히 잠들었다.

그리고…… 누구나 모두에게 거짓말을 한다. 아주 작은 것부터 큰 것까지.

고장 난 엘리베이터를 곧 수리할 거라는 관리 사무소의 공지는 거짓말이었다. 경중을 따지자면 작은 거짓말이었다. 관리소장이 공용 통장에 손댄 것이 큰 거짓말이었고, 경리부장이 공모했다는 것 역시 작지 않은 거짓말이었다. 두 사람이 불륜하는 사이라는 건 작은 거짓말이고 단지 내 모든 유지 보수가 멈춘 사실을 감춘 것 또한 작은 거짓말이었다.

정화조, CCTV, 방제, 방역과 조경을 비롯해 비용이 나가는 대부분의 항목이 정상적으로 처리되는 것처럼 가장하고 눈속임했다. 소장은 틈나는 대로 돌아다니며 전지가위로 직접 주목의 숲을 쳐냈다. 그걸 보고 동네 할머니는 저 양반이 한결같이 성실하다며 음료수를 주고 갔다. 경비원들의 임금이 지급되어야 할 월말은 큰 거짓말의 큰 기로였다. 관리소장과 경리부장은 그때까지 뾰족한 수가 생기지 않으면 함께 도주할 계획을 세웠다.

경리부장은 관리소장에게 거짓말을 했다. 뾰족한 수는 절대 생기지 않으리란 걸 잘 알았고, 소장을 고발하며 자수해 죄를 가볍게 할 생각이었다. 책임의 대부분을 상급자에게 떠넘길 수 있도록 서류도 준비해놓았다. 원과 원이 겹쳐 돌아가는 벤다이어그램에서 두 사람의 교집합은 생각보다 크지 않았다. 작은 원이 몸집을 불리다가 폭발하는 건 시간문제였다. 잠들어 있는 장 또한 그 여파에서 자유롭지 못했다. 그때까지 눈치챌 길이 없을 따름이었다.

장이라고 해서 물론 거짓 없이 진솔한 삶을 살아온 건 아니었다. 잘될 겁니다. 알아보겠습니다. 최우선으로 처리하겠습니다. 완전히 거짓이기만 한 것은 아니지만 대체로 그런 결론에 다다르게 되는 말들.

생각보다 큰 거짓말이 수면 아래 있는지도 몰랐다. 그가 스스로에게도 요령 있게 감추어서 확인하는 데 시간이 필요한 일들. 그건 장이 자신에게 보낸 편지와도 같았다. 우표가 붙어 있고 주소가 적혔다. 언젠가 반드시 장에게 도착하고 말 것이다.

그렇다면 이런 것은 어떨까.

우리 죽어서도 그렇게 나란히 서 있자 같은 것.

'우리'는 없어졌고, 죽지 않았고, 나란하지 않았으며, 그렇게 서 있던 말뚝들마저 해변으로 밀려와버렸다. 어쩔 수 없었다는 게 장의 생각이었다. 출발하는 순간에는 거짓된 의도가 있었다고 할 수 없는데 달리다 보니 생각지 못한 곳에 도착해 있었던 거라고 말이다.

정말 그런가? 장은 정말 아무것도 몰랐을까?

*

다음 날 아침 장은 통창으로 들어온 햇살에 눈을 떴다. 말뚝들에 대한 뉴스가 나오고 있었다. 진행자만 바뀐 채 지난밤의 뉴스가 반복됐다. 장을 포함한 모두에게 다행이라 할 만한 일이었다. 스물네 시간 새로운 사건이 쉼 없이 발생한다면 시청자와 뉴스 제작자 모두에게 극도로 피로한 일일 테니 말이다. 소파에서 잠든 탓에 몸이 뻐근했다.

뭔가 잘못됐다는 느낌이 장을 엄습했다. 시계를 보니 9시가 넘었다. 아정 씨를 픽업하기로 약속한 시간이 9시 30분이었다. 대충 씻고 서둘러 나간대도 10시는 돼야 약속 장소에 도착했다. 알람을 울렸어야 할 휴대폰은 전원이 꺼진 채 주머니에 있었다. 취할 만큼 많이 마시지 않았는데 어째선지 정신을 놓치고 말았다. 장은 충전 케이블에 휴대폰을 연결하고 아정 씨가 공연히 밖에 나와 기다리지 않도록 전화를 걸었다.

"위원님, 저 지금 나가려는데 사무실에서 작년 자료 토스하라는 메시지가 와서요. 원격 근무 접속해서 보내고 하다 보면 좀 늦을 거예요. 그냥 10시에 봐요."

장은 아직 세수조차 하지 않았다. 누구나 모두에게 거짓말을 한다. 시작은 언제나 작은 거짓말이다.

"그래요, 장 과장님. 세수 깨끗이 하고 바나나 두 개 들고 와."

그는 눈치가 빠른 사람이었다. 매일같이 늦잠 자는 중학생과 씨름하는 처지이기도 했다. 장은 허탈하게 웃고 전화를 끊었다. 아정 씨의 말대로 세수를 깨끗이 했다. 머리도 감았다. 젖은 머리를 대충 털어 말리고 스타일러를 열었다. 그저께 정장을 몽땅 드라이클리닝 맡긴 것이 그제야 생각났다. 어제 벗어 던진 옷을 다시 입어야 한다는 사실에 짜증이 났다. 불행하게도 그가 곧 마주해야 할 절망에 비하면 아주 작은 일이었다.

전날 꼼장어 구잇집에서 연탄 냄새를 뒤집어쓴 셔츠에 몸을 구겨 넣으며 장은 문득 고등학교 시절 사물함에서 체육복을 꺼내 입던 때 같은 기분에 휩싸였다. 한 학기 내내 한 번도 빨지 않은 땀내 절은 회색 체육복의 질감을 다시 느꼈다. 그때 그 까까머리 고등학생은 한참 뒤에 어른이 된 자신이 여전히 더러운 옷을 입고 있을 거라 생각하지 못했을 것이다. 하지만 정말 장이 몰랐을까? 어떤 예감조차 없었을까?

'고장' 표시에 불을 밝힌 엘리베이터를 확인한 장은 종종걸음으로 계단을 내려가기 시작했다. 8층에 다다랐을 때 순찰하는 경비원을 마주쳤다. 장은 짜증이 약간 섞인 목소리로 물었다.

"아저씨, 엘리베이터 도대체 언제 고친대요?"

"오늘 사람 온댔어요. 오늘."

육십대 경비원은 거짓을 말하고 있지 않았다. 아침 조회에서 그렇게 거짓말한 사람은 관리소장이었다. 경비원은 자기가 믿는 한에서 진실을 말했고, 그것은 원치 않게 저녁 무렵 거짓으로 밝혀질 것이었다. 엘리베이터 회사에서 아무도 오지 않기 때문이었다. 며칠 뒤 경비원은 일시적인 문제로 월급이 며칠 늦게 들어올 거라는 안타까운 소식을 접하고, 실상은 그보다 무참한 거짓이란 사실을 곧 알게 되며, 생활에 닥쳐올 이런저런 어려움으로 인해 큰 시름에 빠질 것이었다.

지하 주차장에 도착한 장은 뒷문을 열어 가방을 던져 넣었다. 운전석의 문을 열려고 할 때 앞 유리 와이퍼에 꽂혀 나풀거리는 쪽지 하나를 발견했다. 펜으로 몇 마디가 적혀 있었다. 이런 젠장, 누가 차를 박고 갔구나. 어른의 글씨라고 하기엔 너무 못 썼고, 완전히 아이 글씨도 아니었다. 꽤나 악필인 건 분명했다. 장은 차 앞으로 가 범퍼를 확인했다. 이상하네, 어디 긁힌 자국은 없는데. 와이퍼에 꽂힌 쪽지를 낚아채듯 손에 쥐고 읽었다. 간단하고 명확한 그 문장이 얼른 이해되지 않았다. 문법이 아니라 맥락이 틀렸다.

트렁크에 넣어뒀습니다.

누가 무엇을 어떻게 장의 트렁크에 넣었다는 말인가. 차 키를 가진 건 장뿐이고 전달받기로 되어 있는 물건은 없었다. 아마도 다른 차와 혼동이 있는 듯했다. 주차장으로 출장 오는 세차 서비스가 있다던데 누군가 착각을 한 모양이다. 시계를 보니 벌써 9시 40분이었다. 계단으로 내려오느라 시간이 더 지체되었다. 10시에 아정 씨를 태우는 건 턱도 없는 일이었고, 꼼짝없이 점심을 거하게 사야 할 처지였다.

장은 걸음을 재게 놀려 차의 후미로 갔다. 트렁크에 아무것도 없는 걸 눈으로 확인하고 영락없는 오해를 확정 지을 생각이었다. 버튼을 누르자 전동음을 내며 트렁크 도어가 올라가기 시작했다. 별생각이 없었는데 괜한 겁이 밀려들었다. 찰나의 예감처럼 불길

한 느낌이 지나갔다. 어린 시절에도 두려워한 적 없는 옷장 속 괴물 같은 것이 혹시……. 그러나 아무것도 없었다. 깊은 곳까지 시선을 옮겨 봤지만 모두 원래 있던 것들이었다. 고개를 저으며 웃었다. 정말 이상한 쪽지도 다 있다고 생각하면서.

그때 장의 눈앞이 깜깜해졌다. 아무것도 보이지 않았다. 묵은 먼지 냄새가 코에 훅 끼쳐왔다. 손에 든 차 키를 누군가 채어 갔다. 주머니에서 휴대폰이 미끄러져 나가는 것도 똑똑히 느꼈다. 무슨 일이 일어나는지 생각할 겨를도 없었다. 혼란스러운 사이 중심을 잃고 트렁크 안으로 넘어지듯 밀려 들어갔다. 장은 시야를 가린 것이 복면임을 알아차렸다.

저기요, 왜 그러세요, 누구세요.

크게 소리치고 싶었지만 말이 잘 나오지 않았다. 놀라고 갑작스러워서 자꾸만 숨이 들이쉬어질 뿐 잘 내뱉어지지 않았다. 뒤로 모인 손과 가지런해진 발이 신속하게 결박됐다. 드르륵하는 플라스틱 음으로 미루었을 때 케이블 타이인 듯했다. 트렁크 도어가 거칠게 닫혔다. 얼굴 앞에 희미하게 남아 있던 빛의 흔적마저 사라졌다. 완전한 암흑. 장은 소리쳤다. 발을 굴렀다. 대단히 크고 중대한 오해가 발생한 게 분명했다. 바로잡아야 했다. 오해라는 것은 항상 대화를 통해 바로잡을 수 있었다. 분명히 그럴 것임에 틀림없었다.

장은 지금 아무것도 알 수 없었다. 트렁크에 갇혔다는 것 말고는 모든 것이 불분명했다. 아직 그것이 불행인 줄을 확신하지도 못했다. 천천히 차근차근 알게 될 일이었다.

2

장은 작년에 새 차를 샀다. 세 번째 차였다. 첫 차는 수도권 영업점에 발령을 받고 얼마 뒤에 중고로 구했다. 굴러가기만 하면 되었고, 한동안 그의 기대처럼 잘 굴러다녔다. 인수할 때 누적 주행 거리가 15만 킬로미터였으니 평생 타고 다닐 차라고는 생각하지 않았다.

여름과 가을을 지나는 동안 자기 일을 충실하게 해내던 차는 한파 경보가 발효된 어느 겨울 늦은 퇴근길에 멈춰 섰다. 차들이 쌩쌩 달리는 간선 도로 한복판이었다. 딱히 전조 증상은 없었다. 엔진룸에 비둘기라도 들어갔나 싶게 갑자기 푸드득푸드득하더니 액셀을 밟아도 앞으로 나아가지 않았다. 보험사의 긴급 출동 서비스를 부르고 밖으로 나왔는데 찬 바람을 맞으면서도 등판에 진땀이 맺혔다. 아무것도 할 수 없었고, 무력감을 느꼈다. 클랙슨을 빵 울리고 가는 차들 때문에 분노가 차올랐다. 하지만 자신이 초래한 긴 정체를 보며 깨달았다. 무력한 건 자신이 아니라 시스템이었다.

차가 막아서면 저들은 아무것도 하지 못한다.

아무도 나를 치고 가지 못한다. 타인을 해치려는 사람은 자신을 걸어야 하므로.

세계는 스스로에 대해 자신만만해하지만 생각보다 취약하다.

그렇게 생각하자 장의 마음은 차분히 가라앉았다.

다음 날 장은 첫 차를 산 중고차 업자에게 전화를 걸어 전날의 상황을 설명하고 오랫동안 멈추지 않고 굴러갈 차를 부탁했다. 업자는 미안해하며 두 번째 차의 가격을 100만 원 깎아줬다. 택시로 쓰던 LPI 가스 차였다. 연료비가 저렴하고 연비도 좋아 잘 타고 다녔다. 아쉬운 게 있다면 트렁크를 차지한 커다란 가스통이 보기 싫다는 거였다. 해주와 헤어지고 돈을 헤프게 쓰던 잠깐 동안 장은 새 차를 할부로 계약했다. 특별한 이유는 없었다. 그냥 싫증이 났다. 차를 받고서 장은 트렁크를 넓게 쓸 수 있다는 사실이 무척 흡족했다.

*

장은 여전히 상황을 파악하지 못했다. 얼굴 전체를 덮은 복면 때문에 숨 쉬기가 불편했다. 손을 뒤로 묶이다니 태어나서 처음이었다. 형사 드라마에서 범죄자를 그렇게 다루는 걸 봤다. 발이 묶인 건 크게 의식되지 않았다. 발을 움직일 수 있든 없든 좁은 공간에서 옴짝달싹 못 하기는 마찬가지였다. 가로로 길게 놓인 우산 때문인지 허리가 배겼다.

그리고 무서웠다.

너무 무서웠다. 귀 옆에서 계속 맥이 날뛰어 머리가 터져버릴 것 같았다. 멀미가 났다. 장을 태운 차는 행선지를 알 수 없는 곳으로 이동하고 있었다. 좌회전, 우회전, 차선을 변경할 때마다 몸이 쏠리며 구겨졌다. 과속 방지턱이 가장 괴로웠다. 운전자는 얌전하고 부드럽게 턱을 넘을 생각이 없어 보였다. 차가 튕기며 머리를 박았고 속이 울렁거렸다. 토해선 안 된다는 생각이 들었다. 그것은 말도 안 되게 비합리적인 상황 속에서 장이 해낸 합리적인 판단 중 하나였다. 복면을 쓴 상태로 토사물을 쏟아내면 위생상 견디기 힘든 것은 물론이고 숨 쉬는 데 문제가 생길 수 있었다. 계속해서 합리적인 생각을 많이 떠올릴 필요가 있었다. 장이 할 수 있는 일은 그것뿐이었다.

합리적인 생각 1: 이건 단지 철저한 오해에서 비롯한 상황일 뿐임.

다른 사람과 장을 착각했음. 저들은 장에게 이럴 이유가 없음. 저들이라고 말한 것은 최소한 두 사람이 확실했기 때문임. 내용은 알아듣지 못했지만 운전석과 조수석에 앉은 두 사람이 대화를 나누는 게 들렸음. 성별과 나이를 짐작할 수 없음. 어떠한 단서도 없음.

오해가 풀리기만 한다면 장을 해칠 이유가 없음.

이미 발생한 납치를 은폐하기 위해 장을 해칠 수도 있음.

어떤 오해든 지금 저들은 오해임을 스스로 깨달을 수 없음.

합리적인 생각 2: 사전에 준비된 치밀한 계획범죄인지도.

차 앞 유리에 쪽지를 붙여놓고 출근 시간에 맞춰 대기한 걸 보면 처음부터 장이 목표였던 것이 분명. 이유는 모르지만 자기들 나름의 이유가 있는 것. 장의 업무와 관련되었을 수도 있고 개인적인 원한 때문일 수도 있음. 단순히 금전을 노렸을 가능성도. 근데 장은 돈이라고는 쥐뿔도 없는데?

요구를 해 오면 최대한 응해서 목숨을 구하면 됨.

목숨을 빼앗는 게 애초의 목표일 수 있음.

카드 비밀번호를 알려주지 말 것. 장의 목숨이 위험해질 것임.

합리적인 생각 3: 그냥 미친 새끼들임.

저들의 뇌에 합리성의 영역이 전혀 존재하지 않아서 협상조차 불가능한 경우가 있을 수 있음. 재미로 사람을 납치해 괴롭히는 태생적이고 만성적인 범죄자들인 것. 장을 장난감처럼 고문하다 죽인 뒤 쓰레기처럼 버릴 수 있음.

그렇게까지 미치지는 않았을 수도 있음.

본인들이 진짜로 원하는 게 뭔지 모를 수도 있음.

장 또한 자신이 뭘 원하는지 잘 모르며 살아오긴 했음.

합리적인 생각 4, 합리적인 생각 5, 합리적인 생각 6……. 실은 전부 소용없는 생각들. 장은 무력했다. 장이 아닌 누구라도 무력할 수밖에 없는 상황이었다. 현실은 액션 영화와 거리가 멀었다. 케이블 타이를 끊고 트렁크를 힘으로 열어 달리는 차에서 뛰어내릴 수는 없었다.

"저기요! 선생님들! 저한테 왜 이러세요! 원하시는 거 다 드릴게요. 제발 꺼내주세요."

아무런 답이 돌아오지 않았다. 장은 묶인 발로 트렁크 천장을 쿵쿵 치며 소리쳤다.

"개새끼들아! 콩밥 먹고 싶어? 이런 짓 하고 무사할 거 같아?"

그들은 라디오를 켰다. 대화할 생각이 없다는 의사 표시였다. 주파수를 이리저리 돌리더니 마음에 드는 노래를 찾았는지 탐색을 멈췄다. 볼륨이 마구 올라갔다. 귀가 떨어질 것 같았다. 처음 듣는 밝은 분위기의 밴드풍 가요였다. 온통 노랫소리밖에 들리지 않았고 가사가 또렷하게 들어왔다.

메이 아이 비 해피

매일 웃고 싶어요

걱정 없고 싶어요

아무나 좀 답을 알려주세요

쏘 헬프 미

주저앉고 있어요

눈물 날 것 같아요

그러니까 제발 제발 제발요

텔 미 잇츠 오케이 투 비 해피

전혀 공감도 위로도 되지 않았다. 징징대는 거야? 힘들어? 난 지금 트렁크에 갇혀 있다고.

차가 급정거할 때마다 장은 낮은 트렁크 천장에 얼굴을 심하게 부딪혔다. 아팠다. 뒤로 묶인 손 때문에 어깨가 찢어질 것 같았다. 커다란 차가 옆을 지나가면 차원이 다른 소리와 진동이 느껴졌다. 화물차? 버스? 뭐든 간에 그런 차가 뒤를 박으면 장은 짜부라져 죽을 게 분명했다. 구급차가 오더라도 트렁크는 가장 나중에 열어볼 것이었다. 당장이라도 거대한 차가 덮쳐올 것처럼 두려웠다.

장은 오래전부터 품어왔던 한 가지 의문에 확실한 답을 얻었다. 신을 믿지 않는 사람도 죽음 앞에서 기도를 하는가?

그렇다.

이제는 확실히 그렇다고 말할 수 있었다.

*

　차가 계속 달리기만 한 것은 아니었다. 시간의 흐름을 전혀 가늠할 수 없었지만 이쯤이면 희망을 잃기에 충분하다는 기분이 들 때쯤 차가 멈춰 섰다. 주변이 조용했다. 어떠한 인기척도 차 소리도 없었다. 폐차장의 소음 같은 것이 아니라서 다행이라고 장은 생각했다. 거대한 프레스 머신에서 차와 함께 구겨지는 것은 흔적도 없이 세상에서 사라지기에 가장 좋은 방법이었다.

　어째서 그런 일이 장에게 생겨야 한단 말인가? 내가 뭐라고 굳이?

　차가 멈추기 전 장은 울고 있었다. 복면이 축축하게 젖어 얼굴에 달라붙었다. 숨 쉬기가 더 곤란해졌다. 이러다간 질식해서 죽고 말지 싶었다. 바닥에 얼굴을 바짝 대고 좌우로 고개를 흔들었다. 몸 전체를 비틀며 얼굴에서 복면을 밀어냈다. 몇 분을 낑낑대자 복면이 얼굴 위로 말려 올라가기 시작했다. 가장 먼저 입이 복면을 벗어났고, 조금 더 애쓰니 코가 숨을 쉴 수 있었다. 그때 차가 멈추고 두 사람이 차에서 내렸다.

　양쪽 문이 열렸다가 닫힌 것으로 봐서 역시 두 사람이 분명했다. 장은 최선을 다해 복면의 나머지 부분을 얼굴에서 벗겨냈다. 곧 트렁크가 열릴 것을 확신했다. 끄집어내 오금이 저릴 만큼 흠씬 패든가, 적당히 구슬리는 협박과 함께 요구 조건을 말하든가,

총으로 머리에 구멍을 내든가. 무슨 일이든 간에 앞서 하지 않은 일을 새롭게 할 차례였다. 그때 얼굴을 똑똑히 봐둘 생각이었다. 끝내 죽지 않는다면 언젠가 저들을 뒤쫓아 잡을 수 있을 것이었다. 경찰 앞에서 몽타주를 그릴 수도 있었고, 검거된 용의자들을 식별할 필요도 있었다. 그리고 장은 왠지 죽지는 않을 것 같았다.

죽이지는 않을 것 같다.

그렇게까지 잘못을 저지르며 살지는 않았다.

그러니 제발 죽지 않게 해주세요.

제발 제발 제발요.

텔 미 잇츠 오케이 투 비 해피.

*

처음에는 늦지 않게 구출될 거라는 희망이 있었다. 아정 씨가 가장 먼저 뭔가 잘못되었음을 알아차렸을 것이다. 경찰에 신고했다면 장을 찾아내는 데 그리 오랜 시간이 걸리지 않을 것 같았다.

장이었다면 바로 신고를 했을까?

이럴 수가. 아니다. 당장에 연락이 끊겼다고 경찰에 신고하는 것은 생각보다 일반적이지 않았다. 갑자기 무슨 바람이 들어 훌쩍 동해 바다라도 보러 떠났을지 모르니까. 집에 급하게 무슨 일이 생겨 회사 일을 뒤로 미뤘을 수도 있으니. 그냥 이런저런 일이 있다고 생각하면 적어도 이틀은 지나야 명확하게 무엇인가가 잘못됐다고 생각할 것이다. 그래야 어떠한 조치를 취한다. 그때 가서 모든 퍼즐을 맞춰가며 장을 찾으려면 또 시간이 소요된다. 늦지 않게 구출되기는 힘들었다.

느지막이, 아니면 뒤늦게, 그제야, 손쓸 수 없어진 뒤에, 골든 타임을 놓치고, 차갑게 식은? 주검을 발견? 행적이 영영 발견되지 않음?

장은 더 이상 울 힘도 없을 만큼 지쳐 있었다.

*

트렁크는 열리지 않았다. 납치범들은 차를 떠나 어딘가로 간 듯했다. 복면을 벗은 덕에 숨을 편히 쉴 수 있어 그나마 다행이었다. 완전히 어두운 트렁크였지만 작은 빛이 새어 들어왔다. 사은품으로 받고 트렁크에 방치해둔 에탄올 워셔액이 푸르스름한 빛을 반사했다. 얼굴 바로 옆에 썩은 내를 풍기는 운동화가 있었다. 뻣뻣하게 굳은 몸을 이리저리 뒤척이며 기지개 비슷한 것을 켜보았다. 공간이 여의치 않아 등에 쥐가 날 것 같았다.

밖에서 발소리가 가까워졌다. 두 납치범이 차로 돌아왔다. 트렁크에는 관심이 없는지 바로 문이 열리는 소리가 들렸다. 앞좌석에 털썩 앉는 것도 소리로 알 수 있었다. 자기들끼리 속닥이듯 대화를 나누었다. 구수하고 얼큰한 냄새가 장의 코를 파고들었다. 익숙한 라면의 향기였다.

후루룩후루룩 면발 넘기는 소리가 들렸다. 두 사람의 면발 끌어당기는 소리가 끊김 없이 이어졌다. 중간중간 뜨거운 국물을 마시는 듯 하 하는 탄식도 섞여들었다. 두려움이 가득했던 장의 마음속에 허기라는 잊고 있던 감각이 몰려들었다. 배 속이 맹렬하게 따끔거렸다. 장은 묶인 발로 차를 쾅쾅 치며 말했다.

"이봐요. 나도 배가 고픕니다. 나도 라면 좋아한다고요."

갑자기 트렁크 너머에서 들려오던 모든 소리가 멈췄다. 마치 일시 정지 버튼을 누르기라도 한 것 같았다.

"목도 마릅니다. 화장실도 가고 싶습니다. 팔이 너무 아파요. 제가 뭘 잘못했습니까? 잘못한 게 있으면 반성하겠습니다. 좀 풀어주세요."

두 사람이 다시 속닥였다.

"무슨 얘기를 그렇게 합니까. 저랑도 얘기 좀 합시다. 아무래도 착오가 있는 게 틀림없어요. 저는 여러분이 찾는 사람이 아니에요. 그냥 평범한 회사원이라고요."

아무런 반응이 없었다.

"누가 시켜서 이런 일을 하는 겁니까? 제가 아는 사람이에요? 혹시 저한테 대출 신청하셨어요? 태이니? 한태이? 한태이 아는 사람이에요? 화성실업? 화성 강 대표님이세요? 누구세요? 누구야? 개새끼들아, 뭐 하는 새끼들이야 니들? 사람 살려요. 여기 사람 갇혀 있어요! 납치당했어요! 저 좀 꺼내주세요. 거기 누구 없어요? 사람 살려. 이 개새끼들아, 살려달라고."

장이 한참 발을 구르며 악다구니를 하는 동안 트렁크 너머는 여전히 조용했다. 장은 고함치기를 멈추고 씩씩거리며 숨을 몰아쉬었다.

후루룩후루룩. 후루룩후루룩. 후룩. 꿀꺽꿀꺽. 하아.
위잉. 위이이잉. 탁. 탁. 타다다닥. 팅. 팅. 위이이이이잉. 위이이이이이잉.

마침내 차가 다시 움직이기 시작했다.

*

생각할수록 장을 화나게 하는 건 쪽지였다. 트렁크에 넣어뒀습니다. 결국에는 그 말대로 된 셈이었다. 예언문이 따로 없었다. 불쾌하게도 장을 무슨 돗자리나 스노 체인인 것처럼 적어놓았다. 정직하지 않은 문장이었다. 거짓말이었다. 트렁크에 넣어드리겠습니다. 이렇게 적어야 했다. 보다 진솔하게는 장에게 직접 물어야 했다. 트렁크에 넣어드릴까요? 하고 말이다. 그랬다면 장은 단호하게 대답했을 것이다.

아니요. 트렁크에 들어가지 않겠습니다.

*

볼 수 있다는 것만으로 공포가 조금 덜했다. 차는 알 수 없는 곳을 향해 계속 달렸다. 쾨쾨한 먼지 냄새 때문에 머리가 아파왔다. 장은 그냥 잠들고 싶었다. 장이 아는 한 시간을 빨리 흘려보내는 데 그보다 나은 방법은 없었다. 정신은 쓸데없이 또렷했다. 앞의 두 사람이 속닥일 때면 귀를 기울이고 내용을 파악하려고 노력했다. 웅웅거리는 기계음 같아 단어 하나도 귀에 들어오지 않았다. 장은 별수 없이 생각하기 시작했다. 생각이라도 하지 않으면 미쳐버릴 것 같았다.

이런 일을 할 만한 사람들의 목록을 정리해보았다. 엉겁결에 태이의 이름이 나왔지만 말도 안 되었다. 가장 먼저 생각나는 사람이 태이라서 그랬다. 태이는 철들기 전부터 가장 오랜 시간을 보낸 친구였다. 함께라서 좋은 일도 나쁜 일도 많았다. 이런 상황에서 가장 먼저 떠올린 사람이 태이라는 건, 물론 태이에게 미안한 일이지만…… 그러게, 내가 왜 그랬지. 장은 벌써 후회하고 있었다. 태이는 그럴 사람이 아니었고, 그렇게 믿고 싶은 마음도 컸다. 이제 더는 보지 않는 사이가 됐을 뿐이었다.

하지만 좋게 헤어진다는 건 세상에 없는 일이다. 좋게 헤어질 수 있는 사람들은 애초에 헤어지지 않는다. 어떻게든 극복해낼 것이다. 태이는 좋은 친구였다. 자신도 충분히 괜찮은 사람이라고 장은 생각했다. 서로의 사정이 조금 나았더라면 그렇게 되지는 않았을 것이다.

태이는 너무 오랜 수험 생활에 지쳐 망가졌고, 장은 그런 태이의 모든 것을 받아주는 데 지쳤다. 공부하며 쌓인 스트레스를 푼다며 홀덤 펍에 드나드는 걸 알고 뭐라고 했던 것도 태이를 생각해서였다. 바카라로 종목을 바꿔 강원랜드에서 며칠씩 밤을 새우고 오던 태이가 급하게 200만 원을 빌려달라고 했을 때 장은 태이와 인연이 다했다고 생각하며 군말 없이 돈을 보냈다. 태이는 결국 더 나쁜 인연으로 장에게 보답했다. 회계사가 될 수 없는 처지까지 전락한 뒤에는 마카오를 오가며 원정 도박꾼들의 시중을 들었다. 가끔 건너건너 소식을 들을 때면 태이의 사정은 더 초라해져 있었다. 장은 더 이상 태이를 친구라고 생각하지 않았다.

장이 아는 사람 중에 돈 때문에 누군가를 납치할 사람이 있느냐고 묻는다면 가장 먼저 태이를 떠올릴 수밖에 없었다. 다른 사람을 생각해서 태이의 이름을 머릿속에서 밀어내기 위해 노력하는 게 나았다. 차라리 태이에 대해서는 아무 생각도 하고 싶지 않았다. 트렁크에 갇힌 뒤 결국 장의 입에서 그 이름이 나왔다. 장은 태이를 경멸했다. 몸 한 바퀴 돌리는 것조차 어려운 그곳에서야 솔직해질 수 있었다. 그리고 그런 자신이 몹시 부끄럽게 느껴졌다.

화성실업의 강 사장, 거북물산의 장 전무, 김 씨, 박 씨, 최 씨, 대출을 내주지 않은 그 밖의 수많은 사업체, 개인. 그 면면을 전부 기억하지 못할 만큼 많았다. 목록은 끝없이 길어졌다. 돈 빌려 달라고 연락한 지인들. 너 은행 다니잖아라는 말이 가장 어처구니없었다. 돈은 내가 아니라 은행이 많은 거야. 너무 당연한 대답을 하면서도 장은 스스로를 멸시하는 기분이었다. 은행에는 돈보다 더 많은 신용이 있지. 지금 너한테 없는 그거. 그런 말은 차마 못 하고 목구멍으로 삼켰다.

그중 누구라도 장에게 원한을 품을 수 있었다. 그저 돈 때문이 아니라 의외의 이유일지도 모른다. 예를 들어 박카스와 카페인 민감성 같은 것도 문제가 될 수 있었다. 100만 원을 빌린 사람이 120만 원을 갚는 게 금융적 채무라면 120만 원 대신 사람을 트렁크에 가두는 건 원한적 채무였다. 장은 자기 인생을 꼬이게 만들었을 특정한 시점과 인연을 생각해내려 애썼다. 누구와 맺지 말아야 할 관계를 주고받았을까. 대체 어떤 빚을 갚기 위해 여기서 이렇게 구겨진 채 웅크리고 있을까. 머리가 아래위로 흔들렸고, 기다리던 잠이 스며드는 걸 의식조차 하지 못했다.

꿈속에서 장은 시간에 쫓기는 택배 기사였다. 적재함에 실린 깨지기 쉬운 장을 싣고 달렸다. 사무실에서 GPS로 택배 기사의 위치를 확인하며 신속한 배달을 채근하던 장이 장의 얼굴을 한 상사에게 불려가 지연 배달률에 대한 책망을 들었다. 장이 모는 배달 오토바이와 충돌할 뻔한 택배 차량은 간신히 시간을 맞춰 장의 집에 도착했다. 택배 도착을 알리는 문자를 받고 기쁜 마음으로 문을 연 장은 텅 빈 복도를 보고 당황했다. 초인종 아래 아까 전의 쪽지가 붙어 있었다.

트렁크에 넣어뒀습니다.

잠에서 깨고도 눈을 계속 감고 있었다. 어차피 어둡기는 마찬가지였다. 그렇게 몇 번을 잠들었다가, 발을 구르며 꺼내달라고 소리치다가, 라디오의 볼륨이 올라갔다가, 어딘가 멈춰 서서 속닥거리는 소리가 들렸다. 장은 조금 느슨하게 포기가 된 듯했고, 빠질 것 같은 어깨도 적당히 적응이 됐고, 그러다가 뒤차에 받히는 상상을 하면 토할 것 같은 기분이 들었다. 요의가 마일리지처럼 꾸준히 적립됐다.

장은 그 순간 세상에서 가장 유능한 숨바꼭질 플레이어였다. 술래가 있는 것 같지 않았다. 술래잡기에서 영영 술래가 되지 않는 경우였다. 그리고 한 가지 생각지 못한 것을 깨달았다.

술래가 잡는 것이다.

술래를 잡는 것이 아니다.

*

본부장이 장에게 말하길 워크아웃 티에프로 보내준다고 했다. 거기로 가게 될 거라고. 주 채권 은행인 만큼 수많은 이해관계자 사이에서 중요한 역할을 하게 될 것이었다. 출자 전환, 유상 증자, 대규모 인력 감축을 포함해 간단히 떠올릴 수 있는 구조 조정안들을 머릿속으로 나열해보았다. 경제지에서나 보던 일들을 직접 처리하게 되는 셈이었다. 비록 말단에 불과하지만 말이다. 주도자도 아니고 주인공도 아니었다. 그럼 뭐 어떠랴 싶었다.

누가 주인공일까. 회사를 떠나게 될 직원들? 주주들? 멀끔하게 차려입고 자구안을 발표하던 대민건설의 차남? 투입되는 공적 자금의 원래 주인인 납세자들? 정치인들? 하여튼 장은 아니었다. 윤리와는 무관했다. 큰 부자는 원래 빚이 많고, 너무 큰 빚은 빚이 아니라 권력이어서 새 기회를 받는 것뿐이었다. 세상은 원래 그렇게 돌아갔다. 장이 죽지 않는다면, 몸 성하게 집에 갈 수 있다면, 본부장의 마음이 하루아침에 변하지 않는다면 앞으로의 일을 기대할 만했다. 그것이 버텨야 할 이유였다.

버티는 건 확실히 장의 전문 분야가 아니었다. 그런 걸 잘하는 사람은 따로 있었다. 장은 행정 고시도 삼 년 만에 그만뒀으니 끈기가 없는 편이었다. 1차 시험은 남보다 수월하게 통과했다. 2차 시험 준비는 원체 시간이 걸리는 일이었다. 일이 년 만에 합격하면 수재 소리를 들을 만했고, 삼 년에서 오 년은 생각하고 준비하는 게 현명했다.

장은 자신이 수재가 아니라는 것을 확인하자마자 수험서를 가져다 버렸다. 친구들에게는 공직 생활이 적성에 맞지 않을 것 같다고 했다. 사실은 수험 생활이 맞지 않았다. 하루라도 빨리 돈을 벌고 싶었다. 경제적으로 독립하고 싶었다. 그러지 않으면 안 될 상황이기도 했다.

대기업과 금융권에 대량 살포하듯 입사 지원서를 내기 시작한 지 얼마 안 되어 은행에 합격했다. 특별히 기쁘지는 않았다. 5급 공무원이 되지 못해 슬프지도 않았다. 월급을 받아 학자금 대출을 줄여나가는 일이 가장 뿌듯했다. 가끔은 자기 삶에 행복이랄 게 너무 부족한 것이 억울했다. 그러다가도 그냥 남들처럼 흘러가는 대로 살아가고 있는 자신에 만족하기도 했다.

트렁크에서 나가 허리를 펴고 다시 회사에 출근하면 진실된 기쁨을 누릴 수 있을 것 같았다. 새 팀으로 발령받아 전에 없이 분골쇄신할 각오를 했다. 좁고 어두운 공간에 갇히지 않은 것만으로도 살아갈 가치가 있었다. 삶에 대해 완전히 새로운 관점으로 임할 준비가 돼 있었다.

그러니 제발.

그때 라디오가 켜지고 볼륨이 올라갔다. 익숙한 음악과 목소리가 흘러나왔다.

악캔겍 쌔리스빽 쎌로ㄹ락캔겍 쌔리스빽

쎌로ㄹ락캔겍 쌔리스빽 쎌로ㄹ락캔겍 쌔리스빽
뚭뚭뚭뚭뚭뚭 뚭뚭뚭뚭

쎌로ㄹ락캔겍 쌔리스빽 쎌로ㄹ락캔겍 쌔리스빽 쎌로로
뚭뚭뚭뚭 뚭뚭뚭뚭 뚭뚭뚭뚭 뚭뚭뚭뚭 뚭뚭뚭뚭뚭뚭

음빰빰 음빰빰 빠-빠 빠

위스콘신의 교통국장을 지낸 밥 얼스는 젊은 시절 수영 선수로 활약했습니다. 평영 100미터 종목에서 전미 챔피언이 됐지만 올림픽 출전을 앞두고 부상을 당해 갑작스러운 은퇴를 맞이했는데요. 삼십오 년간 주 정부에서 봉직하고 정년을 채운 밥 얼스는 퇴임 축하 파티에 멋진 정장을 입고 등장합니다. 단상에 올라가 소감을 밝히는 순서! 꽃다발을 가득 안은 밥이 눈물을 훔치며 입을 엽니다.

빳- 빠—빠밤바

탕 타당탕 타다다당 탕타당

징징 지지지 지지징 징징 지지지 지지징

"수영 선수로 살지 못한 인생이 너무 슬픕니다. 제 인생은 완전히 망했어요. 공무원은 최악의 직업이었습니다." 일순간 정적에 빠져버린 파티장. 밥 얼스의 동료들은 서운한 마음에 한 명도 뒤풀이에 가지 않았습니다. 밥은 결국 노래방에서 혼자 김연우의 〈이별 택시〉를 불렀다는데요. 간주 점프를 하지 않아도 돼서 좋았다고 합니다. 지금 이 순간에도 전국에서 벌어지고 있는 마이크 쟁탈전!

짠 짠 짠 짠 짠 짠 짠
퉁 투둥 투둥

아캔겟노쌔리스 아캔겟노쌔리스
뚠뚠뚠뚠 뚠뚠뚠뚠 뚠뚠뚠뚠 뚠뚠뚠뚠

아캔겟노쌔리스 아캔겟노쌔리스
수영 선수로 사는 것도 교통국장이 되는 것도 좋지만 뭐니 뭐니 해도 록스타가 최고죠. 운 좋으면 저처럼 디스크자키가 돼서 매일매일 마이크 앞에 앉을 수도 있습니다. 밥 얼스 씨, 지금이라도 늦지 않았어요. 당장 기타를 잡아요. 밴드 이름은 '욘욘슨' 어떻습니까. 위스콘신에서 일하잖아요. 전미 투어 하게 되면 송골매가 오프닝 서드립니다!
자, 11월 21일 목요일. 〈배철수의 음악캠프〉, 출발합니다!

오프닝 멘트가 끝나고 첫 곡이 시작되자 라디오가 꺼졌다. 볼일을 다 봤으니 더 이상은 들을 필요가 없다는 태도였다.
장은 조금 전의 행동이 대단히 익숙하게 느껴졌다. 저들은 단지 저 시그널 송, 롤링 스톤스의 〈새티스팩션〉 오케스트라 버전을 듣기 위해, 배철수 아저씨가 떠드는 대단할 것도 없는 몇 마디 말을 들으려고 6시를 기다렸다. 그게 마치 하루 업무가 마무리되었다는 확인이라도 되는 것처럼. 혹은 지금부터 꼼짝없이 야근이라는 신호라도 되는 것처럼. 그렇게 6시면 자신만의 리추얼을 반복하는 사람을 장은 알고 있었다.

바로 자신이었다. 둔중한 드럼 비트를 배경으로 만족할 수 없다고 울부짖는 목소리가 자신의 외침 같았다. 박자에 이끌려 심장이 빠르게 뛰곤 했다. 아주 평범한 단어도 힘을 줘 발음하는 배철수 아저씨의 말투는 한국어를 이국적으로 느껴지게 만들었다. 6시는 장이 하루 중에 가장 좋아하는 시간이었다.

장은 문득 저들이 자신과 다르지 않은 직장인이라는 생각이 들었다. 범죄를 업으로 한다는 점을 제외하고는 비슷한 구석이 많을지도 몰랐다. 6시면 퇴근을 기대하지만 그러지 못하는 날이 많고, 외근 잦고, 자기 삶에 불만족하는 평범한 사람들…….

단지 조금 가학적인.

그리고 아주 많이 놀랐다. 겨우 6시밖에 안 되었다는 사실이 믿기지 않았다. 체감상 장은 거의 새벽을 지나는 시간일 거라고 예상했다. 칠흑 같은 어둠 때문에도 그랬고, 시간의 근거가 될 만한 것이 아무것도 없기 때문이기도 했다. 시간을 실감하고 나니 빡빡하게 쌓인 요의가 방광을 날카롭게 찌르기 시작했다. 바지에다 오줌을 싸고 싶지 않았다. 짐짝처럼 묶인 채 방치되었지만, 그래서 더더욱 자신에게 남은 마지막 존엄을 지켜내고 싶었다.

9시에는 〈KBS 9시 뉴스〉를 틀었다. 사십대 남성이 아파트 지하 주차장에서 납치됐다는 소식은 전해지지 않았다. 아무도 장의 실종에 관심이 없었다.

예년보다 적은 적설량과 어느 국회의원이 본회의장에서 나루토 춤을 춘 것, 그것을 자신의 SNS 계정에 올려 '좋아요'를 많이 받은 것과 여당 지도부가 매일 최고위원회 시작 전에 나루토 춤을 추기로 한 것, 그것이 너무나 오래전에 유행이 끝난 챌린지라는 것을 지적하는 어느 중학생의 인터뷰와 MZ 세대를 사로잡은 최신 틱톡 챌린지를 직접 해본 기자의 현장 취재까지. 그런 것들이 공영 방송의 주요 뉴스였다.

말뚝들이 또 해변에 밀려들었다는 뉴스도 있었다. 이미 연구소로 옮겨진 말뚝들에 대한 조사가 이뤄지고 있으며, 말뚝들이 정주한 자리를 벗어난 이유는 아직 밝혀지지 않았다고 했다.

뉴스가 갑자기 정리되고 아나운서가 간추린 뉴스를 전했다. 〈임수민의 지금 이 사람〉이 시작하자 라디오가 꺼졌다.

〈배철수의 음악캠프〉 오프닝부터 〈임수민의 지금 이 사람〉 오프닝 사이 그 어느 시점엔가 장은 결국 바지를 적셨다. 정확한 시점에 대해서는 밝히지 않고자 한다.

*

　장은 그 뒤로 자꾸 잠에 빠져들었다. 눈을 뜨고 있을 때도 온전한 생각을 이어갈 수 없이 정신이 혼미했다. 몸이 덜덜 떨릴 만큼 추웠다. 머리가 깨질 듯이 아팠다. 갈증이 심했고 입이 말라 침도 삼켜지지 않았다.

*

　뺨을 두드리는 차가운 감각이 장을 깨웠다. 트렁크 천장에 물이 맺혀 떨어졌다. 장이 아직 살아 있고 숨을 계속 내뱉고 있다는 증거였다. 장은 입을 벌려 천천히 떨어지는 물방울로 목을 적셨다. 혀를 날름거리며 입술을 칠했다. 차가운 공기가 활짝 열린 목구멍으로 들어오자 폐가 간질간질했다. 기침이 나올 것 같았다. 하지만 장은 기침을 삼켰다. 소리를 내지 않게 조심했다. 앞에 있는 두 사람이 코를 골고 있었다. 장을 뒤에 가둬놓고 곤히 잠들었다. 장은 시간이 꽤 지난 후에도 그때를 생각하며 스스로에게 묻곤 했다. 그들을 깨우지 않으려고 노력한 이유를 이해하기 위해 노력했다. 적어도 두려움 때문이 아니라는 건 확실히 말할 수 있었다. 아무리 생각해도…… 그건 배려였다. 너무나 불합리하지만 그때는 그게 옳다고 느꼈던 것 같다. 합리적으로 사고할 수 없었던 탓인지 몰라도 자는 사람을 깨우는 건 피하고 싶었다. 그게 누구든 간에.

*

꽤 오래 멈춰 있던 차가 다시 달리기 시작했을 때 장은 직감했다. 이전과 뭔가 달랐다. 운전자는 전에 없이 서둘렀다. 다른 차들이 앞뒤에서 요란하게 클랙슨을 울려댔다. 결정적인 상황이 다가오고 있었다. 장은 희미해지는 의식을 붙잡았다. 어떤 결론을 맞이하든 깨어 있고 싶었다.

트렁크에 넣어뒀습니다.

쪽지가 다시 떠올랐다. 뭔가 놓치고 있던 것을 그제야 알았다. 트렁크에 넣어둔 게 장이라면 그 쪽지를 받을 사람이 따로 있어야 맞았다. 자신은 배달되는 중이었고, 목적지에 곧 도착한다는 느낌을 받았다. 네, 갑니다. 트렁크에 있습니다. 어쩌자고 제가 그렇게 필요했습니까. 어디에 쓰려고 나를 시켰습니까. 실실 웃음이 새어 나왔다. 이제는 절대 예전으로 돌아갈 수 없을 것 같은 기분이 들었다.

차가 호를 그리며 크게 도는 게 온몸으로 느껴졌다. 그리고 급정거했다.

문이 열리는 소리가 들렸다.

두 사람의 발소리가 들렸다.

트렁크가 활짝 열리고 장의 얼굴로 엄청나게 밝은 빛이 쏟아졌다. 눈을 뜰 수 없었다. 얼굴을 찡그리고 있는데 손을 묶은 케이블 타이가 끊기는 게 느껴졌다. 톡. 발을 묶은 것도 끊어졌다. 톡. 톡. 톡.

그게 전부였다. 아무 일도 일어나지 않았다.

장은 명적응하느라 여전히 사물이 제대로 분별되지 않는 상태로 팔을 허우적거리며 주변을 더듬었다. 천국이나 지옥이 아닌 트렁크에 있는 게 분명했고, 문은 여전히 열려 있었다. 대단히 불쾌한 감각이 바지 속을 휘감았다. 좁은 감옥 바깥으로 발을 힘껏 내밀었다. 굴러떨어지듯 그곳에서 나왔다. 아주 천천히 시력이 돌아왔다. 간신히 앞의 사물을 변별할 정도였다. 바닥에 주저앉아 주위를 둘러봤다. 차가 한 대도 없는 노상의 주차장이었다. 오랫동안 아무도 관리하지 않은 듯했다. 여기저기 잡초가 높게 자라 있었다. 사람은 없었다. 인기척조차 없었다. 그곳까지 장을 배달한 두 사람의 흔적은 조금도 보이지 않았다.

장은 손으로 땅을 짚고 일어섰다. 금세 넘어졌지만 다시 일어섰다. 방금 태어난 송아지처럼 다리가 후들거렸다. 그래도 앞으로 갔다. 운전석을 열었다. 대시보드 위에 차 키가 있었다. 휴대폰 거치대에 장의 휴대폰이 꽂혀 있었다. 장은 운전석을 향해 통나무처럼 모로 쓰러졌다. 좀처럼 굽혀지지 않는 다리를 팔로 당겨 차 안으로 집어넣었다. 축축한 엉덩이에서 지독한 냄새가 올라왔다. 바지를 오줌으로 적신 뒤에 똥이라고 참아질 리 없었다. 전날 술을 마신 탓도 있었다. 간신히 참던 것이 쏟아졌다. 정확한 시점을 밝히는 것은 무의미할 것이다.

휴대폰은 꺼져 있었다. 전원 버튼을 누르자 갤럭시 로고가 반짝였다. 곧 날짜와 시간이 화면에 떴다. 11월 22일 아침 9시가 조금 지나 있었다. 스물네 시간이었다. 전날 아침 눈을 뜬 뒤로 고작 스물네 시간이 흘렀다. 어제 다음에 오늘이 왔다. 그제 다음에 어제가 왔듯이 다를 바 없이 시간이 흘렀다. 일머리 느린 사람처럼 주섬주섬 홈 화면 아이콘을 띄우던 휴대폰이 갑자기 요란하게 울리기 시작했다. 쌓인 메시지와 캐치콜이 둑이 터진 것처럼 밀려들어 왔다.

장은 앉은 자리에서 멍하니 눈앞의 풍경을 바라봤다. 주변에 건물이 하나도 없어 탁 트인 하늘이 보기 좋았다. 저 구름, 돛단배를 닮았다고 생각했다.

시동을 걸었다.

3

불행을 통과한 인간에게는 질문이 찾아온다. 노크도 없이 불쑥 들어오는 질문은 불행한 인간을 더욱 불행하게 만든다. 불행한 인간은 대체로 자신이 겪은 불행으로 말미암아 질문에 대답하는 능력이 현저하게 떨어져 있기 때문이다.

장이 겪은 것은 틀림없는 불행이었지만 아직까지 그는 자신을 불행한 인간으로 규정하지 않았다. 당황한 인간이고, 처리할 일이 많은 보통 사람 정도라고 생각했다. 그러다가 질문이 대뜸 얇은 막을 뚫고 들어오면 다리가 후들거렸다.

일단 그는 모두에게 지난 스물네 시간의 부재를 설명해야 했다.

"납치를 당했습니다."

"뭐?"

이것은 반사적인 추임새다. 질문이 아니다.

"정말이야?"

이건 반반이다. 장이 말한 납치를 시니컬한 비유나 얼토당토않은 농담으로 치부하는 사람도 있었다. 그런 상대에게는 정말이라는 대답이 필요했다.

"네, 정말로 납치를 당했습니다."

"괜찮아? 다친 데는 없고?"

감사합니다. 정말 정상적인 반응이군요.

"신고는 했어?"

그러게. 장도 이것에 대해 참 할 말이 많았다.

"이제야? 내가 너 한번 그렇게 된통 당할 줄 알았다. 안 죽고 살아 돌아온 거에 감사 기도나 올려라. 진작에 내가 우리 교회 가자고 했을 때 따라왔으면 그럴 일 없었지. 농담 아니야, 자식아. 이번 주일에 같이 가볼래?"

다행히 이런 사람은 주변에 없었다.

대단히 온당하면서 장을 괴롭게 하는 질문도 있었다.

"어쩌다가?"

이것은 경위에 대한 질문인가? 늦잠 자고 일어난 아침 출근길에 지하 주차장에서 당한 습격의 디테일을 말해야 하나? 범인의 동기를 묻는 건가? 그건 걔들한테 물어봐야지 장이 어떻게 안단 말인가? 사람들은 모든 것을 적절히 섞어 센스 있게 대답하길 바라는 듯했다. 장은 우선 다음과 같은 대응으로 방향을 잡았다.

"글쎄요. 저도 일단 알아보고 있습니다."

회사에는 차장을 통해 알렸다. 직속 선임이기도 했고, 상식적인 반응과 대응을 보여줄 것으로 기대했다. 그는 장이 신뢰하는 선배이자 종종 어려움을 털어놓기도 하는 동료였다. 다행히 장의 예상은 틀리지 않았다.

"뭐? 정말이야? 장 과장 진짜 이거 농담이 아니라 진짜 납치를 당했다고? 괜찮아? 다친 데는 없어? 지금 어디야? 괜찮은 거야 이제? 어머, 어떻게 해. 나 지금 너무 심장이 뛰어. 아니요, 장 과장요, 지금 납치를 당했대요. 아니, 당했었고 지금 풀려났대요. 잠깐만요, 팀장님, 저 이거 통화 좀 할게요. 어쩌다가 그런 거야? 신고는 했어? 다친 데는 없고? 어떡해 진짜. 나 진짜 오늘까지 연락 안 되면 경찰에 신고하려고 했어. 본부장님도 얼마나 걱정했는지 몰라. 어제 하루 종일 찾으셨다고. 미안해 내가 그냥 어제 신고할 걸 그랬다. 내가 너무 미안해. 뭐? 트렁크? 어떡해 진짜. 웬일이니 이게. 아니, 미안해, 내가 울 게 아닌데 너무 무서워서 그래. 미쳤나 봐. 일단 병원 가. 내가 병가 처리해놓을 테니까 병원 가고 경찰서 가고. 그래. 장 과장 미안해. 아니야, 내가 미안해 진짜. 어떡해. 괜찮은 거 맞지? 알겠어, 그럼 일단 빨리 병원 가고 좀 괜찮아지면 본부장님한테 전화 한 통 드려. 일단 푹 쉬고. 며칠 쉬어 그냥. 너 연차 남은 거 있지? 아니다, 이거 공가지? 아니면 병가 되겠지? 하여튼 내가 알아서 할 테니까 괜찮아질 때까지 쉬어. 알겠지? 응. 응응. 응. 그래, 알겠어. 들어가? 응, 들어가. 응."

차장이 울먹거려서 장도 조금 울컥했다. 필요한 이야기는 모두 전했고, 들어야 할 말도 충분히 들었다. 그 정도가 앞으로 장이 겪을 좋은 반응의 최대치였다. 생각보다 힘든 일이 많았다. 일단 경찰의 모든 대응이 장에게 너무 큰 상처였다. 이해 가는 면이 없지 않았지만 그래도 너무했다.

*

강력계 형사는 장이 시동을 걸고 출발한 게 잘못인 양 말했다. 그 자리에서 112에 신고했다면 증거를 수집하고, 용의자를 추적하고, 범행의 전모를 밝혀내는 일이 일사천리로 진행됐을 것처럼 말이다. 그가 그렇게 말하는 건 장이 그러지 않았기 때문이었다. 그는 후에 변명거리로 쓸 만한 소재를 반드시 기록에 남겨두려고 했다. 못마땅한 말투와 고민스러운 표정을 숨기지도 않았다. 장이 즉시 신고했더라도 어떻게든 다른 어려움을 찾아내어 수사의 난항을 주장했을 게 분명해 보였다.

"바지에 똥을 쌌습니다. 그런 꼴을 남에게 보이고 싶지 않았습니다."

장의 항변은 정당했다. 그리고 분했다. 자신이 항변해야만 하는 상황이 너무나 옳지 않게 느껴졌다. 다시 그때로 돌아간대도 같은 선택을 할 수밖에 없었다.

납치에서 풀려난 그 순간이 여전히 생생했다. 시동을 건 장은 내비게이션 앱으로 위치를 확인했다. 강화도였다. 집까지 두 시간 거리였다. 평일 아침이라 중간중간 정체 구간도 있었다. 어깨가 찢어질 듯 아프고 엉덩이가 끔찍할 만큼 불쾌했다. 냄새도 역겨웠다. 그래도 가야 했다. 달리 선택의 여지가 없었다. 한시라도 빨리 익숙한 공간으로 돌아가고 싶은 마음뿐이었다.

연료 계기판에 경고등이 들어와 있었다. 전자 계기가 알려주는 주행 가능 거리는 집까지보다는 길었다. 안심할 수 없었다. 중간에 차가 멈춰 서는 일은 생각만 해도 끔찍했다. 계속 고민하는 대신 사이드 브레이크를 풀었다. 주행 기어를 넣고 천천히 액셀을 밟았다. 뒤가 아니라 앞에 타고 있는 걸 실감하며 집으로 향했다.

10시 정각이 되기 전에 라디오를 틀었다. 주파수를 97.3에 맞췄다. 뉴스가 시작됐고, 귀를 기울였지만 납치나 실종에 관한 소식은 없었다. 말뚝들 이야기가 또 나왔고, 나루토 춤을 추는 국회의원 이야기는 없었다. 라디오를 껐다. 장을 찾는 연락들에 답장해야 하나 고민이 조금 됐다. 깨끗이 씻기 전까지는 아무것도 하고 싶지 않았다. 회사에서 전화가 걸려왔지만 일단 받지 않기로 했다.

어지럽고, 구역질이 올라오고, 창문을 활짝 열어놓은 탓에 뺨이 딱딱하게 얼어붙는 것을 느끼며 어찌저찌 집에 도착했다. 지하 주차장에서 원래 차를 대던 자리를 지나쳤다. 모든 악몽이 시작된 자리에 다시 주차하고 싶지 않았다.

  사람이 다니지 않는지 확인하고 바지를 치켜올린 채 엉거주춤 엘리베이터까지 갔다. 제발, 제발 아무도 없게 해주세요. 인기척이 느껴지면 계단으로 올라갈 생각이었다. 이런 씨발. 여전히 고장이었다. 빌어먹을 엘리베이터. 뭔가를 흘리지 않을까 걱정하며 계단을 올랐다. 숨이 찼다. 다행히 바짓단을 통과해 나오는 것은 없었다. 변은 이미 옷과 피부 사이에서 반건조 상태로 말라가는 중이었다. 장은 신발을 신은 채 화장실로 직행했다.

  씻었다.

  뜨거운 물이 닿자 케이블 타이에 묶여 있던 팔목과 발목이 쓰라렸다.

  다행이다. 그래도 다행이야. 죽지 않았으니까. 장은 수건으로 몸을 털다 말고 주저앉아 엉엉 울었다.

  연락이 쌓인 휴대폰을 들여다봤다. 반드시 콜백해야 하는 것은 업무와 관련된 일뿐이었다. 그 외에 급하게 장의 안부를 궁금해한 지인은 없었다. 자신이 사라진 스물네 시간을 돌아볼 수밖에 없었다. 애매했다. 평생 애매하게 살아왔듯이 납치도 좀 애매한 구석이 없지 않았다. 기분이 더러워졌다. 화끈하게 한 일주일 사라졌으면 모두가 날 궁금해하지 않았을까. 나를 아는 사람이 한 번씩 나에 대해 생각하고 나와 얽힌 채권과 채무를 떠올리지 않았을까. 금전적이든 감정적이든 이제까지 해결되지 않은 나와 관련된 모든 것이 수면 위로 떠오르지 않았을까. 장은 고개를 가로저었다.

그래도 다행이야. 죽지 않았으니까.

차장에게 전화하고 아정 씨에게 문자를 보냈다.
그리고 112에 전화했다.
"긴급신고 112입니다."
"납치를 당했습니다."
"신고자분 휴대폰으로 위치 추적하겠습니다. 경찰관 바로 출동하니까 조금만 기다려주세요. 많이 위험한 상황인가요? 저랑 계속 통화 가능하세요?"
"아뇨, 풀려났고요. 집에 왔어요."
"현재 납치 중인 건 아니고요? 안전하게 계신 거예요? 구급차 필요하세요?"
"예. 그냥 제가 병원 가면 될 것 같아요."
"정확한 주소 알려주세요. 출동한 경찰관한테 상황 설명하고 같이 관할서로 이동해주세요. 그쪽에서 사건 접수 도와드릴 겁니다."
"아, 경찰차가 오는 거예요?"
"네. 그렇습니다."
"제가 경찰서로 가도 돼요?"

"상관없긴 한데 괜찮으시겠어요?"

"그냥 제가 가면 될 것 같아요."

"알겠습니다. 경찰관 도움 필요하면 다시 연락하시고, 바로 관할서 가서 접수하세요."

장은 전화를 끊었다. 이때까지는 기분이 괜찮았다. 신고 전화를 받은 경찰은 노련하고 전문적인 태도로 응대했다. 경찰에 대해 갖고 있던 막연한 불신이 미안해질 정도였다. 경찰의 태만과 늑장 때문에 일이 커진 이야기는 뉴스의 단골 소재였다. 많이 개선된 듯했다. 지금 당장 장이 해야 할 일을 명확하게 지시해주었다는 점이 특히 고마웠다. 침대에 누워 잠이라도 한숨 자고 싶다고 생각하던 참이었다. 직접 운전해서 경찰서에 가는 일이라면 얼마든 할 수 있었다. 아파트 현관에 경찰차가 서 있는 장면을 연출하고 싶지는 않았다.

똥 싼 바지와 입고 있던 셔츠를 포함해 모든 옷가지를 쇼핑백에 넣었다. 경찰이 옷에서 뭔가 단서를 찾아낼 수 있었다. 편한 옷으로 갈아입고 지갑에 신분증이 있는지 확인했다. 장은 그렇게 집을 나섰다. 또 계단을 내려갔다. 빌어먹을 엘리베이터. 트렁크…… 트렁크를 여는데 손이 떨렸다. 심장이 쿵쾅거렸다. 차마 안을 쳐다볼 수 없었다. 실눈을 뜨고 손을 휘저어 돗자리를 꺼냈다. 몸서리치며 트렁크 문을 닫았다. 운전석 시트에 돗자리를 펴고 그 위에 앉았다. 창문을 열고 경찰서로 향했다.

*

　장은 오래전 경찰 조사를 받은 경험이 있었다. 태이 때문이었다. 통장이 압류되어 쓸 수 없다며 장에게 대신 돈을 받아달라고 했다. 장은 태이에게 계좌 번호를 알려줬고, 장의 계좌로 들어온 300만 원을 인출해 태이에게 전달했다. 며칠 뒤 경찰서에서 연락이 왔다. 보이스피싱인 줄 알았는데 진짜 경찰이었다. 전자금융거래법 위반과 사기 혐의 공범으로 출석하라는 내용이었다.
　태이는 인생을 망치기 위한 마지막 불꽃을 태우고 있었다. 중고나라에서 노트북, 카메라, 골프 클럽처럼 고가의 물건을 파는 척하고 돈만 받아 챙겼다. 그 돈이 몽땅 인터넷 바카라에서 녹고 있었다. 장 말고도 태이 때문에 입건된 지인이 여럿이었다. 대포 통장을 구할 만큼의 성의도 없는 한심한 범죄였다.
　장은 태이와 나눈 연락 모두를 형사에게 보여줬다. 태이의 주거와 동선과 식성과 습관 같은 모든 것을 상세히 진술했다. 며칠 뒤 태이에게서 연락이 왔다. 맥주를 한잔하기로 약속을 잡았다. 장은 그 자리에 나가지 않았다. 그 대신 형사들이 나갔다. 장은 수사에 협조한 게 참작돼 기소유예 처분됐다. 태이는 초범이지만 피해를 입힌 액수가 작지 않아 8개월의 실형을 살고 나왔다. 장은 미안하다고 하지 않았고, 태이도 장에게 원망을 전하지 않았다.
　그때 이후로 경찰서에 가기는 처음이었다.

*

형사는 시종일관 기분이 좋지 않아 보였다. 처음 마주 앉았을 때부터 그랬다. 인적 사항을 받아 적고 사건 개요를 설명하는 내내 그랬다. 이야기하는 도중에 자꾸 인상을 찌푸렸고, 이해가 안 된다는 듯 갸우뚱하거나 입으로 소리를 내기도 했다. 각진 스포츠머리에 몸이 다부진 남자였다. 체구가 크진 않았지만 귀가 뭉개져 있었다. 살면서 어지간해서는 시비를 당하지 않았을 것 같았다. 누군가에게 친절할 필요가 없는 삶을 살았고, 그런 태도가 경찰 일을 하는 데 유용하다고 생각하는 듯했다.

"차종이 K5 3세대 2023년식이라고 하셨잖아요."

"네."

"요새 나오는 차는 안에서 트렁크 열 수 있어요. 열림 장치 쪽에 불도 들어올 텐데?"

신고를 바로 하지 않았다고 은근히 책망한 데 이어 제때 탈출하지 못한 것까지 문제 삼았다. 장은 믿기지 않았다. 피해자로 경찰서에 왔는데 교무실에 불려가서 혼나는 학생이 된 꼴이었다.

"몰랐습니다. 알아야 돼요? 제가 납치를 처음 당해봐서 모르는 게 많았네요. 다음에 또 납치되면 꼭 열고 나오겠습니다. 손발 묶여서 고개 돌리기도 힘들었는데 문까지 열었어야 됩니까?"

장은 더 이상 참고 싶지 않았다. 진상 되는 법이라면 책 한 권을 쓸 정도로 빠삭했다. 창구 업무를 보던 시절 직접 당한 일의 반만 따라 해도 앞에 앉은 형사의 하루를 망쳐놓을 자신이 있었다. 정말 그러고 싶지 않지만 계속 이런 식이면 별수 없었다.

"이규채 수사관이라고 하셨죠."

"이규태요. 앞에 써 있잖아요."

"네네, 이규태 순경님."

"경위입니다."

"메모 좀 할게요. 청문감사인권관? 민원 있으면 여기 접수하면 됩니까? 납치당한 사람한테 왜 탈출 못 했느냐고 비난하는 형사 있다고 가서 말하면 되죠? 스레드에 올리고 보배드림에도 올릴 겁니다. 녹음해도 돼요? 지금부터 녹음하면서 조사받을게요."

"그거는 진술 녹음 제도를 활용하셔야 되고, 처음에 안 한다고 하셔서……."

"그럼 지금부터 할게요. 녹음 제도 그거 신청할 테니까 녹음해 주세요."

"에헤이, 진짜, 선생님, 왜 그러세요. 오해가 있으신 거 같은데……."

급격히 사람 좋은 표정이 된 형사가 손사래를 치며 장에게 쩔쩔매는 시늉을 했다. 실제로 당황한 것처럼 보이지는 않았다. 능구렁이처럼 태세를 바꿨을 뿐이었다.

"오해 아니잖아요. 아까부터 제 잘못인 것처럼 말하잖아요."

"아휴, 제가 실수했습니다. 마음 상하셨다면 용서하십시오. 순사 밥 이십 년 먹다 보니 뭘 좋게 못 물어보는 게 인이 박여서요. 집에서도 이러다가 올봄에 이혼당했습니다."

장은 그 즉시 다그칠 의지를 상실했다. 머리를 긁적이며 불쌍하게 웃는 것이 한두 번 해본 솜씨가 아니었다. 아내한테도 그렇게 했으면 이혼까지는 안 했을 텐데 싶었다. 아닌가? 잘못해놓고 맨날 저러면 더 열받을지도? 형사는 좀 부드러워진 태도로 말을 이어갔다.

"그러니까 제가 강력반 하면서 험한 사건 많이 봤는데 납치 감금 이거 진짜 악질적인 범죄가 맞고요, 무조건 감옥 갑니다. 우리 선생님 너무 고생하셨고, 제가 이놈들 꼭 잡을 겁니다. 근데 아무리 들어도 사건이 묘한 데가 있어요. 강도 한 거 없죠? 몸값 요구한 거 없죠? 심지어 주먹으로 한 대 친 것조차 없어요. 아, 물론 치면 안 되죠. 쳐야 한다는 게 아니라 납치 감금은 제압이 중요해서 빠따라도 치는 게 보통이거든요. 것도 하루 만에 문 열어주고 줄행랑쳤잖아요. 그래서 제가 아무래도 자세하게 질문드릴 수밖에 없는 겁니다. 기분 나쁘셨다면 정말 죄송하고, 원하시면 절차대로 수사관 교체해드리겠습니다. 다 필요한 질문이라 생각하고 조금만 참아주세요. 저도 많이 조심하겠습니다."

말은 사근사근했지만 요지는 마찬가지였다. 장이 겪은 일이 의심돼 질문이 많다는 거였다. 장은 뭐라고 대꾸할 말이 없어 가만히 앉아 있었다. 누구보다도 답답한 사람은 바로 장이었다. 형사가 자리에서 일어나더니 믹스커피를 타 왔다. 장에게 종이컵을 내밀며 말했다.

"담배 태우세요?"

"아닙니다."

"그러니까…… 생각을 잘 해보세요. 얘들도 이유가 있어서 이랬을 거 아닙니까. 범죄자 새끼들 불러다놓으면 다 지들 나름의 논리가 있어요. 그게 소위 말하는 동기라는 겁니다. 업무 하면서 잘못된 일, 금전, 치정, 하다못해 층간 소음이라도 있을 거 아닙니까. 잘 생각해보시면 떠오르는 얼굴이 있을 거예요. 꺼림칙해서 말하기 어려운 거, 그런 거 솔직하게 말하셔도 됩니다. 제가 범인 잡는 사람이지 선생님 판단하는 사람이 아니에요."

거짓말인 것을 알고 있었다. 그는 판단하고 있었다. 장도 마찬가지였다. 은행에 오는 모든 고객을 매일같이 판단하고 줄 세웠다. 마음에 걸린다고 하면 걸리는 사람이 한둘이 아니었다. 대출 고객들은 심사역이 칼자루를 쥔 것처럼 생각했다. 서류대로, 시스템대로 된다고 설명해도 들어먹지 않았다. 장에게 부탁하고 매달리는 사람 천지였다. 사실 그들의 말이 아주 틀리지는 않았다. 그렇다고 장이 가진 권한을 모두에게 발휘할 이유는 없었다.

장에게 앙심을 품을 만한 사람이 있었을까? 전부가 나름의 이유로 절박했을 것이다. 섣불리 누군가의 이름을 말했다가 조사라도 당하게 하면 수습하기 힘들었다. 자신의 평판과도 연관된 문제였다.

태이.

경찰서로 출발하면서 태이의 인스타그램을 확인했다. 몇 년 전에 올린 글이 가장 최근 게시물이었다. 뒤에 보이는 이국적인 배경으로 보아 그때까진 여전히 마카오에 머무른 듯했다.

"모르겠네요. 진짜……."

"천천히 생각해보세요."

사무실 전화가 울렸다. 형사의 두툼한 손이 전화기를 향했다.

"하지도말고받지도말자청탁. 강력3팀 이규탭니다. 뭐? 없어? 왜 없어. 아니, 왜 없냐고 있겠지. ……아니, 없는 게 어딨어 당연히 있는 거지 그게. 돌겠네 진짜. 블랙박스는? ……응. ……응. ……그래? 하…… 알겠어. 알겠고, 구청 관제 센터 가봐. 동선이라도 따야지. ……그래. ……어, 수고 수고."

형사의 표정이 일그러졌다. 탁 소리 나게 전화를 내려놓더니 장을 보며 고개를 가로저었다.

"미치겠다, 진짜."

"왜요?"

"선생님네 아파트. CCTV가 없어요."

"무슨 말씀이세요? 카메라 엄청 많은데."

"있는데 없어. 세콤에 납부를 안 해서 녹화 끊긴 지가 석 달이 넘었대요."

"네?"

"완전 황당한 경우가 다 있네. 관리소장 이거 완전 몽타주 나오는데. 입주민들은 전혀 몰랐던 거죠?"

"몰랐죠. 그러고 보니까 엘리베이터도 고치질 않아요. 사람 부른다 부른다 해놓고 계속 멈춰 있어요."

"하여튼 블랙박스도 주차된 차량 중에 그쪽으로 세워진 게 없대요. 아예 각이 안 나온대. 코너 자리라."

형사는 은근히 반말을 섞은 반존대 말투를 쓰고 있었다. 추궁당하는 것보다 그게 차라리 나았다. 장의 편이 되어줄 것만 같은 기분이었다. 갑자기 왈칵 눈물이 나왔다. 형사가 두루마리 휴지 몇 칸을 떼어 건넸다.

"아이고, 선생님, 걱정 마세요. 저희가 잡아요. 강도도 잡고 살인범도 잡고 다 잡는다니까. 우리가 검거율 최우수 팀이에요. 울지 말고. 좀만 더 물어볼게요. 아까 라디오, 라디오 뭐 들었다 그랬지? 배철수?"

장은 훌쩍이며 코 먹는 소리를 냈다. 눈물이 멈추지 않아 휴지를 더 받았다. 흥을 세 번 하며 코를 풀었다. 휴지통이 보이지 않아 주머니에 넣었다. 인생이 완전히 망가진 기분이었다.

*

경찰서를 나왔을 때는 오후 4시가 훌쩍 넘어 있었다. 장은 극심한 허기를 느꼈다. 배 속에 음식물이 들어가지 않은 지 상당한 시간이 지났다. 조사받는 중간에 형사가 초코빵을 먹으며 장에게도 권했다. 그 색깔이 똥 같아서 장은 사양했다.

이제는 정말 뭐든 먹어야 했다. 속이 쓰리기 시작했고, 조사받으며 말을 많이 한 탓에 기운도 없었다. 늦기 전에 병원에 가서 진단서를 떼야 했다. 대기가 발생할 수 있다는 점을 고려하면 지체해서는 안 되었다. 금요일이었고, 주말에 여는 병원을 찾아다니느니 밖에 나온 김에 모든 일을 처리하는 게 좋았다. 금요일은 납치에서 풀려나기에 좋은 요일이 아닌 듯했다.

장은 눈에 띄는 가까운 내과에 들어갔다. 어디가 불편해서 왔느냐는 질문에 진단서를 떼야 한다고 대답했다. 울긋불긋 멍이 든 장의 얼굴을 유심히 보며 간호사가 다시 물었다.

"일반이요? 상해요? 저희 상해 진단서는 발급 안 해드려요."

"뭐가 달라요?"

"단순 제출용이면 일반이고, 고소하실 거면 상해로 하셔야 돼요. 상해 하실 거면 이마트 건너편 정형외과 가보세요."

회사에도 내야 했지만 경찰에서 조사받을 때도 필요할 것 같았다. 장은 고개를 꾸벅 숙이고 돌아 나왔다. 어플에서 이마트를 찾으니 500미터 정도 걸어야 했다. 아정 씨에게서 문자가 왔다. 이야기 들었다며 걱정 많이 했다는 내용이었다. 전화라도 한 통 걸줄 알았는데 문자가 전부라니 조금 서운했다. 장은 휴대폰을 주머니에 넣고 계속 걸었다. 분식집이 나왔다. 김이 모락모락 피어오르는 어묵꼬치가 맛있어 보였다. 시계를 보니 아직 5시가 안 되었다. 간단하게 어묵꼬치 하나 정도는 먹어도 될 듯했다.

그렇게 시작한 어묵꼬치가 멈춰지지 않았다. 한 손에 꼬치와 한 손에 국물. 열두 개째 집어 들자 사장님이 급히 나와 통에 새 어묵을 채워 넣었다. 밝은 표정으로 장에게 눈인사를 건넸다. 장도 같이 웃었다. 가게 안에 있는 시계에서 5시 정각을 알리는 짧은 알람이 울렸다.

장은 최대한의 자제력을 발휘했다. 마지막이라고 결심한 꼬치에 손을 뻗었다. 둥근 어묵의 머리 부분을 탐욕스럽게 베어 물었다. 그때 전자레인지의 유리문에 비친 검은 형체가 장의 눈에 들어왔다. 갑자기 이유 없이 온몸이 긴장됐다. 풀페이스 헬멧을 쓴 괴한이 장에게 달려들었다.

"으악!"

장은 소리를 지르며 뒷걸음질하다 보도블록에 넘어져 굴렀다. 괴한이 쓰러진 장을 향해 손을 뻗었다. 칼? 장은 본능적으로 몸을 움츠리며 얼굴을 가렸다. 그의 손이 장의 팔을 잡고 끌어당겼다. 장은 그 힘에 이끌려 지푸라기 인형처럼 벌떡 일어섰다.

"괜찮으세요?"

얼굴을 가리고 있던 실드를 올리는 그의 손 때문에 장은 다시 놀라며 팔을 휘저었다.

"으아니!"

외마디 비명도 함께 터졌다. 분식집 사장이 놀라서 뛰쳐나왔다.

"뭐고? 뭔데요?"

사장이 장과 괴한을 번갈아 보며 물었다. 바삐 걷던 사람들이 멈춰 서 있었다. 모두가 눈앞에 일어나고 있는 일을 궁금해했다.

"배민인데요."

배달 라이더였다. 목소리에 억울함이 묻어 있었다.

"래미안스토리? 딱 맞춰 오셨네."

사장이 가게에 들어가 단정히 묶인 흰 봉지를 들고 나왔다. 멈춰 섰던 사람들이 다시 걷기 시작했다. 배달원에게 봉지를 건네다 장을 본 사장이 소스라치며 놀랐다.

"아재요. 입에서 피 납니더."

장의 입에 있던 꼬치가 입천장을 찔렀다. 혀끝으로 느껴지는 쇠 맛이 찌르르했다. 침을 뱉을 수 없어 꿀꺽 삼켰다. 배달원이 실드를 다시 탁 내리고 장에게 물었다.

"괜찮으세요?"

"악."

장은 대답 대신 다시 소리를 지르고 말았다. 배달원은 고개를 갸웃하며 가로수 옆에 세워둔 오토바이로 돌아갔다. 사장이 휴지를 잔뜩 뽑아 와 축축한 장의 가슴팍을 훔쳤다. 입가에 흐르는 피도 닦았다.

"아이고마. 오뎅 국물 다 쏟아뿟네. 괜찮은교? 병원 가야 안 되겠습니까?"

맞는 말이었다. 그러지 않아도 장은 마침 병원에 가는 길이었다.

간호사는 친절했다. 피가 멎게 누르고 있으라며 탈지면을 줬다. 장은 입안에 솜을 가득 물고 엑스레이를 찍었다. 피에 젖은 솜을 뱉어 휴지통에 버리고 진료실에 들어갔다. 의사가 문진을 하고 몸 곳곳을 살폈다.

"다행이네요. 많이 놀라셨을 텐데 크게 잘못된 곳은 없어요. 뼈나 인대 모두 괜찮고, 얼굴에 타박상 조금 있네요. 멍은 최소 일주일은 갈 거예요. 손발 묶이신 데 찰과상은 사진 꼭 찍어두시고요."

"전치 몇 주 나오나요?"

말하는데 장의 입술 사이로 피가 흘러나왔다. 의사가 티슈 두 장을 뽑아 건넸다.

"이 정도면 이 주로 봐야죠."

"그거밖에 안 돼요?"

"속상하시겠지만 많이 안 다쳐서 다행이라고 생각하시는 편이 좋아요."

"좀 더 써주시면 안 돼요?"

"그건 힘들어요. 입 닦으세요. 피……."

장은 피와 섞인 침을 티슈에 뱉어냈다. 의사가 티슈를 두 장 더 뽑아 건넸다. 장은 공처럼 뭉친 빨간 덩어리를 새 티슈로 감쌌다.

"선생님, 저 진짜 PTSD 생긴 것 같아요. 옆에 누가 오기만 해도 깜짝 놀라서 소리 지르고 나자빠져요."

"저런…… PTSD는 최소 1개월 지속돼야 진단받을 수 있어요. 일단 급성 스트레스 장애 적어드릴게요. 계속 힘드시면 정신건강의학과 내방하시고, 한 달 지나면 진단도 가능하실 거예요."

"그럼 그때 상해 진단서 다시 발급받아야 하나요?"

"필요하면 그렇게 하시면 되겠죠?"

"어떤 경우에 필요한가요?"

"그런 내용은 경찰서에 문의하시면……."

의사가 'ㅎㅎ' 하는 느낌으로 웃었다. 장도 'ㅎㅎ' 하며 진료실에서 나왔다.

간호사가 탈지면 한 뭉치를 또 건네며 말했다.

"피……."

장은 꾸벅 인사하고 솜을 받아 입에 물었다.

"얼마에요?"

"10만 8000원입니다."

"얘?"

"상해 진단서가 원래 비용이 좀 나오세요. 삼 주 미만은 10만 원이고 이상은 15만 원이세요. 나머지는 엑스레이 비용이고요."

장이 약간 'ㅎㅎㅎㅎㅎ' 느낌으로 웃었다. 간호사도 'ㅎㅎ' 해줬다.

"싱비 대요?"

"실비 처리는 서류 발급 비용 제외하고 가능하실 거예요. 세부 내역서 뽑아드려요?"

장은 고개를 도리도리 저었다. 그리고 웃었다. 간호사도 웃었다.

"앙녀히 게새요."

"안녕히 가세요."

장은 집에 돌아가려고 택시를 잡았다. 뒷좌석에 앉아 주소를 불렀다. 차의 앞과 뒤와 트렁크 모든 곳에 있어보는 첫날이었다. 장의 차는 경찰서에 주차돼 있었다. 지금쯤 과학수사대가 그의 차를 샅샅이 뒤지고 있을 것이었다. 이규태 형사는 차에 대해서도 비관적인 말을 잊지 않았다. 범인들은 아마도 장갑을 착용했을 테고, 장이 곧바로 운전대를 잡았기 때문에 큰 기대는 하기 힘들 거라고 했다. 면봉으로 입안의 점막을 훑을 때 장은 자신이 범죄 영화의 한 장면을 찍는 배우 같았다. 정작 트렁크 안에 있을 때는 그런 생각을 하지 못했다. 아무도 장을 보고 있지 않았기 때문이다. 그때는 신조차 자신을 발견하지 못하리라 생각했다.

택시 기사에게 묻고 싶었다. 저희 집으로 무사히 데려다주실 거죠? 그렇게 말하는 대신 눈을 감았다. 브레이크를 짧게 끊어 여러 번 밟는 게 운전 습관인 듯했다. 평소 같으면 멀미가 났겠지만 아무 느낌이 없었다.

15층 계단을 걸어 올라갔다.

침대에 쓰러져 잠들기까지 삼 분도 걸리지 않았다.

*

끝없이 울려대는 전화벨 소리에 장은 눈이 떠졌다. 실눈 너머로 본 화면에 지역 번호로 시작하는 낯선 번호가 떠 있었다. 심장이 쿵 떨어지는 느낌이었다. 입가에 맺힌 침을 스읍 삼켰는데 피맛이 났다. 통화 버튼을 눌렀다.

"경찰서예요. 낮에 뵌 이규태 형삽니다."

"예에."

가래가 걸려 목소리가 제대로 나오지 않았다.

"주무셨구나? 아, 시간이 벌써 이렇게 됐네. 죄송해요. 제가 오늘 당직이라."

"아아. 예에."

당직이세요? 씨발 저는 수면이세요, 형사님.

"낮에 그랬잖아요. 9시 뉴스 나오는 거 들었다고. 나루토 춤? 그걸 국회의원이 췄다고? 그랬잖아요. 이상해서 찾아봤는데 그런 뉴스가 없었거든요. 나토 같은데. 나토 결의안. 우크라이나 전쟁 관련해서. 유럽에 나토 있잖아요."

"아아."

"맞아요? 나토예요?"

"으음."

"졸리시구나. 내일 전화할까요?"

"아."

"예에. 죄송해요, 선생님. 내일은 제가 당직 끝나고 오침이니까 모레 전화드릴게요."

"아. 그…… 잠깐만요……. 나루토……였어요. 나루토 춤 맞아요. 틱톡 챌린지 있잖아요. 그거를 국회의원이 본회의장에서 췄다 그랬어요. 앞으로 다른 국회의원들도 다 같이 춘다 그랬고. 분명히 들었어요."

"그래요? 이상하네. 한번 다시 확인해볼게요."

"예. 형사님, 지금 몇 시예요?"

"1시네. 1시."

"예에."

"주무세요."

"예에."

전화를 끊고 장은 휴대폰의 시간을 확인했다. 1시 30분이었다. 누구나 모두에게 거짓말을 했다. 숨을 한 번 길게 쉬고 장은 다시 잠에 들었다.

4

 장은 주말 내내 집에서 나오지 않았다. 외출하려면 일단 끝없는 계단을 마주해야 했고, 용기 내서 나간대도 버티지 못할 것 같았다. 배달 음식도 시킬 수 없었다. 엘리베이터가 고장 난 15층에 음식을 가져다달라고 할 수는 없는 노릇이었다. 계속 라면만 먹었다. 나중에는 김치도 다 떨어져 피자 먹고 남겨둔 피클을 면발과 함께 씹었다.
 계속 생각했다. 잠재적인 용의자를 선상에 올렸다가 또 내렸다. 카카오톡의 친구 목록을 백 번 넘게 들여다봤다. 이런 사람도 있었나 싶은 이름이 몇 개 있었다. 기억을 더듬고 더듬어 기필코 누군지 기억해냈다. 삼 년 전 주차장에서 '문콕'하고 간 사람을 떠올리는 게 제일 힘들었다. 그 사람은 아니지 싶었다. 장이 돈을 받지 않고 쿨하게 넘어갔기 때문이다. 모든 이름을 되짚고 장이 내린 결론은 하나였다. 여기에는 없다. 어딘가 알 수 없는 곳에서 찾아온 재난이었다.

하지만 기억을 과신할 수는 없었다.

결국 형사에게 태이의 이름을 말했다. 옛 친구인데 혹시 모르니 한 번쯤 확인해달라고 했다. 살면서 또다시 태이를 밀고하게 될 줄은 몰랐다. 그렇게 생각하자 장은 마음이 괴로워졌다. 자기 때문은 아니라고 항변하고 싶었다. 태이와 둘이서 해돋이 보러 정동진에 갔던 스무 살 겨울을 떠올렸다. 그땐 참 좋았다. 장을 납치해 트렁크에 태우는 사람이 없고, 태이가 본인 또는 타인을 곤란하게 하지 않던 시절이었다.

그리고 본회의장에서 나루토 춤을 춘 국회의원은 없었다. 당시에 정신이 혼미한 상태이긴 했다. 꿈과 섞인 부조리한 상상이 현실처럼 여겨졌을지도 모른다.

인스타그램 릴스를 너무 많이 봤나?

위스콘신의 교통국장을 지낸 밥 얼스의 이야기도 현실이 아니었을까?

혹시나 싶어 MBC 라디오의 다시 듣기 서비스에 들어갔는데 그날만 파일이 제공되지 않았다. 저작권 문제로 해당 회차를 제공하지 않는다는 안내가 있었다. 장은 시청자 게시판에 글을 올렸다. '밥 얼스를 기억하는 분 찾습니다'라는 제목이었다. 적어놓고 보니 자신이 밥 얼스와 동문수학한 어릴 적 친구라도 되는 것 같았다.

말뚝들의 사진을 많이 찾아봤다. 말뚝들에 대한 것 역시 트렁크에서 들은 뉴스 중 기억나는 대목이었다. 확실히 망상이나 왜곡이 아니었다. 꾸준히 해변으로 밀려든 말뚝의 수가 벌써 100구를 넘어갔다. '구'는 시체를 세는 단위 아니던가. 용례에 맞는 적확한 표현이었다. 말뚝들이 죽은 사람의 몸인 사실이 확인됐다는 보도가 있었다. 연대를 알 수 없는 것부터 비교적 근대의 것으로 추정되는 경우까지 다양하다고 했다. 고고학, 해양지질학, 법의학 등 각 분야의 전문가가 모인 조사단이 실체를 파악 중이었다.

  말뚝들의 머리는 털 오라기 하나 없이 반지르르했고 얼굴도 방금 세수한 것처럼 매끈했다. 그것들은 아주 오랜 세월 동안 뻘밭에 거꾸로 파묻혀 있었다. 공기는 물론 해수와도 접촉한 적 없는 피부가 일체의 부패 없이 미라가 돼 있었다. 기사를 보며 그런 상태를 '시랍화'라고 한다는 걸 알게 됐다. 안색이 어둡고 얼굴이 전체적으로 부어 있는 것을 제외하면 방금 눈 감고 잠든 사람 같기도 했다. 눈을 감은 데다 뚜렷한 표정을 짓고 있지 않은 탓에 전부 한 사람의 얼굴처럼 보였다. 혹은 모두의 얼굴이라고 해도 이상하지 않았다.

  목 아래로는 사람의 몸이면서 동시에 두꺼운 통나무처럼 보였다. 오랫동안 목질화가 진행된 몸체에 이곳저곳 틈이 갈라져 있었다. 그 사이에 부착돼 있던 해조류는 뭍으로 나온 뒤 말라붙어 퍼석해 보였다. 껍질만 남은 패조류의 흔적도 있었다. 조사자들은 해변에 밀려온 순서에 따라 말뚝들에 일련번호를 부여했다.

분석을 마친 뒤 일부는 연구를 위해 보관하고 나머지는 원래 있던 자리로 돌려보낼 계획이라고 했다.

입을 다문 말뚝들의 표정을 보고 있으면 명상하는 기분이 들었다. 반가사유상의 얼굴과도 닮았다. 불쑥불쑥 찾아오는 어깨의 통증과 공포스러운 기억 속에서 장이 평안해질 수 있는 순간은 그 얼굴을 감상할 때뿐이었다.

월요일 아침 형사들이 집에 찾아왔을 때도 장은 말뚝들을 주제로 한 유튜브 영상을 보고 있었다. 미리 연락을 받았는데도 벨소리에 심장이 떨렸다. 인터콤 너머에 이 형사의 접힌 만두귀가 보였다. 지난번에는 보지 못한 다른 형사 두 명도 함께였다. 그중 한 명이 전반적으로 뿌연 사진을 내밀었다. 구체적인 어떤 것의 형상이라기보다 거의 얼룩에 가까웠다.

"제출하신 블랙박스 메모리카드를 확인했는데 용의자들이 차에 탄 직후 전원을 뽑았어요. 그나마 한 명 잡힌 게 이건데 선생님을 트렁크에 싣고 차에 타기 직전 모습입니다. 국과수로 보내 최대한 화질을 개선해봐야겠지만 큰 기대는 하기 힘들겠습니다."

"흐릿하지만 잘 보세요. 이거 보고 누구 생각나는 사람 없어요? 체형이라든가 분위기 같은 걸로 느낌이 올 수 있다 이거야. 눈 크게 뜨고 보시라고."

이 형사가 종이 위의 얼룩을 손가락으로 짚으며 물었다.

"전혀 모르겠어요. 이게 사람이 맞기는 해요? 무슨 심령사진 같은데."

장은 두 손으로 머리를 감싸고 사진을 뚫어지게 들여다봤다.

"딱 봐도 사람이구만. 보자, 어깨는 좁고 머리는 크다? 야, 이거 박 형사 너 같은데? 너 맞지? 얘 체포해 빨랑."

이 형사가 장난기 어린 목소리로 말했다. 장에게 사진을 보여준 형사가 다른 형사의 어깨를 꺾는 시늉을 하며 투닥거렸다. 해맑게 장난치는 경찰들을 보며 장은 한숨이 절로 나왔다. 이 형사가 장의 불편한 기색을 눈치챘는지 심각한 척 표정을 바꿨다.

다른 형사들도 장에게 몇 가지 물었다. 태이의 본가 주소라든가 연락되는 다른 친구가 있는지 같은 것들이었다. 현재는 태이의 소재가 전혀 파악되지 않는다고 했다. 장이 알기로 태이와 연락하고 지내는 사람은 아무도 없었다.

"차에 남은 지문은요?"

"감식반이 오늘 지문 뜨고 다 할 거예요. 생각 있는 놈들이라면 장갑을 꼈겠지만요. 아니, 물론 생각 없는 새끼들이니까 그런 짓을 했겠지만."

기대와 달리 신속한 수사가 전방위적으로 진행되지는 않는 듯했다. 장의 실망한 표정을 보고 이 형사가 말했다.

"주말이었잖아요."

장은 말없이 고개를 끄덕였다.

"뭔가 나올 겁니다."

다른 형사가 위로하듯 말했다.

"그럼 가보겠습니다. 보던 거 마저 보시고."

이 형사가 일시 정지된 화면을 힐끗 보고 말했다. 그는 수첩을 접으며 일어섰다. 그리고 생각지 못한 말을 덧붙였다.

"선생님 덕분에 외근 복귀하면서 한 놈 달고 들어갑니다."

"그게 무슨 말씀이세요?"

"여기 아파트 관리소장요. 털어보니까 CCTV를 안 고친 게 아니라 못 고친 거더라고. 공금 통장이 텅텅 비었어."

"제가 CCTV 확인하러 갔다가 명함 두고 왔는데 경리부장이란 사람이 바로 전화했어요. 저희는 뭐 날로 먹었죠."

"야, 박 형사, 너는 뭔 형사가 그렇게 제보자를 술술 불어? 수사 보안 좀 하자. 선생님, 방금 얘기는 못 들은 걸로 해주시고, 하여튼 연락 또 할게요."

장이 고개를 꾸벅 숙여 배웅했다. 형사들은 신발장 앞에서 자기들끼리 한담하며 신발을 신었다.

"선배, 근데 횡령이면 지능 팀 아니에요?"

"그런 게 어딨어. 수갑 채우는 놈이 임자지."

"앗. 맞다, 엘리베이터. 제엔장."

"내려가는 건 쉽잖아."

"무릎이 나가요, 무릎이."

"형사님!"

그들이 놓고 간 흐릿한 사진을 들여다보던 장이 소파에 앉아 빽 소리를 질렀다.

"예?"

이 형사가 현관을 나서다 깜짝 놀라 대답했다.

"중문 닫고 가주세요."

장이 짜증 섞인 목소리로 말했다.

사실 중문 같은 거 열려 있어도 아무 상관 없었다.

*

문을 나서는 데는 큰 용기가 필요했다. 형사들이 돌아간 뒤 세탁소에 가서 옷을 찾아왔다. 다음 날을 위한 예행연습이었다. 오는 길에 맥주를 한 캔 샀다. 탁자에 올려놓았을 뿐 마시지는 않았다. 책잡힐 일 하나 없이 온전한 정신으로 밤과 아침을 맞이하고 싶었다. 출근 후의 상황들을 상상하는 것만으로도 이미 장은 지치기 시작했다. 끝없이 이어질 질문과 의무적으로 확인해줘야 할 안부들을 생각하면 휴직계라도 던지고 싶었다. 맘 같아서는 며칠 더 쉬고 싶은데 본부장의 약속이 흐려질까 걱정됐다.

장에게는 도약할 계기가 필요했다. 회사 생활은 매너리즘에 빠지다 못해 진창에 부려졌고, 연초에 진급 누락도 겪었다. 누구나 자기만의 속도로 가는 거라고 장은 스스로에게 되뇌곤 했다. 일찍 부장이 된 진희 선배는 그런 장이 너무 나이브하다며 핀잔을 주기도 했다. 그러곤 말했다. 누구나 자기만의 속도로 가겠지만 나는 존나 빠른 속도로 가는 사람이야. 조급해할 필요가 없을 때도 조급해하는 것이야말로 자신을 추동하는 힘이라고도 했다. 그는 매번 멋지게 1차에 진급하며 승승장구하고 있었다.

장에게도 그런 것이 필요했다. 그 정도는 해야 겨우 남들과 비슷해지는 걸 알고 있었다. 바닥까지 떨어진 터라 더 간절했다. 그래 봤자 쌍놈이 양반 되는 것은 아니지만 대감집 마름 노릇이라도 하려면 개처럼 뛰어야 했다.

평소보다 훨씬 이른 시간에 집을 나섰다. 지하철의 번잡함이 피크 타임보다 조금 덜했다. 사소한 것에 놀라지 않도록 계속 자신을 다그쳤다. 단지 마스크를 썼을 뿐인 사람이 옆에 나란히 섰을 때 장은 자기도 모르게 움찔한 것을 들키지 않으려고 목을 돌려 스트레칭하는 척했다. 퇴근길에 병원에 들러 항불안제를 처방받아야겠다고 생각했다. 차를 돌려받으면 비용이 많이 들더라도 실력 좋은 업체를 찾아 손세차를 맡겨야겠다고 생각했다. 집을 나서는 데 급급해 점심을 싸 오지 않았다는 사실을 뒤늦게 생각했다. 구내식당에서 점심을 먹어야 한다는 사실을 생각했다. 다시 가슴이 빠르게 뛰기 시작했다. 생각을 너무 많이 하지 말아야겠다고 생각했다. 방금 것도 생각에 대한 생각이란 것을 생각했다. 생각에 대해 끊임없이 생각하다 보니 생각이란 말이 너무 이상했다. 팔각처럼 요리에 쓰는 향신료의 이름 같다고 생각했다. 그러다 어느새 내려야 할 역에 도착했고, 인파에 휩쓸려 바삐 걸음을 옮기는 동안 생각이 잦아들었다.

아무도 미처 도착하지 않은 사무실에 발을 들였다. 신입 행원 시절로 돌아간 기분이었다. 그때는 누가 시키지도 않았는데 먼저 와서 바닥을 쓸고 닦았다. 으레 그래야 하는 줄로 생각했다. 물걸레를 꽉 짜지 않았다. 출근하는 선배들이 젖은 물기를 눈으로 확인하는 게 중요했다. 요즘 신입에게 그런 일을 시켰다가는 인사과에 불려 갈 것이 분명했다. 블라인드 게시판의 주인공으로 등장해 인터넷 세상의 넓은 영토 곳곳에서 조리돌림을 당할 것이었다. 확실히 세대 차이라는 것을 번번이 느꼈다. 회식도 거의 없어졌고 회식을 한다 해도 술자리가 아닌 경우가 많았다.

그런 생각을 한 번도 한 적이 없는데 갑자기 요즘 젊은것들에 대한 부아가 치밀었다. 세상을 만만히 보고 편하게만 지내려는 문화가 만연했다. 장 다음으로 인턴이 사무실에 도착했다. 정확히는 체험형 인턴이었다. 일 시키고, 과제 시키고, 교육까지 시켜가며 쓸 만한 놈인지 아닌지 두고두고 관찰하다가 아니다 싶으면 수고했다며 집에 돌려보내는 잔인한 서바이벌 게임이었다. 장은 좀 전까지 혼자 하던 생각 때문에 몹시 부끄럽고 미안해졌다.

동료들이 속속 도착했고, 걱정했던 것만큼 주목을 받지는 않았다. 가장 먼저 전화를 걸었던 차장 선배가 눈물을 글썽인 것 말고는 대체로 담담했다. 아무도 자세한 사정을 꼬치꼬치 캐묻지 않아 고마웠다. 만약 그랬다면 몹시 곤란할 듯했다. 어깨를 툭 치며 고생 많았어 하고 지나간 사람도 있었다. 마치 까다로운 경쟁 PT를 밤새 준비한 사람에게 할 법한 말이었다. 운동장을 쉬지 않고 열두 바퀴 돈 사람에게 필요한 말이기도 했다. 기분이 점점 이상해졌다. 장은 이 사람들에게 고마울 것이 전혀 없었다. 배려가 아니라 무관심이었다. 그야말로 개새끼들이 아닐 수 없었다. 그래서 원하는 게 뭔데? 장은 스스로에게 물었다.

납치 범죄 예방 교육 및 은행장 특별 담화 발표:
장의 신상은 필히 익명 처리할 것

아니다.

폭죽과 풍선이 준비된 복귀 축하 깜짝 파티:
1. 어두운 회의실로 불러내 갑자기 불 켜주기
2. 고깔 씌워주기
3. 케이크 나눠 먹기

아니다.

잔혹한 범죄에 맞서 돌아온 생존자를 위한 격려와 덕담의 롤링 페이퍼:
1. 금일봉 곁들이기
2. 빠지는 사람 없이 모두 참석하기
3. 장에게 한마디씩 적을 때 옆에 이름 꼭 쓰기

아니다.

아닐 건 또 뭔데.

하지만 확실히 그건 좀 아니었다. 장이 겪은 고난은 장의 개인적인 체험일 뿐이었다. 스스로 극복할 문제였다. 체험형 인턴의 체험보다도 회사에 기여하는 바가 적었다. 그에 관해 저들이 짊어져야 할 어떤 종류의 책임도 존재하지 않았다. 타인의 곤란에 인색하기는 장도 마찬가지였다. 세상이 왜 날이 갈수록 잘못되어가는지 알 것 같았다.

사내 메신저의 창이 깜빡거렸다. 본부장이었다. 방으로 오라고 했다. 장은 심호흡을 한 번 크게 했다. 고생 많았어 하며 어깨를 툭 쳐준다면 전심전력의 충성을 맹세할 준비가 되어 있었다.

회사 내 파벌은 크게 보아 합병파와 인수파로 나뉘어 있었다. 십수 년 전 정부 주도의 금융권 구조 조정 과정에서 합쳐진 두 은행 출신들이 여전히 자기 세력을 주장하는 탓이었다. 두 그룹이 동등하게 합병됐다고 주장하는 쪽이 열세인 합병파였고, 우리가 너희를 인수했다며 으스대는 쪽이 우세인 인수파였다.

지금의 행장은 거의 십 년 만에 합병파가 열세를 극복하고 배출한 인물이었다. 현 정부와 코드가 맞는 정도가 아니라 정부 그 자체라는 평가였다. 중학생 시절 대통령과 같은 학교에서 보이스카우트 활동을 했다니 말 다 한 셈이었다. 행장 인선 직전 굳히기 한판을 위해 벌인 일에 대한 소문이 파다했다. 전임 행장의 측근이 저지른 채용 비리 파일을 남부 지검 캐비닛에서 꺼내 왔다고 했다. 소문의 진위를 확인해준 사람은 진희 선배였다. 합병파의 실세로 불리는 지금의 경영전략부문장 밑에서 모든 과정을 지켜봤다고 했다.

진희 선배가 열세인 합병파 쪽에 줄을 선 것이 그답지 않다고 생각했는데 결과적으로는 신의 한 수였다. 그야말로 개국 공신이 되었다. 어쩌다 보니 인연이 닿아 그리되었다는 생각은 들지 않았다. 모든 가능성을 계산한 뒤 자신이 해야 할 최선의 일을 한 것이 분명했다.

본부장으로 말하자면 두 파벌 중 어느 쪽에도 속해 있지 않았다. 아버지는 검사장 출신으로 퇴직 후 여당의 국회의원 선거 공천을 받았지만 당선에 성공하지 못했다. 그게 본부장이 유년기를 우울하게 기억하는 유일한 이유였다. 그는 일찍이 미국으로 유학해 대학을 졸업하고 외국계 투자 은행에 근무하다가 '좀 쉬고 싶다'는 생각에서 귀국해 입사한 해외파였다. 조직의 권력 지형 내에서 한 번도 열세인 적이 없는 파라고 할 수 있었다.

*

본부장은 밝은 표정으로 장을 맞이했다. 손님석에 그를 앉히고 자신은 서서 핸드밀에 원두를 갈았다. 커피를 핸드드립으로 내리는 동안 지리산 종주 다녀온 이야기를 들려줬다. 날씨가 좋지 않아 2박 3일 내내 흐린 게 아쉬웠다고 했다. 천왕봉에서 장에게 전화했을 때는 취한 상태가 아니었으며, 음주 산행은 음주 운전만큼이나 가족들을 불행하게 만들 수 있는 위험한 행동이라고 강조했다.

본부장은 일란성 쌍둥이 같은 머그잔에 방금 내린 커피를 나눠 부었다. 장에게 한 잔을 건네며 말했다.

"커피 벌써 마신 거 아니지?"

"아닙니다. 오늘 첫 잔입니다."

"그래. 밤에 잠 못 잔다. 아침에 딱 한 잔씩만 해야지."

두 사람은 별말 하지 않고 후후 불어가며 커피를 마셨다.

"과자 있는데 먹을래? 마들렌 갖고 왔는데."

"아닙니다. 괜찮습니다."

"단 거 안 좋아해?"

"그런 건 아니고요······."

"근데 왜 안 먹어. 다이어트해?"

"아, 아니요."

"먹어 그럼."

본부장이 작은 종이 백에서 주섬주섬 마들렌을 꺼내더니 냅킨 위에 올려놓았다.

"판교에서 제일 맛있는 데다. 줄 서서 샀어."

"맛있어 보이네요."

"근데 좀 달아."

"과자가 좀 달아야 커피랑 어울리죠."

"그치? 근데 나 전당뇨라고 와이프가 손도 못 대게 하는 거 아니겠어. 러닝 하러 나간다 그러고 몰래 사 왔잖아."

"건강 챙기셔야죠."

"너부터 좀 챙겨라. 더 쉬지 왜 벌써 나왔어."

"일해야죠."

"그래······ 일······."

본부장은 안색이 어두워졌다. 어려운 말을 꺼내려는 것처럼 두 손을 비볐다. 장은 갑자기 불안함과 함께 요의가 치밀어 올랐다.

너무 마려워서 당장 쌀 것만 같았다. 한 번도 그런 적이 없는데 PTSD의 한 증상 같았다.

"본부장님, 저 진짜 죄송한데 화장실 좀 다녀오면 안 될까요?"

본부장이 벙찐 표정으로 쳐다봤다. 장은 대답을 기다릴 자신이 없었다. 꾸벅 인사하고 본부장실을 뛰쳐나가 경보하듯 발을 놀려 화장실로 향했다. 서서 둑이 터진 것처럼 쏟아져 나오는 오줌을 보며 장은 황당한 쾌감에 젖어들었다. 그러다 정신 나갈 것 같은 불안에 휩싸였다.

손을 씻고 거울 속 자신의 얼굴을 멍하니 바라봤다. 광대에 멍자국이 푸르스름했다. 트렁크에서 이리저리 부딪히며 생긴 멍이 수십 군데는 됐다. 얻어먹지도 못하고 돌아다니는 귀신 같아 보였다. 그때 건너 자리에 앉는 차성필 대리가 백팩을 메고 들어왔다. 장을 보더니 눈이 휘둥그레져 손을 덥석 부여잡았다.

"과장님, 어떻게 된 거예요. 진짜 걱정했어요."

"아, 괜찮아. 그러게 이게 다 뭔 일인지."

"경호원 필요하면 말씀하십쇼. 저 주짓수 퍼플 벨트입니다."

"아아, 그래. 고맙다."

"진짭니다, 과장님. 이따 퇴근할 때 저 데리고 나가세요. 지하철역까지 모셔다드릴게요."

"아아아, 알겠어. 근데 가방 메고 뭐 하나."

"가방 두려고 왔습니다."

"지금 나온 거야?"

"네."

"그래. 수고해라."

장은 차 대리의 어깨를 두드려주고 화장실을 나왔다. 본부장실로 다시 향했다. 잘못한 건 아무것도 없었다. 오히려 잘못된 일을 당했을 뿐이었다. 어디로 보내든 살아남을 것이다. 그는 손발이 묶인 트렁크에서도 살아남은 사람이었다. 자신의 운명을 결정하는 건 본부장이 아니라 자기 자신이었다. 누구에게나 자기만의 속도가 있다. 지금 이 순간 장의 속도는 시속 250킬로미터라는 걸 확신했다. 온몸의 림프샘을 따라 도파민이 마구 분비되는 기분이었다. 본부장실 앞에서 당차게 세 번 두드리고 문을 열었다.

상석에 본부장이, 손님석에 처음 보는 남녀가 앉아 있었다.

"우리 장 과장입니다. 들어서 아시겠지만 아주 힘든 일을 겪었어요. 더 쉬어야 되는데 일한다고 벌써 나와가지고. 저게 진짜 미친놈입니다. 일에 미친 놈. 너 보러 오신다고 말하려고 했는데 그렇게 갑자기 튀어 나가고 그러냐."

본부장이 평소답지 않게 너스레를 떨며 장을 맞이했다. 앉아도 되는지, 서 있어야 할지 장은 헷갈렸다.

"과장님? 경황없으실 텐데 죄송합니다. 급한 일이라 미리 말씀 못 드리고 왔네요."

남자가 먼저 인사를 건넸다. 양해를 구하는 태도는 아니었다.

날카로운 눈매였지만 장도 눈을 피하지 않았다. 여자는 장을 쳐다보지도 않은 채 수첩에 뭔가를 적고 있었다. 남자가 앉은 자리 앞에 명함을 내려놓으며 앞으로 살짝 밀었다. 궁금하면 와서 보라는 듯이.

"윤리경영지원실에서 나왔습니다. 시간 되면 잠시 티타임 하시죠."

윤경? 윤경이 나를 왜……. 시간 없다고 해도 되나? 안 될 듯했다. 하지만 장은 그러고 싶었다. 예전의 장이 아니었다. 그는 지금 죽음에서 돌아온 파이터였다. 주먹에 불끈 힘이 들어갔다. 장은 주눅 들지 않고 또박또박 말했다.

"지금은 좀 바쁩니다. 자리를 며칠 비우다 와서요. 시간 정해서 따로 보시죠."

메모하던 여자가 수첩을 탁 소리 나게 접으며 말했다.

"본부장님, 사무실 좀 쓰겠습니다."

본부장은 앞에 있던 반 남은 마들렌을 입에 쏙 넣더니 커피를 한 손에 들고 엉거주춤한 자세로 일어나 장을 향해 다가왔다.

"얘기 잘하고. 이따 보고해. 수고 수고."

그러고는 장의 어깨를 툭툭 치고 나갔다. 갑자기 어깨가 찢어질 듯 격통이 올라왔다. 꾹 참고 말했다.

"가능하면 짧게 하시죠. 뭘 도와드릴까요?"

장은 과장된 친절을 표현하는 연기자처럼 말했다. 떨리는 마음으로 자신을 타일렀다. 겁먹을 것 없어. 쟤들한테는 복면도 케이블 타이도 없잖아. 그렇다고 품에서 전기 충격기를 꺼내지 말라는 법도 없었다. 장은 호기롭게 상석을 향했다. 본부장이 비워 두고 간 자리에 철푸덕 엉덩이를 깔고 앉았다.

*

두 사람은 가방에서 태블릿 PC를 꺼내 앞에 들었다. 한참 말없이 이리저리 화면을 넘기며 자기들끼리 쑥덕거렸다. 장은 태연한 척했지만 초조해서 손바닥에 땀이 나는 게 느껴졌다. 조사 대상을 긴장시키는 뻔한 수법이 틀림없었다. 본부장이 두고 간 마들렌을 입에 넣고 우물거렸다. 목이 막혀 커피에 손을 뻗었는데 남은 것이 없었다. 입안에서 떡처럼 된 빵을 조금씩 나눠 꿀떡꿀떡 삼켰다. 그러는 사이 남자가 안경을 고쳐 쓰고 첫 질문을 해왔다.

"2011년 입사시죠?"

"네."

"대리 진급 이후로는 계속 여신 업무 보셨고."

"그렇죠."

"2019년도에 모범 행원 표창도 받으셨네요."

"맞습니다."

"지난주에 납치 감금당하셨고."

"예?"

장은 눈이 동그래져서 남자를 쳐다봤다.

"무사하셔서 다행입니다."

남자가 웃으며 말했다. 입만 웃고 눈은 웃지 않았다.

"완전히 무사하진 않습니다. 후유증이 꽤 있어요."

"좋아지겠죠."

"걱정해주셔서 감사합니다."

장이 대답했다. 입도 눈도 전혀 웃지 않았다. 이번에는 여자가 치고 들어왔다.

"재롱미디어 아시죠? 담당이신데."

"알죠."

진희 선배에게 전화받은 건이었다. 망해가는 엔터사. 어쩐지 찜찜하더라니. 장으로서는 다행이었다. 문제 될 게 없었다. 편의를 봐주긴커녕 가차 없이 부결 냈으니까.

"이진희 부장이랑 학교 선후배죠? 다섯 학번 차이잖아요."

"네."

"입학해서 국궁 동아리 처음 들어갔을 때 이진희 부장이 어학연수 갔다 와서 복학했죠. 같이 활 쏘고 술도 많이 사줬잖아요?"

"그랬던 것 같네요."

"입사해서도 서로 안부 종종 묻고 밥도 얻어먹었군요."

"네. 그랬죠."

"근데 어떻게 사람이 그럽니까?"
"예?"
"장 과장님 어떤 분인지 알 만하네요."
"제가 뭘 잘못한 건가요?"
"기준을 어디에 두느냐에 따라 다르겠죠. 일단 인간성으로는 불합격 드리겠습니다. 사람이 의리란 게 있어야죠."

장은 당황해서 테이블에 놓인 명함을 집어 확인했다. 윤리경영지원실이 틀림없었다. 정확히 반대되는 일을 한다고 알려진 조직이었다. 장은 지금 부정한 청탁을 거절했다는 이유로 비난받고 있었다.

"저기요. 제가 지금 상황이 이해가 잘 안 가는데……."
"의리도 의리지만 서류는 제대로 보셨나 모르겠네요."

남자가 바통을 이어받아 말을 끊고 들어왔다.

"중요한 투자를 앞두고 있던데요. 확인한 거 맞습니까?"
"기억납니다. 투자 의향서 첨부돼 있었죠. 예비 실사 앞두고 있었고요. 그 정도로 대출이 나가기는 어렵다고 판단했는데요."
"처음부터 완벽한 사람이 어딨습니까. 아무도 장 과장님 믿어주지 않으면 어떤 기분일 것 같냐고요. 제대로 시작해보기도 전에 날개를 꺾는 그런 사람입니까?"

이건 또 무슨 청소년 드라마의 대사 같은 소리인가 싶었다. 아니 씨발 누가 대출을 그런 식으로 해? 장이 뭐라 대답하기도 전에 여자가 다시 물었다.

"재작년에 파혼하셨죠?"

"갑자기 그게 여기서 왜 나옵니까?"

"이상입니다."

"뭐가 이상인데요?"

"일단 오늘은 여기까지 하겠습니다. 다음에 정식으로 요청드리고 올 테니까 그때는 식사라도 같이 하시죠."

두 사람은 동시에 장에게 악수를 청했다. 누구의 손을 잡아야 하는지도 모르겠고, 악수를 왜 해야 하는지는 더더욱 이해할 수 없었다. 두 손으로 앞에 있는 두 손을 동시에 잡았다. 힘껏 팔을 흔든 윤리경영지원실의 두 사람은 만족스러운 얼굴로 사무실을 빠져나갔다.

장은 얼이 빠진 기분으로 주변을 둘러봤다. 당황한 내 모습을 누가 몰래 찍는 건가? 이상한 장난이라도 하고 있나? 머리를 긁적이다 한숨을 쉬며 본부장실에서 나왔다.

*

자리에 돌아온 장은 정신없이 밀린 일을 처리했다. 만기가 가까워진 대출을 연장하고 이자율을 조정하느라 전화를 여러 군데 돌렸다. 고객들은 평소와 다를 바 없었다. 까칠한 사람은 여전히 까칠했고, 친절한 사람도 마찬가지였다. 그 사실이 장에게 생각지 못한 위로가 됐다. 자신을 둘러싼 세상이 말도 안 되게 갑자기 무너지고 있는 기분이었는데 은행 바깥은 아무 일 없이 예전 그대로였다.

진희 선배에게 메시지를 보냈다. 사내 메신저를 사용하려다가 조금 전까지 함께 있던 윤경들의 얼굴이 생각나 휴대폰을 들었다. 답장은커녕 읽지도 않았다. 십 분에 한 번꼴로 계속 보냈다.

—선배.

—선배 대답해요.

—대답.

—대답?

—누나?

—진희 누나?

어느 순간 사무실이 부산해졌다. 점심을 먹으러 갈 시간이라는 신호였다. 본부장이 사무실을 돌아다니며 여기저기 어색한 참견을 했다. 장이 있는 쪽으로 조금씩 가까워졌다. 집요한 시선이 느껴졌지만 장은 고개 한 번 까딱하지 않았다. 결국 못 참겠다는 듯 본부장이 장의 책상 앞에 와 말을 걸었다.

"식사 안 해?"

"예에."

"우동 나와."

"어이쿠. 몰랐네요."

"가자."

"속이 좀…… 다녀오십쇼."

"그래?"

본부장은 풀 죽은 목소리로 장의 자리에서 멀어졌다. 다른 직원들이 눈치 보는 게 느껴졌다. 모니터 위로 얼굴 하나가 쓰윽 떠올랐다. 텔레토비 동산의 해님 같은 움직임이었다. 밥 먹으러 간 줄 알았던 본부장이었다.

"올 때 뭐 사다 줘?"

"어휴, 깜짝이야."

"샌드위치?"

"괜찮습니다."

"그래?"

이번에는 정말로 등을 돌린 채 멀어졌다. 장은 작게 고개를 가로저었다. 궁금해 죽을 지경일 것이다. 윤경이 사람을 둘씩이나 보내 도대체 무슨 이야기를 하고 갔는지 말이다. 장도 조금 전의 추궁을 몇 번이나 되새김질했다. 자신이 놓친 결정적인 맥락 같은 게 있지 않을까 여러 번 생각했다. 알 수 없었다. 일단은 선배가 응답하길 기다리는 방법뿐이었다. 때마침 전화기가 짧게 울렸다. 얼른 열어 보니 선배가 아니라 아정 씨였다. 장의 안부를 묻고, 내일 회사 앞에서 같이 점심을 먹자는 메시지였다.

좋다고 답장했다. 마음이 산뜻해졌다. 실은 마음 한구석에서 계속 아정 씨를 신경 쓰고 있었다. 솔직히 말하면 조금 서운해하는 중이었다. 아정 씨를 데리러 가기로 한 아침에 납치됐으니 모든 과정의 시작에 그가 보조 인물 정도로는 등장한 셈이었다. 사람을 길에서 한참 기다리게 해서 미안도 하고, 실은 그런 것 따위가 중요하지 않을 만큼 큰일을 겪었으니 위로받고 싶기도 했다. 그런데 예상보다 장의 귀환에 큰 관심을 보이지 않는 느낌을 받았다. 그럴 만하다는 걸 모르지 않았다. 중학교를 함께 다니는 같은 반 친구도 아니고, 피가 섞인 가족도 아니었다. 단지 회사에서 만난 사이일 뿐이었다. 알고 지낸 지 오래되지도 않았고, 부서가 같지도 않았으며, 업무상 앞으로 계속 볼 거라는 보장도 없었다. 그래도 차를 타고 다니며 생각보다 속얘기를 많이 했다. 술도 여러 번 같이 마셨다. 이런저런 마음이 복잡하게 겹쳐서 아정 씨가 먼저 연락해주기를 기다렸다.

전부터 가고 싶던 일식 우동집이 있었다. 자가제면하는 주방이 오픈돼 있어 지나가는 길에 유심히 봐둔 집이었다. 찾아보니 튀김과 유부초밥을 함께 주는 세트가 먹음직스러워 보였다. 내일의 메뉴를 생각한 장은 기분이 좋아져 콧노래를 불렀다. 신경 쓰고 있지 않던 허기마저 머리를 맑게 해주는 긍정적인 자극처럼 느껴졌다. 장은 생각했다. 친구란…… 좋은 것이다. 거의 없지만.

오후에도 내내 일했다. 안락했다. 집에 혼자 갇혀 있으면 답답했고, 트렁크는 떠올리고 싶지 않았다. 밝은 조명 아래 적당한 온습도가 유지되는 사무실이 세상 어느 장소보다 편한 곳이라는 걸 새삼 깨달았다. 아는 사람들 속에 파묻혀 늘 하던 일을 하는 것의 소중함을 전에는 몰랐다. 지리멸렬하기만 하던 회사 생활이 제법 할 만하게 느껴졌다.

시계를 보니 6시가 다 되어갔다. 휴대폰으로 MBC 미니 앱을 열고 FM4U 채널을 켰다. 주파수 91.9 메가헤르츠에 맞춰진 수신기를 끌어안고 이불을 뒤집어쓴 채 듣던 새벽의 라디오를 떠올렸다. 〈유희열의 FM 음악도시〉는 장과 태이가 가장 열심히 들은 프로그램이었다. 두 사람 모두 여러 번 사연을 보냈지만 한 번도 소개된 적 없었다.

6시 정각을 알리는 종소리 뒤에 이어지는 〈배철수의 음악캠프〉 오프닝 곡이 새로웠다. 짜릿했다. 장은 지금 밝고 안전한 곳에 있었다. 그때 갑자기 책상이 어두워지고 이물감이 순식간에 등에 와서 닿았다.

"으악!"

장의 입에서 반사적으로 고함이 터져 나왔다. 심장이 쿵 떨어지는 기분이었다. 돌아보니 본부장의 얼굴이 사색이 돼 있었다. 장은 이어폰을 뽑아 책상에 던지며 소리쳤다.

"본부장님!"

"장 과장! 미안해! 놀래키려고 한 거 아니야!"

짐을 싸던 동료들의 모든 눈이 장을 향해 있었다. 머리 꼭대기에서 피가 쑥 빠져나가는 느낌이었다.

"미안해. 미안. 진짜 미안."

본부장이 두 손을 모아 비는 시늉을 했다. 그는 원래 사과를 잘한다. 입주 도우미에게도 그렇게 했을 것이다.

"놀랐잖아요."

"그래. 미안……."

"……."

"……."

"무슨…… 하실 말씀이라도……."

"잠깐. 잠깐만 나 좀 봐. 탕비실로 와."

본부장이 고개를 숙이고 엉거주춤하게 자리를 떠났다. 사무실의 정적은 금세 퇴근 준비의 조용한 움직임으로 바뀌어 있었다. 장은 책상 위에 나동그라진 이어폰을 주워 귀에 꽂았다. 오프닝 멘트가 끝나고 첫 곡이 흘러나오는 중이었다. 좋아하는 아이스크림이 손 위에서 전부 녹아버린 느낌이었다. 언젠가 정말로 그런 적이 있는 것 같다고 장은 생각했다.

짐을 주섬주섬 챙겨 자리에서 일어났다. 장은 선 채로 일일보안점검 프로그램을 체크하고 컴퓨터를 껐다. 옆자리 동료에게 인사를 건네고 업무 공간을 벗어났다. 본부장이 탕비실에서 장을 맞이했다. 앞에 종이컵 두 개가 놓여 있었다. 장이 앉자 하나를 건넸다. 장은 온기가 여전한 종이컵을 두 손으로 감쌌다. 구수한 율무차 향기가 솔솔 올라왔다.

"커피는 아까 마셨잖아."

"감사합니다."

"놀래켜서 미안해."

"아니에요, 본부장님. 그만 미안하다고 하셔도 돼요."

두 사람은 적막한 공기 속에 율무차를 홀짝였다. 장이 다시 입을 열었다.

"저 대민건설 티에프 보내주신다고 했잖아요."

"그러게. 그러잖아도 그 얘기 하려고 했는데 힘들 것 같아. 나는 발령 서류 올렸거든? 근데 아까 윤리실 애들이 반려될 거라고 그러더라고."

"왜요?"

"몰라. 장 과장이 여기서 해야 될 일이 있대."

"……"

"그 일이라는 게 뭐야?"

"……"

"아까 걔들이 뭐라 그러고 간 거야?"

"그게…… 말씀드리기 좀 그래요. 보안 서약서 작성했거든요. 조사 내용 발설하지 않는다고."

갑자기 왜 그런 거짓말을 하는지 장 스스로도 이해가 안 됐다. 그냥 그러고 싶었다. 본부장이 자기편을 들어줄 것도 아니고, 궁금증을 모두 해소시켜줘야 할 의무도 없는 데다가, 그냥 괘씸했다. 모든 것이.

"아, 그렇구나."

"필요하면 그쪽에서 본부장님께도 공유하겠죠."

"그치? 그래도 뭐 어려운 일 있으면 나한테 말해줘. 이렇게 다시 와서 얼마나 다행인지 모르겠다. 얼마나 걱정했는지 진짜."

"네."

윤경과 장을 남겨둔 채 자기 사무실에서 엉거주춤 달아나던 본부장의 모습이 떠올랐다.

"하여튼 불편한 거 있으면 바로바로 얘기해. 외근 그만 나가고. 현장 지원 종료한다고 말해놨어. 담보 물건들 보러 다니느라 고생했다."

"그거 어차피 제가 해야 하는 일도 아니었잖아요."

"그건 그렇지. 그래도 담당자가 두루두루 봐두면 좋지."

"진짜 되도 않는 핑계네요."

"무슨 말을 그렇게 해."

"밥 먹을 때 본부장님 쪽팔리게 해서 벌준 거잖아요."

"응?"

"저한테 미안하다고 하세요."

"뭐, 임마?"

"미안하다고 하시라고요. 업무 외적으로 기분 상하고 업무적으로 앙갚음한 거 사과하시라고요."

"야, 너 미쳤어?"

"왜요. 아까는 두 손 모아서 미안하다고 잘하시더니 이건 왜 사과 못 하세요? 진짜 잘못한 건 사과 안 하고 왜 쓸데없는 일에 미안한 척하세요?"

"너 이 새끼 진짜……."

"욕은 하지 마시고요. 우리 은행 윤리 경영 지침에 상급자가 욕설 함부로 하게 돼 있습니까? 담당자한테 확인해볼까요?"

본부장은 심통 난 어린아이 같은 얼굴을 하고 있었다. 입술을 쑥 내민 것이 한심해 보였다. 장은 기다렸다. 아직 늦지 않았고, 미안하다고 말할 시간은 충분했다. 하지만 본부장의 입은 열리지 않았다. 그럼 그렇지 싶었다. 백팩을 한쪽 어깨에 걸며 자리에서 일어났다. 그대로 탕비실을 나가다 뒤돌아서 한마디 했다.

"내일 뵙겠습니다."

고개를 꾸벅 숙였다.

*

퇴근은 출근보다 수월했다. 예상치 못한 일에 심장이 콩닥거리지도 않았고, 이유 없이 주위를 두리번거리지도 않았다. 지하철에 앉은 장은 카카오톡을 열었다. 진희 선배와의 대화창에 언제 읽었는지 1이 지워져 있었다. 그런데도 답장을 안 해? 분명한 어조로 한 번 더 메시지를 보냈다. 내일까지 연락하지 않으면 가만있지 않을 거라고 했다.

가만히 있지 않으면 어떻게 할까? 장은 자신이 무얼 할 수 있는지 생각해봤다. 전화 걸어서 쌍욕 하기. 사무실에 찾아가서 멱살 잡기. 동아리 카페 OB 게시판에 이진희 아주 나쁜 새끼라고 험담하기 등등. 선배의 카카오톡 프로필을 열었다. 정어리 떼가 스쿨링하는 사진을 넘기자 바다를 배경으로 찍은 셀카가 등장했다. 방금 출수한 다이버의 모습이었다. 활도 제대로 못 쏘는 게. 그가 미운 것은 아니었다. 쓸데없이 모든 것에 부정적인 감정을 남발하고 싶지 않았다. 그런 식으로 본부장에게 쏟아낸 감정을 정당화했다. 그것만큼은 마땅한 일이었다.

집에 도착한 장은 계단을 올라갔다. 애초에 기대도 하지 않았다. 갑자기 엘리베이터가 고쳐져 있으면 그 역시 어색한 일인 듯싶었다. 문을 열고 들어가 허물을 벗듯 걸치고 있던 모든 것을 바닥에 내려놓고 욕실로 향했다. 샤워기를 틀고 물이 따듯해질 때까지 기다렸다. 두 팔을 위로 뻗어봤다. 아침만큼 어깨가 아프지는 않았다. 습기에 거울이 흐려지기 시작했다. 장은 몸을 씻었다. 하루 종일 땀 흘린 적 없는 몸을 깨끗이 닦아냈다.

타월을 몸에 두르고 욕실에서 나왔다. 소파 앞 탁자 위에 지난밤에 꺼내 놓은 맥주 캔을 따서 한 모금 들이켰다. 미지근하게 목을 넘어가는 탄산 때문에 신음이 절로 새어 나왔다. 티브이를 켰다. 군립 체육관에 임시로 보관하고 있던 말뚝들이 전부 사라졌다는 뉴스가 나왔다. 경찰이 절도 가능성에 무게를 두고 수사 중이라고 했다. 사라지기 전까지 체육관을 가득 채우고 있던 말뚝들의 모습을 보여줬다. 진시황릉의 병마용을 떠올리게 하는 위용이었다. 있어야 할 자리를 자꾸만 벗어나는 게 시대적인 트렌드인가 싶었다.

하지만 말뚝들이 있어야 할 자리는 바다 한가운데가 아니었나?

그렇게 많은 말뚝들이 어떻게 한꺼번에 사라졌을까?

생각지 않은 것들이 궁금해진 장은 말뚝에 대해 또 한참 찾아보다가 소파에서 잠들었다.

5

 장은 일식 우동집 앞에서 아정 씨를 기다렸다. 공식적으로 점심시간이 시작하기도 전에 약속 시간보다 삼십 분이나 일찍 사무실을 나왔다. 본부장과 정면으로 마주쳤지만 어떠한 제지도 당하지 않았다. 장은 알고 있었다. 이제 그는 장에게 상대가 되지 못했다. 왜냐하면 장이 상대를 하지 않았기 때문이다. 쌍놈이 양반과 맞먹는 방법은 두 가지였다. 죽창을 들거나 미친놈이 되거나. 장은 전날 탕비실에서 자신이 미친놈임을 주장했다. 앞으로도 계속 그런 콘셉트를 유지할 생각이었다. 어차피 본부장과는 미래가 없었다.
 일찍 나왔는데도 우동집에 줄이 길게 늘어서 있었다. 근처에서 일하는 직장인, 데이트하러 나온 대학생, 외국인 관광객을 비롯해 얼마 전에 납치당한 사람까지 쫄깃한 우동 면발을 맛보기 위해 줄을 섰다. 며칠 사이 꽤 쌀쌀해진 날씨 탓에 머리통이 시원했다. 일본인은 왜 있지? 장이 일본 여행을 간다면 긴자의 부대찌개집에 찾아갈 것 같지는 않았다. 긴자에 부대찌개집이 있는지는 모르겠지만 아무튼 그랬다. 마흔 넘게 나이를 먹는 동안 장은 딱 한 번 해외에 나가봤다. 해주와 함께한 오키나와 여행이었다. 하와이언 셔츠를 입은 야쿠자와 마주치길 기대했지만 모두 친절한 사람들이었다. 좌회전하다가 자꾸만 역주행했다.

참을성 있게 기다리는 동안 줄은 천천히 줄어들었고, 적당한 때에 아정 씨가 나타났다. 장이 크게 손을 흔들자 고개를 까딱였다. 평소보다 기운 없이 웃는 느낌이었다.

"오랜만이네요."

"살아 돌아왔네?"

"간신히요."

대기 줄이 줄어들어 한 걸음씩 옆으로 옮겼다.

"내가 살게, 오늘."

"제가 살게요. 그날 어떻게 했어요?"

"어떻게 하긴. 집에 가서 차 끌고 나왔지. 내가 살게. 할 얘기 있어. 들어보면 밥 사기 싫어질 거야."

"엥? 뭔데요? 심각한 얘기?"

"아무래도…… 좀 그렇지."

"뭡니까 이거. 유부녀는 곤란합니다."

"그러게. 참 곤란하게 됐어."

아정 씨가 의미심장하게 대답했다. 장은 약간 뜨악한 표정으로 웃었다. 뭔 소리야, 이 양반. 근데 아정 씨도 양반 축에 속한다고 할 수 있을까? 전문직이니까 중인 정도는 되지 싶었다. 신라 시대였다면 6두품이었을 거다. 어색한 분위기 속에 한 칸씩 옆으로 옮겨가다가 드디어 입장했다. 테이블이 몇 개 되지 않는 작은 가게였다.

장은 다섯 가지 튀김과 유부초밥이 함께 나오는 세트를 주문했다. 아정 씨는 기본 우동 단품만 시켰다. 장이 젓가락과 우동 숟가락을 두 사람 앞에 가지런히 놓았다. 고추절임과 단무지도 반찬 종지에 덜었다. 그러는 내내 아정 씨의 시선은 테이블 위에 놓인 자기 손바닥을 향해 있었다.

"위원님, 무슨 말을 하려고 그래요. 죽다 살아온 사람 놀래키지 말아요."

"그치? 자기도 지금 많이 힘들 텐데. 내가 미쳤지 진짜."

"무슨 일 있어요?"

"나 그동안 만나온 사람이 있어."

"아."

장은 놀랐지만 내색하지 않으려고 애썼다. 그럴 수 있는 일이었다. 요즘 같아선 그렇게 놀랄 일도 아니었다. 용기 내서 고백하는데 그런 일로 사람을 판단하고 싶지도 않았다. 잠시 뜸을 들이던 아정 씨가 말을 이었다.

"그런데 얼마 전에 애들 아빠가 알게 됐어."

"저런."

딱히 달리 할 말이 없었다. 괜찮아요! 인생은 지금이야! 즐겨요, 즐겨! 할 수도 없는 일이었다. 한편으로는 남편 입장에서 생각하게 되는 면도 있었다. 누구라도 기쁘게 받아들일 배신이란 없는 법이었다.

또 한참 서로 말이 없었다. 가게 분위기가 떠들썩하지는 않지만 좌석 거리가 가까워 웅성거리는 말소리가 적막을 채웠다.

"진짜 곤란하신 거 맞네. 아이고. 그래서…… 뭐 어떻게……."

아정 씨는 말이 없었다. 쟁반 두 개를 솜씨 있게 든 직원이 두 사람 쪽으로 왔다. 장은 세트 쟁반을 보며 손짓으로 자기 쪽을 가리켰다. 새우튀김이 활처럼 휜 꼬리를 하늘 높이 올리고 있었다. 아주 바삭하고 맛있어 보였다. 장은 젓가락을 들고 말했다.

"일단 드세요. 먹어야죠."

"애들 아빠는 내가 만나는 사람이 장 과장인 줄 알아."

장은 어이없어서 너털웃음이 나왔다.

"어쩌다 그런 오해를…… 참내."

"맞다고 했어."

"예?"

장은 자신이 잘못 들었다고 생각했다. 서로 다른 맥락의 이야기를 하고 있거나, 중간에 놓친 이야기가 있는 것 같았다.

"전혀 아니잖아요?"

"아니지."

"그럼 아니라고 해야죠."

"그럴 수가 없어. 애들 아빠가 절대 알아선 안 되는 사람이야."

"그래도 그건 아니죠."

"그래. 나도 알아."

젓가락을 손에 든 채 멈춰버린 장과 여전히 자기 손만 보고 있는 아정 씨를 향해 직원이 다가왔다. 일식 요리사들이 하는 머리띠를 두르고 친절이 몸에 밴 조심스러운 태도로 물었다.

"혹시 뭐 더 필요한 거 있으세요?"

아니요라고 말해야 하는데 입이 떨어지지 않았다. 다찌 너머의 주방장도 두 사람을 힐끔거렸다. 튀김이 실시간으로 식어가는 걸 알았지만 장은 젓가락을 움직일 수 없었다.

안타깝게도 우동은 기대했던 만큼 맛있었다. 왜 일본 사람들까지 줄을 서는지 자연히 알 수 있는 면발이었다. 튀김은 식어도 눅눅하지 않았다. 방금 흙에서 뽑아 올린 것처럼 싱싱한 흙 맛이 나는 가지튀김에 눈물이 날 지경이었다. 이렇게 맛있는 걸 박살 난 기분으로 먹어야 한다니 믿기지 않았지만, 그래도 배가 고파서 장은 앞에 놓인 것을 거의 다 먹었다. 마음 같아서는 아정 씨가 거의 건드리지 않은 우동을 자기 앞에 가져다 놓고 싶었다. 아무 이야기도 듣지 않은 한 시간 전이었다면 그랬을 것이다.

아정 씨가 계산하겠다는 걸 굳이 가로막고 장이 냈다. 물 한 모금이라도 빚져서는 안 되겠다고 생각했다. 카페에 가는 대신 근처의 공원으로 이동했다. 옆 테이블에서 들어도 될 만한 이야기는 아니었다. 장은 아정 씨를 어르고 달래고 화내고 읍소도 해보았지만 요지부동이었다. 그냥 장인 걸로 하자고 거듭 말했다. 나중에 은혜를 꼭 갚겠다며 오히려 장에게 부탁하기 시작했다. 장은 흡연자가 아니지만 당장 누가 담배 한 대를 물려준다면 아주 깊게 들이마실 수 있을 것 같았다.

"제가 위원님 남편분 만나서 얘기할 겁니다. 아무 사이도 아니고 다 거짓말이라고요."

"소용없을 거야. 내가 말해뒀어. 자기가 그렇게 나올 거라고."

아정 씨의 태도가 너무 차분해 장은 거의 약 올림을 당하는 기분이었다.

"도대체 저한테 왜 이러세요?"

"네 문제가 아니야. 전적으로 내 문제인 거 나도 알아. 미안하게 생각해."

"제가 아는 사람이에요?"

"알 수도 있고, 모를 수도 있지. 자기가 누굴 알고 누굴 모르는지 내가 모르니까."

"우리 행원입니까?"

"미안해. 정말 아무것도 말할 수 없어."

그때 무언가가 장의 머릿속을 퍼뜩 스쳤다. 오해보다 중요한 게 있었다.

"위원님, 남편이랑 그 얘기 한 게 언제예요?"

"지난주, 자기한테 일 생긴 날이었어. 차 키 가지러 집에 들어 갔는데 말하더라고."

"그럼 훨씬 전부터 계속 저라고 생각하고 있었겠네요?"

"장 과장, 너 설마……."

"그렇잖아요. 와이프의 내연남만큼 트렁크에 가두고 싶은 사람이 또 있을까요?"

"애들 아빠 그런 사람이 아니야."

"그럼 저는 그런 사람이에요? 바람피우고 뒤집어씌우기 좋은 사람이에요? 저는 출근하다가 납치당할 만한 사람이라서 당한 거예요? 저는 어떤 사람인데요? 말 좀 해봐요."

"장 과장, 화나는 건 이해해. 내가 정말 미안해. 그래도 그건 아니지."

"아닌지 맞는지는 경찰이 확인해주겠죠."

"아이 씨팔 진짜 일 복잡하게 만들지 말라고."

복잡하게 만든 게 누군데? 장은 어이가 없었다. 그 자리에 아정 씨를 두고 돌아섰다. 뒤에서 소리를 질렀다. 아랑곳 않고 걸음을 옮겼다. 사원증을 목에 건 사람들이 삼삼오오 모여 각자의 방향으로 이동하고 있었다. 장은 가슴이 답답하게 조여오는 게 느껴졌다. 숨이 잘 쉬어지지 않았다. 문득 간신히 몸을 접은 채 실려 다니던 트렁크에서의 감각이 떠올랐다. 모든 걸 체념한 뒤에는 차라리 편안한 기분이었다. 누군가의 배 속에 웅크린 태아처럼 숨 쉬는 것 말고는 할 수 있는 게 없었다. 고민도 흐려졌다. 그 순간을 좋게 추억하는 자신이 용납이 안 되면서도 부정하는 것 역시 힘들었다. 가다가 제일 먼저 보인 가판대에서 담배를 한 갑 샀다. 작은 창문 너머로 담배를 건넨 주인이 휴대폰으로 틀어놓은 뉴스를 보며 혀를 찼다.

"워메, 저 숭한 것이."

장과 눈을 마주친 주인이 이맛살을 찌푸렸다. 마치 아까부터 대화하고 있던 사람처럼 말을 이어갔다.

"뻘 속에 대가리를 파악 박고 있을 때나 보기 좋은 것이지."

뉴스에 귀를 기울여보니 말뚝들에 관한 것이었다. 사라졌던 말뚝들 일부가 부천의 시장 한복판에 나타났다는 소식이었다. 장은 뒤늦게 라이터가 생각났다. 카드를 내밀자 주인이 성질을 냈다.

"라이터 하나에 카드 긁으면 수수료가 더 나와."

장은 껌 하나를 집어 들고 그것만으로는 주인을 만족시킬 수 없을 거란 생각에 초콜릿도 하나 추가했다. 평소에 잘 읽지 않던 주간지도 하나 집고 목캔디도 챙겼다. 그제야 만족스러운 얼굴이 된 주인이 카드를 긁었다. 시계를 보니 점심시간이 끝나가고 있었다.

장은 회사 건물로 돌아가 옥상 정원의 흡연 구역을 향했다. 식사를 마친 사람들 틈에 끼어 엘리베이터를 탔다. 아는 사람에게 인사를 하고, 모르는 사람을 모른 척했다. 가판대에서 산 주간지를 훑었다. 말뚝들에 대한 기획 기사가 있었다. 역학 조사, 음모론, 은폐 같은 단어들이 눈에 띄었다. 주머니에 손을 넣어 담배와 라이터를 확인했다. 옥상에 도착해 엘리베이터 문이 열렸을 때 익숙한 얼굴이 앞에 서 있었다. 진희 선배였다. 장을 보고 당황한 표정이 역력했다. 장은 선배의 손목을 덥석 잡았다. 질질 끌다시피 하며 흡연 구역으로 향했다.

"야야야, 이거 좀 놓고 얘기해. 연락하려고 했어."

"선배."

장의 두 눈에서 굵은 눈물이 뚝뚝 떨어졌다. 그러고 싶지 않았는데 멈출 수가 없었다.

"야, 너 왜 그래. 괜찮아?"

"안 괜찮아요."

괜찮았던 게 언제였는지 기억나지 않았다. 세상이 장에게 유독 가혹하게 구는 것 같았다. 냉정하게 생각해봐도 정말 그랬다.

*

구석 쪽 벤치에 앉아 진희 선배에게 하염없는 하소연을 늘어놓았다. 트렁크에 납치되고, 바지를 더럽힌 채 돌아오고, 경찰에게 수모를 당하고, 윤경에게 이상한 추궁을 받고, 가짜 내연남으로 만들려 드는 전아정 씨의 황당한 주장까지. 모든 게 단 며칠 사이에 일어났다는 것이 믿기지 않았다. 몇 발짝 떨어진 곳에 선 사람이 담배를 피우며 장을 힐끔거렸다.

이야기를 가만히 듣던 진희 선배가 물었다.

"너 그 여자랑 잤어?"

"자긴요. 애초에 그런 사이가 아니라니까요."

"근데 뭘 걱정해."

"걱정하는 게 아니라 억울해서 그래요. 세상이 날 이렇게 괴롭히는 게. 내가 뭘 그렇게 잘못했는데."

"그럼 뭘 그렇게 잘했어?"

"그런 얘기가 아니잖아요."

"내가 볼 때는 네가 세상을 오해하고 있는 거 같아. 너 정도면 착하게 살았으니까 보답이라도 좀 해줬으면 좋겠잖아. 그런데 보답은커녕 이렇게 물먹이니까 열받는 거고."

"아무래도 좀 그렇죠?"

"그런 생각부터가 틀려먹었어. 너는 쓰레기야. 그걸 인정을 안 하니까 이런저런 일에 원망이 생기는 거라고."

"내가 왜 쓰레긴데요?"

"누나가 재롱미디어 서류 다시 한번 보라고 전화했어 안 했어."

"했죠."

"다시 봤어 안 봤어."

"봤죠."

"근데 대출 나갔어 안 나갔어."

"부결 냈죠. 그건 내가 아니라 선배가 쓰레기 같은데."

"아니지. 너는 나를 믿어주지를 않은 거잖아. 내가 진심을 담아 신호를 보냈는데 외면했다고. 그거는 배신이야. 쓰레기들이나 사람 배신하는 거고. 윤경이 왜 그 정도 하고 갔는지 알아? 내가 말했거든. 너 그런 애 아니라고. 얘기하면 알아들을 거라고."

선배가 아이코스에 다섯 번째 스틱을 꽂았다. 그는 작은 진동 뒤에 한 모금을 들이마셨다. 천천히 연기를 뱉으며 주변을 살폈다. 점심시간이 끝난 지 오래라 두어 명이 멀리 떨어진 곳에서 통화를 하고 있을 뿐이었다. 선배가 작게 고개를 끄덕이고 말을 이었다.

"잘 들어. 재롱미디어에 투자 의향서 넣은 뉴로테크? 그거 뒷배가 대민그룹 둘째 도련님이야. 이번에 워크아웃에서 건설은 완전히 털어낼 거고, 차남이 주도해서 AI로 집중하는 그림 그리고 있어. 그동안 재롱미디어에 올라타 뉴로테크 상장시키는 게 1차 목표야. 대민이 던지는 일감 받아먹게 하면 그게 도련님 현금 곳간이다 이거야. 그러려면 재롱미디어는 미리미리 결손 까고 이리저리 장부 맞춰놔야 할 게 많을 텐데. 그 돈이 어디서 나오겠니? 무슨 얘긴지 알겠지? 내가 이 얘기를 너한테 해주는 건 내 목숨줄 너한테 다 맡긴다는 거야. 지금 이 순간부터 내가 좆 되면 너도 좆 되는 거고, 내가 뻗어나가면 너도 쭉쭉 뻗는 거야. 그러니까 서류 다시 내려오면 진짜 쓰레기같이 굴지 말자. 나 아니면 네가 언제 이런 판에 기웃거릴 일이나 있을 거 같냐? 정신 똑바로 차려라 진짜. 남자 새끼가 질질 짜지 말고."

눈가에 맺혀 있던 눈물은 선배의 말을 듣는 동안 눈물샘 밑으로 뿔뿔이 흩어져버렸다. 농담일까? 이렇게 공들여 만든 서사의 유려한 농담을? 선배가? 확실히 그런 스타일은 아니었다. 진담이라면 지나치게 심각하고 음습했다. 그리고 맘에 걸리는 부분이 있었다. 확인해야만 할 중요한 지점이었다.

"선배, 그럼 혹시 나 납치된 것도?"

장의 물음에 선배가 피식 웃으며 대꾸했다.

"설마. 그렇게까지야 하겠냐. 영화도 아니고."

"그렇죠? 오버지?"

"당연하지. 그건 좀 과대망상이다. 그랬다간 나중에 뒷감당을 어떻게 하겠어. 그럴 거 같으면 그냥 너를 집에 안 돌려보냈겠지."

"안 돌려보내면?"

"몰라. 내가 은행원이지 무슨 킬러냐?"

"갑자기 킬러가 왜 나와요?"

"야야. 너 진짜 병원 가봐라. 그렇게 걱정이 많아서 살겠냐?"

살지 그럼? 죽어? 죽으라는 건가? 죽여버린다는 말인가? 장은 머릿속이 복잡해졌다. 그래서 억지로 더 웃었다. 선배는 쓰레기같이 굳지 말라는 말을 몇 번이나 당부하듯이 덧붙였다. 잘 생각해 보면 기회라는 말도 했다.

사무실로 돌아가는 길에 곰곰이 생각하니 진희 선배가 동아리 형의 손바닥에 화살을 박아 넣은 일이 있었다. 응급차가 오고 난리가 났었는데 정작 어쩌다 그렇게 됐는지 기억나지 않았다. 아니 뭐, 어쩌다 그랬겠어, 실수로 활시위 놓쳤겠지. 선배의 말이 맞았다. 병원에 좀 가볼 필요가 있었다. 함부로 제기하기에는 지나치게 심각한 혐의였다. 다 같이 문병도 갔던 것 같다. 원래 둘이 사이 좋았는데. 잠깐 사귀기도 하지 않았나? 진희 누나를 내가 하루이틀 본 것도 아니잖아. 그럴 사람은 아니지.

그치?

*

자리에 돌아오니 사내 메신저 창이 깜빡거렸다. 차 대리였다.
―과장님, 방금 본부장님 왔다 가셨어요.
―뭐래?
―과장님 어디 갔냐고 찾으시던데요.
―그래. 볼일 있으면 다시 오겠지.
―과장님, 큰일 치르고 오신 뒤로 뭔가 더 멋져지신 것 같습니다.
―뭔 소리냐 ㅋㅋ

―요즘 과장님이 제 롤모델입니다.

―충분히 잘하고 있어. 화장실에 가방 놓고 다니는 거 보면.

―ㅋㅋㅋㅋㅋㅌㅋㅋㅋㅋㅋㅌㅌㅋ

―ㅋ

―퇴근하고 맥주 한잔 사주세요.

―오늘?

―ㅇㅇㅇㅇ

―ㅇㅋ

―이따 뵙겠습니다.

그때 장의 전화가 울렸다. 이 형사였다. 복도가 꺾이는 쪽에서 본부장이 다가오는 게 보였다. 입이 반쯤 벌어져 있었다. 장은 서둘러 전화기의 수신 버튼을 눌렀다.

"여보세요."

"장 과장아."

본부장이 이리 오라는 듯 장을 보며 손짓했다. 장은 고개를 살짝 숙이고 손으로 휴대폰을 가리켰다. 그대로 전화를 받으며 본부장을 지나쳐 갔다. 곁눈질로 살짝 보니 차 대리가 장을 향해 소심한 따봉을 날리고 있었다.

"네, 형사님. 그러지 않아도 전화드리려고 했어요."

"그래요? 뭐 생각난 거라도 있으세요?"

"아니에요, 형사님. 먼저 말씀하세요."

"아닙니다. 먼저 듣는 게 좋겠어요."

"그러면 일단 제가 오늘 중요한 사실을 알게 됐는데요……."

장은 전아정 씨 이야기를 했다. 둘 사이에 어떠한 부적절한 관계도 없으며, 그런 종류의 기류조차 없었고, 아정 씨 역시 동일하게 생각한다는 걸 이해시키느라 애를 먹었다.

"황당하네요."

이 형사의 명쾌한 정리가 장은 마음에 쏙 들었다. 이제까지 마음에 들지 않는 것도 많았지만 갑자기 친구라도 된 듯 마음이 풀어졌다. 돌이켜보건대 윤경 놈들에 비하면 경찰들은 매너가 좋아도 한참 좋은 편이었다. 국가 공무원의 보장된 신분으로 시민을 위해 봉사하는 사람이었다. 누구의 명령을 받는지조차 알 수 없는 근본 없는 사냥개들이 아니었다. 아정 씨의 남편에 대해 확인해볼 필요가 있다는 데 이 형사도 동의했다.

"그것 말고 더 있으세요? 하실 말씀."

이 형사가 물었다. 선배가 해준 이야기는 차마 전할 수 없었다. 그 속에 진실이 있다 해도 경찰이 감당할 종류는 아니었다.

"이게 다예요."

"네, 전화드린 거는 다름이 아니고…… 한태이 씨, 친구라고 하셨죠? 예전에 많이 친하셨나요?"

태이의 이름을 듣자 장은 귀가 솔깃해졌다. 신경을 전혀 쓰지 않고 있었다.

"그렇다고 봐야죠."

"행적이 확인됐는데 작년에 사망하셨어요. 마카오에서요."

순간 장은 어지러움을 느끼며 벽에 기댔다. 어쩌면 마음 한구석에서 희미하게 예상하던 일이기도 했다. '혹시'라거나 '설마' 같은 형태로만 존재했던 가능성이었다.

"한국 쪽에 연고가 아예 남아 있지 않아 찾는 데 애먹었습니다. 마지막으로 출국한 뒤에는 확인되는 게 없고요. 영사관 통해 수소문했는데 마지막에 무슨 수도원 같은 데서 머물렀다고 하더라고요. 연락하니까 오히려 그쪽에서 반가워했어요. 수도원 이름이 뭐였더라, 길어서 적어놓긴 했는데."

"그것 좀 문자로 넣어주시겠어요?"

"네네. 그럴게요. 그리고 차 찾아가셔도 됩니다. 지문은 선생님 것만 나왔고요, 애들이 내리기 전에 청소라도 한 모양이에요. 터레기 하나 나온 게 없네요."

"네, 감사합니다."

"괜찮으시죠? 놀라신 것 같은데."

"제가 괜한 사람을 오해했네요."

"오해라도 계속 해야 뭐가 나오죠. 또 생각나는 거 있으면 연락 주세요."

전화를 끊고 장은 멍하니 벽을 바라봤다. 한 번도 의식한 적 없는 손자국이 군데군데 남아 있었다. 이제까지 흰 벽으로만 생각했다. 사람의 흔적이라는 게 믿기지 않았다. 매일같이 닦고 윤을 내는데 저런 손자국이 남아 있다는 게…… 전부 다 음모처럼 느껴졌다.

*

 해주와 사귀는 동안 태이와 셋이 본 일이 딱 한 번 있었다. 태이가 공인 회계사 시험에 일곱 번째로 낙방한 것이 확정된 날이었다. 장과 태이는 청량리에서 돼지 목살을 마가린에 구워 파는 집에서 살얼음 소주를 마셨다. 2차를 어디로 옮길지 고민하던 차에 해주에게 연락이 왔다. 출장 갔다가 막 서울에 도착했는데 누구와 뭐라도 하면서 놀고 싶다고 했다. 평소에 태이를 탐탁지 않아 하던 해주가 그렇게 셋이라도 상관없다며 자취방으로 불렀다. 태이에 대한 해주의 선입견은 전적으로 장의 책임이었을 것이다.
 편의점에 들러 소주와 맥주와 1만 5000원짜리 호주산 와인을 샀다. 장이 말렸는데도 굳이 태이가 계산을 치렀다. 새벽까지 이어진 술자리의 막바지에 해주는 닉 드레이크의 〈핑크 문〉을 반복 재생해놓고 춤을 췄다. 장은 세 사람이 1972년의 샌프란시스코 해변에 함께 있는 것 같은 느낌을 받았다. 이 분짜리 음원이 멈출 때마다 해주의 춤도 멎었다가 다시 시작했다. 해주가 장 앞에서 한 바퀴 빙그르 돌 때 쉰 살의, 예순 살의, 일흔 살의 해주가 함께 지나갔다. 옆에 있는 태이가 행복해하며 크게 웃었는데 그에게서는 아무것도 보이지 않았다. 태이에게도 그의 미래를 예지해줄 누군가가 따로 있을 거였다. 그들은 다 함께 젊었고, 장은 해주와 나란히 늙어갈 수도 있다고 여기던 때였다.

이제 태이는 어떠한 예감도 소용없는 처지가 되었다. 그런 생각을 하자 저릿한 감각이 장의 손을 훑고 지나갔다.

*

본부장은 대수롭지 않은 용건이었다. 월말 결산에 누락된 자료가 있으니 보충하라고 했다. 장은 메일에 파일을 첨부하며 짧은 추신을 덧붙였다. 고통스러운 일을 겪어 감정 조절이 잘되지 않는다고, 무례한 데 대해 용서를 구한다고 썼다. 진심은 아니었지만 그래야 할 것 같았다. 차 대리와 한 약속은 미룰 생각이었다. 태이를 모르는 사람과 마주 앉아 맥주를 마시며 노닥거리고 싶은 기분이 아니었다. 전자 서류함을 자꾸만 새로 고침 했다. 재롱미디어 서류가 올라올 것 같았기 때문이었다. 어떻게 할지 결심이 서지는 않았다.

그때 사무실의 모든 휴대폰이 동시에 비명처럼 알람을 울렸다. 5시를 조금 넘긴 시간이었다. 짧은 순간 몇 가지 가능성이 스쳤다. 태풍이 오기에는 늦은 계절이었다. 창문을 힐끗 봤는데 눈이

나 비가 오지는 않았다. 붕괴? 화재? 화산 폭발? 지진 같았다. 주위에서 이상한 탄식이 새어 나왔다. 전혀 예상하지 못한 종류의 사건이라는 암시였다. 장은 심호흡하고 휴대폰을 들었다.

긴급재난문자
[서울특별시] 금일 17:04 광화문 일대 말뚝들 다수 출현. 차량 우회 및 해당 지역 접근을 자제해주시기 바랍니다.

장은 인터넷을 켜고 뉴스를 검색했다. 재난문자와 같은 내용의 속보만 있을 뿐 제대로 된 내용을 담은 기사는 아직 없었다. 차 대리에게 카톡이 왔다. 친구한테 받았다며 말뚝들의 사진을 보냈다. 앞을 가로막은 경찰들 뒤로 말뚝 세 구가 서 있었다. 멀리서 찍은 사진이라 화질이 좋지 않았고, 말뚝들은 어두운 낯빛의 마네킹처럼 보이기도 했다. 같은 화각 안에 경찰차와 소방차도 보였다. 죽은 자들이 말뚝이 되어 돌아오는 것은 어떤 종류의 재난인가? 문자를 보낸 서울특별시의 입장이 무척이나 궁금했다.
 —과장님, 맥주는 좀 나중에 할까요?
 —그러자. 좀 아닌 것 같다.
 술자리를 미룰 좋은 핑계가 생겨 다행이었다. 사무실은 조용했지만 왠지 모를 어수선함이 공기 중에 퍼져 있었다. 6시가 되기 전부터 짐을 정리한 사람들이 정각이 되자마자 우르르 사무실을 빠져나갔다. 엘리베이터 앞에서 마주친 차 대리가 장에게 물었다.

"혹시 광화문 가보시게요?"

"응. 멀지 않잖아."

"같이 가요, 과장님."

장은 대답 대신 고개를 끄덕였다. 엘리베이터가 층마다 멈추다가 결국 사람을 가득 채웠다. 7만원, 6만원, 5만원…… 1만원에 모든 사람이 내렸다. 걸음을 재촉하는 곳의 방향이 전부 같았다. 나란히 걷던 차 대리가 말했다.

"다들 구경 가나 봐요."

"그러게. 근데 괜찮을까? 위험한 거 아니야? 괜히 재난문자 보내지는 않았을 거 아니야."

"괜히 보내기도 하던데요. 저번에는 새벽에 북한이 바다에 미사일 쐈다고 대피 문자 보내고 그랬잖아요."

"하긴 그러네."

"과장님, 말뚝들 본 적 있어요?"

"있지."

"티브이에서 말고."

"그래. 바다 가서 봤어."

"왜 여기까지 왔을까요."

"그러게."

시청을 지나 오른쪽으로 꺾자 사람이 더 늘어났다. 시내에 있던 모든 사람이 말뚝들을 보기 위해 몰려가는 듯했다. 바로 앞에 손을 잡고 걷는 젊은 커플이 둘이서만 아는 재미있는 농담이라도 나눈 듯 킥킥거렸다. 상기된 표정에서 기대가 느껴졌다. 제야의 종소리를 들으러 이동하는 행렬 같았다. 대통령 탄핵을 외치며 끝없이 이어지던 집회 인파 같기도 했고, 거리 응원 하러 쏟아져 나온 월드컵 응원단 생각도 났다. 재난문자라고 보냈더니 숫제 광화문 초대장이 돼버린 셈이었다. 어느 틈에 합류한 열성 신자가 목에 거는 스피커의 음량을 한껏 키우고 포교의 목소리를 높였다. 종말의 때가 왔으니 심판이 있으리라, 육육육 베리칩 짐승의 인을 받아 말뚝이 된 자들이 곧 불신자요 믿는 자는 구원을 받으리니. 행렬에 있던 누군가가 거칠게 항의했다.

"아저씨, 귀청 떨어지겠네 진짜, 조용히 좀 해요."

"영생의 복음을 거부하는 자는 사탄의 편이니 너나 조용히 해라. 너 때문에 구원 못 받으면 책임질 거야?"

"저기 가면 죽었다가 살아난 것들 있으니까 가서 예수님 하고 부르세요."

"뭐 이 새끼야? 지옥 가고 싶어?"

"너 때문에 여기가 지옥이다, 새끼야."

몇 사람이 웃고, 몇은 혀를 찼다. 장은 방금 들은 말에 꽤 깊은 통찰이 있다고 생각했다. 자기 계발서의 첫 장에 들어갈 만한 문구였다. 지옥으로 만드는 사람 되지 않기! 어느새 발길은 일민미

술관에 다다랐고, 신호등이 초록불로 바뀌었을 때 광화문 반대 방향으로 걷는 사람은 거의 없었다. 멀리 세종대왕 동상 앞에 섬처럼 떠 있는 펜스가 보였다. 그 옆으로 에어돔이 보이고, 하얀 방호복을 입은 사람들이 서치라이트 아래에서 분주히 움직이고 있었다. 그 앞에 텅 빈 공간을 빙 둘러선 경찰들은 방패로 자기 앞을 막고 서 있었다. 장은 옆의 차 대리를 향해 말했다.

"금세 다 가려놨네."

"저렇게 해놓으니까 좀 무서운데요. 진짜 무슨 역병이라도 도는 거 아닌가?"

"그러면 아마 재택이겠지?"

"저는 재택 하라고 해도 장 과장님 보러 회사 나올 겁니다."

"너 혼자 사무실 지킬 거 같은데?"

"어차피 더 볼 것도 없는데 맥주 한잔 안 하십니까?"

"집에 가자. 피곤하다."

그 자리에서 차 대리와 헤어지고 장은 인파의 반대편을 향해 걸었다. 가도 볼 거 없어요, 다 가려놨어요라고 마주치는 사람들에게 말해주고 싶은 걸 참았다. 서대문까지 가서야 인구 밀도가 좀 낮아졌다. 지하철역도 한산했다. 열차에 있는 사람들이 전부 휴대폰을 들고 뉴스를 보았다. 서울만이 아니었다. 전국 주요 도시 광장에 말뚝들 속속 출현…… 정부 당국 사태 파악 중. 경찰 '갑호 비상' 발령. 소방 당국 '대응 1단계' 발령. 질병관리청 감염

병 위기 경보 단계 '경계→심각' 격상. 휴전선 인근 지역 북한군 국지 도발 대비 '진돗개 하나' 발령. 발령할 수 있는 건 계엄령 빼고 전부 다 발령되는 듯했다.

장은 집 앞에서 순찰 중인 경비원과 마주쳤다. 목례 후 엘리베이터에 대해 물어보려다 퍼뜩 정신을 차리고 말을 참았다. 관리 소장이 잡혀간 뒤로 임금 지급이 미뤄지고 있다는 호소문을 읽은 게 생각났다. 8층에서 한 번 쉬었다가 마저 올라갔다.

*

말뚝들은 갑자기 나타나는 방식으로 등장했다. 해변에 처음 밀려올 때도, 군립 체육관에 한데 모여 있다가 사라졌을 때도, 전국의 대도시 광장에 서 있을 때도 늘 갑자기 왔다. 말뚝이 자신의 힘으로 이동하는 것을 목격한 사람은 아직 없었다. 그래서 의문을 자아냈다. 그것들이 나타날 수 있는 능력은 어디에서 비롯하는지 의견은 분분했다. 말뚝의 이동을 조력하는 누군가가 있다면 정체가 드러나야 했다. 말뚝이 스스로 아무 흔적도 없이 움직이는 거라면 그 원리가 밝혀져야 했다.

혹자는 인간이 이해하지 못하는 종류의 신비가 말뚝들에 깃들었을 거라고 생각했다. 그 점에는 누구라도 쉽게 동의했다. 말뚝들에 한때 생명이 머물렀다는 조사 결과가 발표된 이후에는 더욱 더 그랬다. 그런 사물을 부르는 말은 따로 있었다. 살아 있다가 더 이상 살아 있지 않게 된 것, 그것은 시체였다. 스스로 장소를 바꿀 수 있는 시체는 없었다. 완전히 신성하거나 끔찍하게 불길하거나 둘 중 어느 쪽인지를 알릴 의무가 있었다. 물론 이 모든 것에 신비한 구석이 하나도 없는 평범한 인간의 음모가 숨어 있을 가능성이 제기됐다.

말뚝들이 초래한 혼란을 일거에 잠재우는 방법이 있었다. 부숴버리면 문제는 더 이상 발생하지 않는다. 매립해서는 안 된다는 의견이 많았다. 그것들의 나타나는 능력으로 미뤄봤을 때 땅속에서 위로 갑자기 자리를 바꾸어도 이상할 게 없다는 우려 때문이었다. 그래서 불태우는 방법이 우선적으로 고려됐다. 고온과 고압으로 탄소화하는 것이야말로 죽은 자의 몸이라는 정체성에 부합하는 처리 방식이었다. 정부가 주저하는 이유를 쉽사리 이해하지 못하는 사람이 많았다. 스스로 합리적이라고 생각하는 사람일수록 그런 주장을 했다. 티브이에는 각계각층의 전문가들이 등장해 새벽까지 답을 낼 수 없는 토론을 이어갔다.

정부는 지금 대체 무엇을 두려워하는 겁니까? 불타버린 말뚝들은 정부를 저주하지 못합니다. 정부는 저주할 수 있는 대상이 아닙니다.

당신은 저주가 존재한다는 걸 인정합니까? 합리적인 지성을 갖추었다고 자신을 소개한 당신마저도?

아닙니다. 저주는 존재하지 않습니다. 당신들이 두려워하는 걸 내 입으로 옮겼을 뿐입니다.

우리는 저주를 두려워하는 게 아닙니다. 말뚝들이 세상에 꺼내놓았을지 모를 불안을 걱정하는 것입니다. 그게 일종의 저주라면 저주를 두려워하는 게 맞습니다.

과학으로 정체를 밝힐 몇 구의 말뚝들만 남기고 나머지는 전부 소각하면 되지 않습니까. 말뚝들이 퍼뜨린 바이러스가 이미 당신들의 뇌를 지배하고 있습니다. 공포와 불합리가 그것입니다.

장은 한동안 티브이 앞에 앉아 집중했다. 화면에 등장하는 모든 장면과 다양한 논의와 간간이 업데이트되는 사실을 판단 없이 받아들였다. 지금 벌어지는 일들에 대한 의견을 정립해보려고 시도하기도 했다. 하지만 어떤 생각을 하든 보고 읽은 것을 이리저리 취사선택한 데 불과했다. 그럼에도 하나는 확실했다. 말뚝들이 보고 싶었다.

말뚝들을 눈으로 직접 보고 싶었다. 만져도 보고 싶었다. 의미 없겠지만 말도 한번 걸어보고 싶었다. 장은 어릴 때 박물관에서 금동불상 앞에 한참 동안 서 있었던 것처럼 말뚝들에 매료되는 기분이었다. 한 덩어리의 인파가 되어 광화문으로 향했던 사람들을 생각하면 그런 욕망이 장에게만 있는 건 확실히 아니었다.

티브이를 음소거하고 화면 속 사람들이 말뚝들에 대해 소리 없이 떠들도록 내버려두었다. 완전히 새로운 소식이 전해질지 모르니 전원을 끄지는 않았다. 휴대폰을 켜고 클라우드에 접속했다. 사진첩에 없는 옛날 사진들이 그곳에 모여 있었다. 흡사 기억의 무덤과도 같았다. 먼지가 쌓이지 않고 썩지도 않는다는 점에서 상당히 진보된 무덤이었다. 격자로 작아져 있는 해주의 얼굴을 한참 스크롤하다가 파일의 정렬 순서를 오래된 순으로 바꾸었다. 그제야 태이가 나왔다. 요즘 사진에 비해 해상도와 선명도가 현저히 떨어졌다. 먼지가 쌓이지 않는다는 말은 취소해야 할 듯했다. 지금 찍는 사진도 미래에 보면 희미할 것이었다. 사진 속 태이는 자주 웃었다.

디지털카메라가 처음 등장했을 때 찍은 사진, 휴대폰에 카메라 기능이 덧붙여져 신기해했던 기억, 웃긴다고 생각하며 찡그린, 하나도 웃기지 않고 못생기기만 한 표정들. 화면에서 태이가 점점 나이를 먹었다. 뚱한 표정으로 렌즈를 바라보는 태이. 맛없어 보이는 안주. 자랑거리라도 되는 것처럼 일렬로 줄 세워놓은 소주병들. 그때는 자랑할 것이 그런 것뿐이기도 했다. 다른 친구들까지 여럿이 모여 재미로 섯다를 치던 가평의 펜션. 그곳이 어제 다녀온 것처럼 생생했다. 밝게 웃고 있는 태이는 이제 웃지 못한다. 그런 생각을 하고 있는데 누군가 현관문을 두드렸다. 손님이 찾아오기에는 너무 늦은 시간이었다.

"누구세요?"

"경찰입니다."

"경찰요?"

장은 외시경으로 밖을 내다봤다. 남자 둘이 서 있었다.

"무슨 일이시죠? 제 사건 관련해서 오셨나요?"

"어떤 사건요? 아닙니다. 여쭤볼 게 있어서 왔습니다."

"무슨 일인데요?"

"들어가서 말씀드리면 안 될까요?"

"경찰 맞는지 제가 어떻게 알아요? 제가 얼마 전에 안 좋은 일을 당해서 믿을 수가 없어요."

"구멍으로 보고 계시죠? 경찰 신분증 보여드릴게요."

"그게 가짜가 아닌 걸 제가 어떻게 믿어요?"

"중요한 일이라 급하게 왔습니다. 일단 문 좀 열어주시면 저희가 어떻게든 확인시켜 드릴게요."

"총 있으세요?"

"음…… 없는데요. 저희 직원들 총 잘 안 갖고 다녀요."

"그럼 수갑은요?"

"야, 너 수갑 있냐? 없어? 선생님, 저희 수갑도 없어요. 누구 잡으러 온 게 아니라서요. 지금 밖에 말뚝들 때문에 난리 난 거 아시죠? 관련해서 여쭤볼 게 있어 온 거예요. 잠깐만 협조 부탁드립니다."

장이 문을 활짝 열며 말했다.

"그게 저랑 무슨 관련이 있나요?"

"저희도 그걸 여쭤보려고 왔습니다."

두 형사는 장이 지난 며칠간 만난 관할서의 형사들과 사뭇 다른 분위기를 풍겼다. 평생 시답잖은 농담 같은 건 한 번도 안 해봤을 인상이었다. 장이 받은 명함에 '경찰청 국가수사본부 보안과'라고 소속이 적혀 있었다.

"안 좋은 일을 당하셨다고요?"

"네. 며칠 전에 납치를 당했다가 풀려났어요."

질문한 형사의 눈빛이 달라졌다.

"그게 언제죠?"

위로하려고 물어본 게 아니라는 것쯤은 장도 알았다.

"지난주 목요일요."

"다음 날이네요. 말뚝들이 나타난 바로 다음 날요."

"그러고 보니⋯⋯ 그러네요."

다른 형사가 휴대폰을 열어 사진을 보여줬다. 색이 바래고 종이 보풀이 다 일어난 오래된 명함이었다. 장의 이름이 적혀 있었다. 리뉴얼 전의 옛날 은행 로고가 찍힌, 무려 십수 년 전 장이 처음으로 발령받은 영업점에서 쓰던 것이었다.

"뒷면에 이런 게 적혀 있습니다."

형사가 손가락으로 화면을 넘기자 명함의 뒷면이 찍힌 사진이 나왔다. 장의 글씨였고, 장의 계좌 번호였다.

"혹시 이 명함 기억나십니까?"

기억이 났다. 지난 세월 까맣게 잊고 있던 사소한 일인데 놀랍게도 보자마자 그때의 장면이 떠올랐다.

"이게 어디서 나왔나요? 지금 저한테 보여주시는 이유는 뭐고요?"

"죄송합니다만 자세히는 말씀 못 드립니다."

"그러시군요. 그럼 저도 말씀 못 드립니다. 그럴 의무가 있는 것 같지도 않고요."

옆에 있던 형사가 다급하게 끼어들었다.

"해변에 밀려든 순서대로 말뚝들에 번호를 붙여 관리하고 있었습니다. 이게 1번 말뚝의 입속에서 나왔고요. 선생님께 불이익 가는 일 없습니다. 단지 사태를 파악하기 위해서입니다. 협조 부탁드립니다."

형사의 말투는 공손하고 또 절실했다. 무언가를 내주면 그만큼을 돌려주려는 사람의 진실함이 느껴졌다. 잠시 고민한 장은 기억을 더듬으며 이야기를 시작했다. 오래전 찾아왔던 어떤 사람과 그에게 자기 명함 뒷면에 계좌 번호를 적어준 일에 대해 말했다. 형사들은 수첩을 꺼내 틈틈이 적어가며 귀담아들었다. 몇 가지 질문도 했다. 기억나는 것은 대답하고, 기억에 없는 것은 대답하지 못했다. 이야기 끝에 형사에게 부탁해 자신의 명함을 입에 물고 있던 말뚝의 얼굴을 볼 수 있었다. 시랍화된 피부 때문에 사람 같지가 않았다. 기억 속의 누군가처럼 보이지도 않았다.

"다른 말뚝에서도 이런 것이 발견됐나요?"

"어떤 것요?"

"제 명함처럼…… 뭔가 단서가 될 만한 것요."

"아닙니다. 이것뿐이에요."

잠시 침묵이 흘렀다. 장은 그것이 뭘 의미하는지 해석해낼 수 없었다. 알 수 없는 일이 일어나고 있다는 것 말고는 알 수 있는 게 없었다.

"그래서 저희는 1번 말뚝을 중요하게 생각하고 있습니다."

아무 의미도 없는 말이었다. 중요한 것이므로 중요하게 생각한다는 것은. 형사는 자못 진지한 표정으로 말을 이어갔다.

"지금 말씀해주신 내용을 다른 곳에 이야기하지 말아주셨으면 해요. 저희가 찾아온 것까지 포함해서요. 특히 언론이나 인터넷 같은 곳에는 안 됩니다."

"제가 왜 그래야 하죠?"

"솔직히 말씀드리면 왜 그래야 하는지 저도 모르겠습니다. 무슨 일이 일어나고 있는지도 알 수 없고, 어떻게 될지도 모릅니다. 그래서 부탁드리는 겁니다. 전후 사정이 밝혀질 때까지 조금만 기다려주십시오. 그래야 정확히 조사해 공식적으로 알릴 수 있으니까요. 벌써 잘못된 정보가 너무 많이 떠돌고 있습니다. 협조 부탁드립니다."

*

형사들이 돌아가고 장은 냉장고에서 맥주를 꺼냈다. 가슴이 답답했다. 낮에 산 담배가 생각나 가방에서 꺼냈다. 여전히 음소거된 티브이에는 아까 본 리포트가 다시 흘러나오고 있었다. 흐릿한 말뚝의 사진과 말뚝을 가린 가벽과 에어돔 주위를 분주하게 움직이는 사람들. 광화문이 아닌 다른 도시의 풍경도 별반 다를 게 없었다.

어쩌면 세계가 불행해진 건 아닐까?

장은 자신의 불행이 세계와 연결되어 있을 가능성을 생각했다. 전례 없는 존재들이 출현하는 상황이 더 큰 불행의 전조처럼 느껴졌다. 불행을 과신할 것도 과시할 것도 없이 공평하게 불안해지는 상황이 위태롭기만 했다. 자신에게 일어난 모든 일의 이유를 묻는 것이 사소하게 여겨질 정도였다.

기억을 되살리려고 애썼다. 타인의 불행을 달래기 위해 은행 창구로 왔던 그 사람의 얼굴이 먼지가 잔뜩 낀 유리창처럼 희미하게 번져 있었다. 이름이 뭐였더라? 다른 나라의 낯설었던 그 이름 역시 기억나지 않았다. 대민그룹만 기억났다. 첫 발령지 옆에 있던 제련소가 대민그룹의 소유였다. 며칠 전만 해도 대민건설의 워크아웃을 담당할 거라고 생각했다. 삶이 한 굴레에서 반복해 돌아가는 느낌이었다.

창문을 조금 열고 담배에 불을 붙였다. 단숨에 비운 맥주 캔 위에 담배를 걸쳐두었다. 연기가 흔들거리며 천장을 향해 올라가다 사라졌다. 재를 떨어뜨리며 타들어가는 담배를 보면서 장은 자신이 아는 죽은 모든 사람과 태이를 생각했다.

1

 거리에 부쩍 경찰이 많아졌다. 지하철에서 올라와 회사까지 가는 동안 장은 난생처음 불심 검문을 받았다. 그래서 세상이 조금 더 안전해졌느냐고 묻는다면 딱히 그렇지는 않은 듯했다. 장이 목격한 실랑이는 예상하지 못한 풍경 중 하나였다. 부당한 검문에 불응하며 버티는 사람과 물러서지 않는 경찰이 서로에게 언성을 높였다. 모두가 장처럼 순순히 지갑을 꺼내고 운전면허증을 제시하지는 않았다. 장은 너무 순진했구나 싶어 후회가 됐다. 다시 경찰을 마주치면 뻗대볼 각오를 했다. 하지만 한발 늦게 결심한 탓에 막아서는 사람 없이 건물에 도착했다.
 컴퓨터를 켜자 메신저에 팀 메시지가 들어와 있었다. 10시에 회의실로 모이라는 내용이었다. 인턴이 탕비실과 회의실을 오가며 바쁘게 다과를 준비하는 중이었다. 장은 화장실에 가는 길에 차 대리와 마주쳤다.
 "주간 회의 어제였잖아. 왜 모이래?"

"환송회 한대요."

"누구?"

"인턴요."

차 대리가 턱짓으로 인턴의 뒷모습을 가리켰다. 마주치는 사람들에게 밝게 인사하고 있었다. 좋은 아침이라는 인사에 비해 인사받는 사람들의 표정은 다소 머쓱했다.

"애 괜찮았는데."

"더 괜찮은 애가 있나 보죠."

"가방 놓고 오는 거야?"

"아니에요, 과장님. 아까 출근했구만."

차 대리는 과장되게 손사래를 치며 억울해했다.

장은 화장실로 향했다. 그냥 변기에 앉아 있고 싶었다. 혼자 있을 수 있는 유일한 공간이었다. 따듯한 비데의 온열 시트에 앉으니 기분이 나쁘지 않았다. 휴대폰으로 뉴스를 훑었다. 말뚝들과 관련돼 확산되는 가짜 뉴스를 단속하기 위한 전담반이 편성됐다는 소식이 먼저 눈에 들어왔다. '좋아요'를 가장 많이 받은 댓글이 맨 위에 있었다.

—진짜 뉴스를 하나라도 내놓으면 되지 않냐?

정부는 여전히 조사 중이라는 것 말고는 이해될 만한 설명을 내놓지 않았다. 장도 댓글 옆에 있는 추천 버튼을 눌렀다. 서버에서 응답하지 않는다는 메시지가 떴다. 새로 고침을 하니 조금 전까지 있던 댓글이 보이지 않았다. 누군가 전화를 받으며 들어왔다. 손으로 수화부를 가린 듯 작은 목소리가 웅웅거렸다.

"오늘 끝이잖아. 기분이 어떻긴 아주 씨발이지. 좆같은 새끼들 안 볼 생각하니 속이 시원하다. 지금도 나 뭐 하고 있는지 아냐? 내 환송회 준비한다."

장은 작게 헛기침해서 일부러 인기척을 냈다. 전화 소리가 뚝 끊기고 화장실을 나가는 소리가 들렸다. 장은 조금 더 변기에 앉아 있었다. 일부러 기사 몇 개를 더 보고 메신저도 확인했다. 부스에서 나와 화장실에 아무도 없는지 확인했다. 손을 깨끗이 씻고 핸드 드라이어에 천천히 말렸다. 문을 살짝 열고 고개를 빼꼼 내미니 복도 끝에서 얼굴 하나가 휙 자취를 감추는 게 보였다.

자리에 돌아왔을 때 전자 결재 프로그램에 문서가 도착해 있었다. 걱정하던 재롱미디어의 대출 서류였다. 대충 훑어보아도 전에 올라온 내용과 별반 차이가 없었다. 당장 내놓으라는 듯 던져 놓은 것이 거의 협박처럼 느껴졌다. 장은 머리가 지끈거려 창을 닫았다.

일할 맛이 나지 않아 뉴스를 좀 더 찾아봤다. 오후에 행정안전부 장관이 주재하는 특별 기자 회견이 열린다는 속보가 떴다. 대통령이 직접 나서지 않는 걸 보니 정부가 상황을 완전하게 장악하지 못하고 있는 게 분명해 보였다. 좋은 건 자기가 하고 애매한 건 아랫사람 시키는 게 윗사람의 속성이었다. 진희 선배가 장에게 대출 서류를 밀어 넣는 것만 봐도 그랬다. 정말로 문제가 안 생길 거라고 믿나? 그런 것쯤은 상관없다는 말인가? 대민이 그렇게까지 모든 걸 책임진다고? 일이 틀어지면 피 보는 건 줄도 '빽'도 없는 장이 될 거였다.

시계를 보니 10시가 다 되었다. 화장실에서 본의 아니게 엿들은 인턴의 통화가 마음에 걸렸다. 소모품처럼 이용당하는 건 누구에게라도 기분 나쁜 일이었다. 마음 상했을 젊은 친구에게 위로를 전하고 싶었다. 지금 세상이 알아보지 못하더라도 모든 기회가 바닥난 건 아니라고, 시간을 견디고 버텨내다 보면 수렁을 벗어나는 때가 올 거라고 말이다. 신입 사원 연수가 끝난 뒤 첫 발령지를 통보받고 당황했던 자기 모습이 떠올랐다.

함께 연수원에 들어간 동기 100여 명 중에 장만 유일하게 면 단위의 영업점으로 발령받았다. 장도 믿기지 않아서 인사과 선배에게 되묻기까지 했다. 무려 한 달간 동고동락하며 가족이나 다름없이 지낸 동기들이었다. 열 과목에 가까운 소양 강의를 함께 듣고 스무 번의 시험도 함께 치렀다. 아침마다 이어진 체조와 두 번의 산행, 혼을 담은 장기자랑까지 함께였다. 하지만 그들 모두 장 앞에서 말을 조심했다. 장의 성적이 특별히 남보다 떨어지지도 않았다. 동기들은 서툴게 위로하느니 차라리 아무 일도 없는 척하는 편이 낫다고 생각하는 모양이었다. 장에게는 그런 반응이 반쯤은 외면처럼 느껴졌다.

외진 곳이라고 일이 적을 리 없었다. 영업점을 주거래 은행으로 하는 국내 최대 규모의 아연 제련소가 근처에 있었다. 대민그룹이 선대 회장 시절부터 운영해온 곳이었다. 제련 공장의 노동자와 지역 주민까지 더해 창구는 늘 북새통이었다. 일상처럼 이어지던 야근은 신경 쓰지 않았다. 오히려 일을 일찍 끝내고 관사에 돌아가는 게 더 막막했다. 밤은 길고 할 일은 없었다. 옆방을 쓰는 선배가 직접 삶은 족발에 소주를 전투적으로 비우는 게 유일한 여흥이었다. 그와 편해진 뒤로는 하소연이 일이었다.

"형은 무슨 죄를 지어서 여기까지 왔어요?"

"죄? 아인데? 내는 상급지 갈라꼬 여서 버틴다. 이 년 채우고 대구 갈 끼다."

"에? 왜 말 안 했어요?"

"안 물어봤다 아이가?"

"와, 완전 배신이네. 근데 선배는 지역 본부 입사잖아요. 나는 본사 공챈데 왜 이렇게 된 거지?"

"니 그걸 아익도 모리나?"

"모르죠. 형은 알아요?"

"이래 데데해가 어따 쓰겠노. 딱 보이 니 다음 발령지는 개마고원 아니믄 마라도다."

"알려줘요. 내가 뭘 잘못했는지."

"니가 잘못한 기 아이다. 태어나기를 잘못 태어난 기다."

"내가?"

"봐라. 니는…… 쌍놈이다. 반상의 법도 알제? 니 지금이 21세기 같나? 아이다. 내 볼 때 지금은 신조선이다, 신조선. 이조 말부터 쭈욱 이어지는 조선 후후기다. 태어나기를 쌍놈으로 태어나믄 죽을 때까지 쌍놈인 기고, 양반은 굶어 죽어도 양반인 기라. 니 서울서 대학 나오고 은행 들어왔다고 면천한 줄 알았나? 턱도 없다."

갑자기 생각도 못 한 쌍놈 취급을 받았는데 장은 기분이 나쁘지 않았다. 오히려 명쾌해지는 기분이었다. 그것 말고는 설명할 길이 없었다. 이해되지 않던 것들이 한 줄로 꿰어지는 듯했다. 합격 선물로 부모에게 중형차를 받았다고 자랑한 입사 동기가 있었다. 그 녀석은 연수원 생활도 착실했고, 조별 과제를 수행할 때는 조장을 맡아 리더십을 증명하기도 했다. 누구나 가고 싶어 할 만한 시내의 주요 영업점에 첫 발령을 받았다. 그런데 하나도 부럽지가 않았다. 그저 납득이 될 뿐이었고, 내가 인사 팀이라도 그런 결정을 할 거라는 생각뿐이었다. 어차피 자신과는 다른 종류의 사람이라고 장은 생각했다. 뭐가 다른지 정확히 설명할 수 없었는데 선배의 이야기를 듣고 정확히 알았다. 신분이 다른 거였다.

다음 날부터 장은 퇴근하고 선배와 술을 마시지 않았다. 자격증 시험을 준비하기 시작했다. 야근한 날도 그냥 눕지 않고 최소

한 두 시간은 책상 앞에 앉아 있었다. 선배가 문을 두드리며 한 잔만 하자고 해도 열지 않았다. 독한 놈이라며 욕하던 선배는 이듬해 자신만만하게 공언한 대로 경북 본부로 자리를 옮겼다. 그가 떠난 지 얼마 되지 않아 장은 신용분석사 시험에 붙었고, 다음 인사가 있기 직전에 여신심사역 자격증까지 땄다. 다음 인사는 경기도 남부의 중소 도시 영업점으로 났다. 거기서 삼 년을 더 지낸 뒤에 본사 발령을 받았다. 다짐했다. 여전히 쌍놈인 데는 변함이 없음을 절대 잊지 않겠다고 말이다.

*

회의실에 사람이 다 모였는데 주인공이 나타나지 않았다. 본부장이 짜증 섞인 목소리로 물었다.

"전화해봐."

"안 받는데요?"

"얘 어디 갔는데?"

"케이크 사 오라고 보냈어요."

"케이크 하나 사러 어디까지 갔어? 요새 다 배달되지 않나?"

"법카로 사야 되니까……."

"됐고, 이따 오후에 사무실에서 간단하게 하자."

모였던 사람들이 흩어졌다. 인턴은 점심시간이 될 때까지 돌아오지 않았다. 누군가 인턴이 앉던 자리에 놓인 법인 카드를 발견했다. 사원증도 함께 놓여 있었다. 사람들은 체험형 인턴이 자신의 체험을 예정보다 몇 시간 이르게 자체 종료한 것으로 결론 내렸다.

*

이 형사와 통화가 되지 않았다. 그 대신에 문자가 왔다. 말뚝들 때문에 팀 전체가 경비 업무에 투입되었다고 했다. 그와 이전에 주고받은 문자에서 마카오에 있다는 수도원의 이름을 발견했다. 장이 기억하는 한 태이는 성당에 다니지 않았다. 교회도 마찬가지였다.

두 사람은 신의 존재에 대해 토론한 적이 있다. 정확한 시점과 장소는 기억나지 않지만 그런 종류의 대화를 분명히 나눴다. 잔뜩 술에 취했을 때 가끔 등장하는 주제 중 하나였으니까. 어떤 식으로 논의가 전개되든 결론은 비슷했을 것이다. 신은 존재할 가능성이 적고, 있더라도 믿을 만한 녀석이 아니며, 마주치면 엎드려 빌기보다는 삥이라도 뜯는 편이 낫다는 게 장의 지론이었다. 특히 삥을 뜯는 게 중요했다. 제대로 된 신이라면 주머니 사정이 넉넉할 게 틀림없고, 체면이 있어 어디 가서 하소연하기도 힘들며, 속성상 보복보다는 용서 쪽을 선택할 가능성이 높기 때문이었다. 삥 뜯기까지는 모르겠지만 전반적인 불신과 회의에 대해서는 태이도 같은 입장이었을 것이다. 그러지 않았다면 둘이 계속 친구로 남아 있기 힘들었을 테니까. 장은 그런 것을 견디기 힘들어했다. 확신할 수 없는 것을 진심을 다해 믿기로 하는 약속이 무서웠다. 정상적인 행동으로 보이지 않았다. 장이 생각할 때 그건 자신을 속이는 일이었다.

인터넷으로 마카오의 수도원을 검색하니 관광객들의 투어 후기가 등장했다. 오래되고 조용한 성당에 대한 묘사가 많았다. 영문으로 검색하자 수도원의 홈페이지가 나왔다. 복도에서 전화를 걸었다. 국제 전화의 익숙지 않은 신호음이 몇 번 지나가고 저쪽에서 전화를 받았다. 아마도 광둥어로 생각되는 인사말에 헬로라고 대답하자 저쪽은 하이로 받아주었다. 각자의 억양이 묻어 있는 영어로 문답이 이어졌다.

그곳에 한국인이 있습니까?

아니요. 지금은 없습니다.

그럼 있었습니까? 거기서 죽은 한국인이 있습니까?

그렇습니다. 당신은 누구십니까?

친구입니다. 죽은 한국인의 친구입니다.

정말입니까?

네, 정말입니다.

그렇다면 잠시 기다려주세요.

수화기 너머에서 누군가를 부르는 소리가 들렸다. 장은 잠시 기다렸다. 달리 할 수 있는 일이 없었다. 낯설고 먼 곳의 공기가 전화기로 넘어오는 듯했다. 저쪽의 누군가가 장을 완전히 잊어버린 게 아닌지 걱정되기 시작할 때쯤 발소리가 작게 들려왔다. 그리고 조금씩 커지더니 부스럭거리며 전화받는 소리로 바뀌었다. 장이 기대하지 못한 한국어가 들려왔다.

"여보세요?"

"아, 여보세요?"

"앤데르이아 수사님 친구시라고요?"

"안드레아…… 글쎄요. 제 친구는 태이예요. 한태이."

"태이? 앤데르이아는 키 작고 배 나오고 카지노 죽돌이였어요."

"아, 맞아요! 태이 맞네요. 걔가 수사였어요? 그거 뭐…… 신부 같은 건가요?"

"그럴 리가요. 앤데르이아가 신부면 가톨릭 다 망했게요. 전 데보라예요. 그럼 당신이 쟝이겠네요."

이름 대신 쟝이라고 부르는 건 태이의 습관이었다.

"제 얘기를 했나요?"

"그랬죠. 자기 죽고 연락 오는 사람이 있으면 쟝뿐일 거라고 했어요."

"어떻게…… 떠났나요, 태이는?"

"제가 마침 내일 한국 가거든요. 공항에 데리러 나와주실래요? 쟝한테 전해줄 것도 있어요."

"내일요?"

"네. 안 돼요?"

"안 될 건 없어요. 근데 제가 왜 그래야 하죠?"

"앤데르이아 친구라면서요. 그럼 제 친구니까요. 친구들은 원래 그렇게 하지 않아요?"

데보라에게 이메일 주소를 알려주고 전화를 끊었다. 친구들이 서로에게 어떻게 하더라? 장이 기억하기로 태이와의 마지막은 서로에게 상처만 가득 남겼다. 그래도 태이는 죽기 전에 장을 생각한 모양이었다. 데보라를 만나면 물어보고 싶은 게 많았다. 장은 연차 신청서를 결재 시스템에 입력했다. 재롱미디어의 대출 신청은 보관함으로 옮겨두었다. 진희 선배가 약속받은 게 뭔지 궁금했다. 보장된 것 없이 움직일 사람이 아니었다. 대민에서 스카웃해 가기로 돼 있을까? 장의 빈곤한 상상력으로는 그 정도가 짐작되는 내용의 전부였다. 그것 말고 뭐 대단한 혜택을 받을 게 있기도 힘들었다. 천만금을 줄 것도 아니고, 영생을 누리게 해줄 것도 아니었다. 망가진 사랑을 다시 이어주거나 장풍을 쏘게 해줄 알선수재는 없었다. 조금 나은 연봉과 괜찮은 자리, 어쩌면 혼자 쓰는 사무실, 눈으로 볼 수 없지만 타인의 태도로 확인받을 수 있는 영향력 따위가 전부일 거다. 누군가는 겨우 그 정도에 영혼을 팔기도 한다. 따져보면 영혼이란 건 대표적으로 과대 계상된 자산이 틀림없었다. 분식 회계의 첫걸음이었다.

사무실이 갑자기 소란스러워졌다. 엉거주춤 일어나 파티션 너머를 확인했다. 사람들이 사무실을 빠져나가고 있었다. 스피커에서 안내 방송이 흘러나왔다. 전 직원은 동요하지 말고 가만히 있으라는 내용이었다. 한국인에게 가만히 있으라는 말이 뭘 상기시키는지 깊게 생각하지 않은 방송이었다. 덕분에 장은 뭔가 잘못됐다는 걸 알았다. 고민 없이 자리를 빠져나왔다. 엘리베이터 앞에 모여 있는 사람들에게 내막을 들었다.

로비에 말뚝이 나타났다.

건물 1층 한가운데에 지금 말뚝이 서 있다.

바다에서 도시로, 도시에서 내 앞으로 말뚝이 왔다.

드디어 말뚝의 실물을 가까이서 보게 된다고 생각하니 심장이 쿵쾅거렸다. 층마다 멈춰 서는 엘리베이터는 이미 만원이었다. 장은 비상구로 향했다. 거기도 사람이 가득했다. 긴 줄에 섞여 한 걸음씩 천천히 땅을 향해 내려갔다.

말뚝은 로비의 정문 앞에 서 있었다. 유리문 밖에서 구경하는 사람과 문 안쪽에 있는 사람들이 말뚝을 에워싼 형태였다. 결계라도 있는 것처럼 다가가지 못하고 말뚝의 앞이 텅 비어 있었다. 실제로 본 말뚝은 생각보다 작았다. 어른보다는 어리고 아이보다는 어른이라고 할 만한 크기였다. 사진에서 봤듯이 피부가 매끈하고 눈을 감고 있었다. 윗입술과 아랫입술이 가지런히 모여 만들어진 선이 반듯했다. 누군가 중얼거렸다. 너무 사람 같잖아. 옆에 있던 다른 이가 대답했다. 한때 사람이었다잖아. 장은 궁금했다. 그럼 지금은 뭐지? 그때 누군가 조용히 흐느끼기 시작했다. 장의 옆에 있는 사람도 훌쩍였다. 흥 하고 코를 푸는 소리가 들렸다. 장도 코가 매워졌다. 눈이 간질거렸다. 몇 초 지나지 않아 장의 눈에도 이유를 모르는 눈물이 가득 고였다. 훔쳐낼 틈도 없이 뺨을 타고 흘러내렸다. 울고 있기는 유리문 밖의 사람들도 마찬가지였다.

"저기요, 너무 이상해서 그런데 지금 왜 울어요?"

옆 사람이 울면서 장에게 물었다.

"모르겠어요. 그냥 눈물이 나요."

장이 울면서 대답했다.

그때 유리문 밖에서 흰 방호복을 입은 사람들이 밀려들어 왔다. 방독면이 달린 투명한 풀페이스 마스크를 쓰고 있었다. 그중 한 명이 백팩에서 검은 보디백을 꺼냈다. 여러 번 접힌 것을 펴자 사람보다 조금 긴 주머니가 나타났다. 그가 지퍼를 활짝 여는 동안 다른 사람들이 서 있던 말뚝을 가로로 뉘었다. 조심스럽게 보디백에 말뚝을 집어넣고 지퍼를 잠갔다. 가방에 담긴 말뚝은 들것에 올려져 건물을 빠져나갔다. 유리문 밖에서 구경하던 사람들이 길을 터줬다. 말뚝이 있던 자리는 처음부터 아무것도 없던 것처럼 텅 비었다. 모두의 눈물이 거짓말처럼 일시에 그쳤다. 갑자기 정신을 차리고 멀쩡한 표정이 되어 민망한 표정으로 서로를 쳐다봤다. 소매로, 손수건으로, 손등으로 얼굴을 닦고는 흩어졌다. 엘리베이터 앞의 줄이 길었다. 장은 비상구를 통해 사무실로 올라갔다. 집에서 매일같이 계단을 오르내린 덕분에 별로 힘들지 않았다. 아무도 방금 흘린 눈물에 대해 언급하지 않았다.

오후 일과는 평소와 같았다. 휴대폰 알림이 울려 확인하니 연합뉴스 속보가 들어와 있었다. 오후로 예정된 행안부 장관의 특별 기자 회견을 연기한다는 소식이었다. 설명할 수 없는 것이 잔뜩 쌓였을 때 빠져나가는 방법 중 하나는 질문을 받지 않는 것이었다. 요즘 들어 정부가 제대로 하는 일이 별로 없다고 생각했는데 꽤나 영악하게 대처하고 있었다. 바보인 척하는 데 최선을 다하기로 한 모양이었다. 장은 다른 날처럼 퇴근 준비를 하고, 〈배철수의 음악캠프〉 오프닝을 듣고, 회사 건물을 빠져나왔다.

장은 곧장 집에 갈 수 없었다. 다시 한번 광화문으로 향했다. 전에 본 가벽과 에어돔이 자리를 지키고 있었다. 귀마개를 한 경찰이 벽 근처를 왔다 갔다 하며 순찰 중이었다. 저 안에 말뚝이 있을까? 여전히? 있더라도 내내 있었을까? 퇴근하기 전 장은 분명히 확인했다. 회사 로비에 나타난 말뚝에 대한 기사는 어디에도 없었다. 인터넷 게시판에 올라오는 글은 계속 지워졌다. 그러니 다른 곳에도 나타났을 것이다. 곳곳에 등장했을 것이다. 여기저기서 많은 사람을 울게 했을 것이다. 장이 그것을 확신하는 이유는 사람들 때문이었다. 광화문 광장에는 장 말고도 많은 사람이 있었다. 구경꾼이 아니었다. 무언가를 확인하러 나온 사람의 눈이었다. 그들은 장과 비슷한 생각을 하며 발길을 돌렸을 것이다. 누군가 말뚝들에 관해 커다란 비밀을 만들어내고 있었다. 장은 차 대리에게 전화를 걸었다.

"저번에 못 마신 맥주 어때?"

"글쎄요. 뭐 나쁘지 않은데."

"어디야?"

"막 전철 타려던 참이에요. 근데 과장님, 혹시 그……."

"응, 말해."

"아니에요."

"뭐가 아니야. 하고 싶은 말 있으면 해."

"못 하겠네요. 왠지 모르게."

차 대리의 머뭇거림이 장의 마음속에 있는 것과 다르지 않았다. 무슨 말이든 하고 싶은데 아무 말도 할 수 없었다. 마음 깊은 곳에서 누군가 장에게 경고하고 있었다. 우리가 함께 본 말뚝들에 대해 이야기해서는 안 된다고. 발신지를 알지 못하는 서늘한 명령이었다.

"그냥 다음에 마실까?"

"그래요. 그게 낫겠어요."

다음이 언제인지 어느 쪽도 말하지 않았다. 장은 가슴에 무거운 돌이 내려앉은 것 같았다. 이럴 때는 역전우동을 먹어야 한다고 생각했다. 얼큰김치우동이 필요했다. 유부초밥도 먹고 싶었다. 인간이 스트레스 상황에서 무언가를 먹으려고 하는 이유에 대해 설명한 글을 읽은 적이 있다. 포만감이 일종의 마취 상태를 제공한다고 했다. 지금 장에게 필요한 게 그거였다. 마취, 아무 생각도 하지 않기, 포만감에 노곤하게 배 두드리기 같은 것.

가게 문을 열고 들어섰을 때 다찌 테이블 끄트머리에서 혼자 우동을 먹고 있는 사람이 보였다. 낯이 익었다. 단무지를 집던 남자와 눈이 마주쳤다. 인턴이었다. 뒤돌아서 나가기는 이미 늦어버렸다. 장은 손을 흔들어 인사했고 인턴은 웃으며 고개를 꾸벅 숙였다. 키오스크에서 주문하는 동안 장의 머릿속은 복잡하게 돌아갔다. 옆에 앉아야 하나? 무슨 말을 하지? 주문은 삼십 초도 걸리지 않았고 결제는 순식간이었다. 힐끔 곁눈질하니 인턴이 장을 보고 있었다. 장은 가볍게 눈인사하고 그의 옆에 가서 앉았다. 인턴이 먼저 말을 건넸다.

"과장님, 제 이름 아세요?"

"하하. 알죠. 왜 모르겠어요."

"뭔데요?"

"실은 모르겠네요. 미안합니다."

"아까 화장실에서 제 통화 들으셨죠?"

"네, 일부러 들은 건 아닙니다."

"저도 알아요."

유부초밥이 먼저 나왔다. 장은 원래 우동을 반쯤 먹은 시점부터 유부초밥을 잘라 먹는 걸 좋아했다. 우동 숟가락에 밥을 담아 국물에 살짝 적셔 먹는 게 좋았다. 국물과 함께 훌훌 넘어가는 밥알이 목구멍을 지날 때 채 도착하지도 않은 배 속이 빵빵해지는 기분이었다. 지금은 뭐라도 입에 넣고 싶었다. 그렇게 입을 막을 구실이 필요했다. 진짜 말하고 싶은 것은 말할 수 없기 때문이었다. 차라리 입을 다물고 싶었다. 인턴은 장을 그렇게 둘 생각이 없는 듯했다.

"유종의 미를 거뒀어야 하는데 죄송합니다. 사무실 분들께도 전해주세요."

장은 젓가락으로 구석을 떼어낸 주먹밥을 입에 가져가려다가 내려놓고 말했다.

"아니에요, 무슨 말씀을요. 회사가 잘못됐어요. 그러면 안 되는데."

"그렇죠? 진짜 씨발 너무하다 싶더라고요."

거침없는 인턴의 욕설에 장은 허를 찔린 듯 웃어버렸다. 인턴도 함께 웃었다. 장의 마음이 조금은 가벼워졌다. 편하게 이야기를 나눌 수 있을 것 같았다. 그런 대화도 좋은 마취제였다. 인턴에게 말했다.

"정말 좆같은 세상이죠. 뭐 좀 더 드실래요? 제가 살게요."

"아뇨. 배불러요."

두 사람 사이에 적막이 흘렀다. 일하면서 주고받은 말도 겨우 몇 마디에 지나지 않아 할 말이 없었다. 장은 그가 무엇을 좋아하고 싫어하는지, 퇴근 후에 들르는 곳은 어디고 주말에는 뭘 하는지 같은 것을 전혀 알지 못했다. 그래도 내가 어른인데 무슨 말이라도 해줘야 하는 게 아닐까 싶다가도 어른이 뭔지, 나이를 더 먹어서 어른인지, 인턴이 아니라 정규직이라 어른인지, 옆에 앉은 그가 어른이 아니라는 근거는 뭔지, 그러면 둘 다 어른이거나 둘 다 어른이 아닌 쪽이 맞지 않을지 생각하다 그냥 조용히 있기로 했다.

"저도 어릴 때 납치당한 적이 있어요. 모르는 할아버지가 오토바이 뒤에 태우고 연안부두에 데려갔대요."

장은 갑자기 사타구니에 찌르르한 통증이 돌았다. 인턴의 표정은 괴로운 듯 일그러져 있었다. 하지만 이야기를 멈추지 않았다.

"자세한 건 기억나지 않아요. 그 할아버지랑 바다를 보는 장면이 떠오르고, 곧 버려질 것처럼 외롭고 무서웠던 기분만 생생해요. 그 새끼는 경찰에 잡히고서 그랬대요. 모르는 아이한테 바다를 보여주고 싶었다고. 저는 그 뒤로 바다에 가지 않아요. 낭만적인 개소리는 집어치우고 괴롭게 죽었기를 바라요. 지금쯤이면 분명히 죽어서 없어졌겠죠. 그때도 엄청 할아버지였으니까."

"꼭 그랬으면 좋겠네요. 저도 같이 기원할게요. 이미 죽어서 다른 곳에 갔어도 여전히 괴로워야 할 텐데."

"왜 하필 저였는지 원망도 했거든요. 근데 그 인간이 그랬대요. 그런 생각이 들고서 처음 마주친 게 저였다고. 골목에서 처음 마주친 꼬마였다고. 그러니까 과장님도 너무 복잡하게 생각하지 않으시면 좋겠어요. 그냥 운이 없었던 거죠. 나쁜 사람의 이유 같은 것에 귀 기울여줄 필요 없어요."

그때 장이 주문한 김치우동이 나왔다. 김이 모락모락 오르는 우동 위에 튀김 가루가 뿌려져 있었다. 우동 한 그릇을 전부 비워도 마음속 답답함이 사라질 것 같지 않았다. 인턴은 자리에서 일어나 꾸벅 인사했다. 헤어지기 전에 무슨 좋은 말이라도 해주고 싶었다. 겨우 생각해낸 게 이런 말이었다.

"어디에 가든 잘할 거예요."

"그렇겠죠. 뭐 대단한 회사라고 저에 대해 알겠어요. 어쩌다 보니 이렇게 된 거죠."

인턴은 밝게 웃으며 대답했다. 이름을 미처 물어보지 못했다는 생각은 그가 이미 문을 나선 뒤에야 들었다. 우동 맛이 평소같이 느껴지지 않았다. 변한 건 우동이 아니라 장이었다. 우동도 유부초밥도 절반 이상 남겼다. 퇴식구에 그릇을 갖다 놓자 마스크를 쓴 직원이 물었다.

"맛이 별루여유? 그럴 리가 없는디."

"아뇨. 입맛이 없어서요."

직원이 고개를 끄덕이고는 쟁반을 가져갔다. 조리모와 마스크에 가려졌지만 눈매가 익숙했다. 풍채도 그렇고 아무래도 백종원 같았다. 눈을 동그랗게 뜨고 이리저리 살피니 시선을 느꼈는지 당황하며 등을 돌렸다. 한동안 여론의 뭇매를 맞다가 간신히 관심에서 멀어진 걸 생각하면 이해가 되지 않는 것도 아니었다.

집 앞에서 장의 전화가 울렸다. 해주였다. 파혼 후에 짐을 정리하느라 왔다 갔다 한 이후로 한 번도 연락한 적 없었다. 궁금했지만 꾹 참고 안부조차 묻지 않았다. 프로필을 보면 자꾸 생각나서 카톡 설정에 들어가 숨김친구에 넣어두었다. 한 번쯤 연락하는 상상을 해보지 않은 건 아니었다. 장이 살아온 기억을 유가 증권 시장에 상장하면 두말할 것 없이 해주는 대주주 자격으로 공시돼야 했다. 막상 전화가 오니 아무 느낌도 들지 않았다. 받지 않을 이유가 없어 수신 버튼을 눌렀다. 해주는 인사도 없이 다짜고짜 말했다.
"야, 너니까 내가 툭 터놓고 물어볼게."
가슴이 덜컥 내려앉았다. 준비가 되지 않은 상태에서 질문을 맞이하는 기분이었다. 해주도 말뚝을 보았을까. 그걸 보고 나처럼 울었나.
"그래, 나한테는 그래도 되지."
"근데…… 아니다."

해주가 힘 빠진 음성으로 질문을 거둬들였다. 그 마음이 무엇인지 장도 알았다. 말뚝들에 대한 것은 입도 뻥긋 말라는 경고. 그 목소리가 장에게만 들리는 게 아니었다.

"나도 그래. 아무 말도…… 못 하겠어."

"미쳤나 봐, 정말."

그게 해주의 말버릇이었다. 세상 온갖 일에 미쳤나 봐, 정말이라고 했다. 해주와 함께 지내던 지난날이 갑자기 밀려들었다. 어쩌면 매일 퇴근길에 해주와 통화하며 집에 올 수도 있었다. 집에 도착하면 먼저 온 사람이 서로를 기다려주는 그런 삶을 그려보기도 했다. 장이 생각하는 미래는 스펙트럼이었다. 그중 어떤 것은 현실이 되고 나머지는 가능성에 묻힌다. 해주와 더 이상 함께가 아니라는 게 갑자기 생경하게 느껴졌다. 장은 해주에게 물었다.

"잘 지내?"

"됐어. 그런 용건이 아니었어."

"야, 너무 매정하잖아. 전화는 지가 걸어놓고."

"알았어. 그럼 궁금한 거 있으면 하나만 물어봐."

그렇게 말하니 막상 떠오르는 게 없었다. 만나는 사람은 있는지? 회사는 잘 다니는지? 부모님은 건강하신지? 같은 것. 그런 것을 굳이 알고 싶지 않았다. 울었니? 하고 묻고 싶었다. 여전히 그 말이 입 밖으로 나오지 않았다. 잠시 생긴 공백의 의미를 해주도 알아차린 모양이었다. 그럴 만큼의 시간은 나눈 사이였다. 장은 어렵게 말을 뱉었다.

"정말…… 미쳤나 봐."

"그래. 정말 미친 것 같아."

해주의 말버릇을 따라 한 게 아니었다. 마음에서 진심으로 우러나온 말이었다. 잘 지내라고 인사하며 전화를 끊었다. 목소리를 들었으니 서로 안부는 확인한 셈이었다. 다시 또 해주의 전화를 받는 날이 있다면 좀 더 밝게 통화할 수 있도록 농담을 준비해야겠다고 생각했다. 삼십 초 정도 깔깔거리며 배를 잡고 웃을 만큼 재밌는 농담이 필요했다.

*

아침에 계단으로 내려갔듯이 계단을 올라 집으로 향했다. 그 시간은 화장실에 앉았을 때처럼 이런저런 생각을 하기에 좋았다. 말뚝에 대해 생각했다. 말뚝들은 한 곳에만 나타난 게 아니었다. 사람들에게 한 걸음씩 가까이 다가오는 형국이었다. 바다에서 해변으로, 해변에서 도심으로, 도심에서 당신들 앞으로. 장의 앞에 센서 등이 하나씩 켜지고 뒤로는 하나씩 잦아들었다. 그렇게 아침에 나온 집 문 앞에 다시 섰다. 장은 낯선 기분에 휩싸였다. 건조한 나무 냄새 같은 것이 복도를 맴돌았다. 출근할 때와 무엇인가 달라져 있었다.

장은 생각했다.

이게 뭐지?

미쳤나 봐. 정말로.

비밀번호를 하나씩 누르는 손이 떨렸다. 조심스럽게 현관문을 열자 코끝이 간질간질했다. 금세 눈이 매워졌다. 현관의 센서 등이 어두운 집을 희미하게 비췄다. 베란다 창문 앞에 서 있는 형체가 낯설지 않았다. 믿기지 않아 눈을 깜빡였다. 감았다 뜰 때마다 눈물이 흘러내렸다.

그곳에 말뚝이 서 있었다. 낮에 회사에서 본 것과 비슷하면서 또 다른 모습이었다. 여전히 눈을 감고 입을 다문 채였다.

2

 다음 날 장은 인천공항 입국장에서 데보라를 기다렸다. 라면 박스를 잘라 매직으로 두껍게 이름을 적어 들고 있었다. 데보라는 비행기 편명과 도착 시간을 적은 메일을 보내왔다. 인상착의를 설명하는 내용도 담겨 있었다. 파랗게 염색한 짧은 머리에 검은색 패딩을 입을 거라고 했다. 장을 보면 왠지 느낌이 올 것 같다고 썼다. 하지만 장은 데보라를 한눈에 알아볼 자신이 없었다. 파란 머리든 검정 패딩이든 한눈에 알아볼 만한 특징 같지 않았다. 믿을 건 손에 든 팻말뿐이었다. 번호를 알려줬으니 엇갈리더라도 전화가 걸려올 터였다.
 공항답게 사람이 많고 분주했다. 어쩌다 눈이 퉁퉁 부은 사람을 보면 기분이 이상했다. 그는 어디서 말뚝을 만나 얼마나 오래 울었던 걸까. 궁금하지만 물어볼 수는 없었다. 공항 벤치에 앉아 있던 사람과 눈이 마주쳤다. 오래 운 사람처럼 코가 빨갰다. 장과 눈을 맞추던 그가 작게 고개를 끄덕였다. 장도 천천히 고개를 끄덕였다. 서로를 안쓰러워하는 마음이 느껴졌다. 대체 무슨 일이 일어나고 있는 걸까? 베레모를 쓴 공항 경찰이 어깨에 총을 걸치고 두 사람씩 짝지어 돌아다녔다. 전부 선글라스를 꼈는데 검은 알 아래에 눈이 충혈돼 있어도 이상하지 않을 듯했다. 그들도 집에 돌아갈 때는 총을 반납하고 백팩을 멜 것이었다.

아무도 말뚝들에 대해 말하지 않았다. 어디에도 언급되지 않았다. 처음 말뚝들이 해변으로 밀려왔을 때 오히려 더 많은 뉴스가 나왔다. 이제는 치안 유지를 위해 최선을 다하고 있다는 정부의 입장이 단신의 전부였다. 밤새 뒤척이다 잠든 장은 구멍 난 바람 주머니처럼 하품만 연신 해댔다. 어젯밤 가까이서 본 말뚝의 몸통은 표면이 갈라지고 부스러질 만큼 바짝 말라 있었다. 매끈한 얼굴을 만져보기도 했다. 사람의 것인 듯 사람 같지 않았다. 장은 의지와 상관없이 계속 눈물이 났다. 말을 걸어보기도 했다. 안녕하세요. 누구세요. 어떻게 죽으셨어요. 입은 열리지 않았다. 보지 않고 방에 들어가면 눈물이 그쳤다.

이불을 덮고 말뚝의 입에 들어 있었다는 명함에 대해 생각했다. 명함 뒤에 계좌 번호를 적어주던 순간이 영화처럼 머릿속에서 재생됐다. 명함을 받아 간 사람의 얼굴은 기억나지 않지만 꼬깃꼬깃 접은 종이를 장에게 건네던 손이 떠올랐다. 이름. 그 사람의 이름을 기억하려고 노력했지만 역시 떠오르지 않았다. 부르튼 손등과 짧게 닳아 있던 손톱만 생생했다.

"장?"

어느새 데보라가 장의 앞에 와 있었다. 파란 머리로 알아볼 거라는 말은 거짓이 아니었다. 거의 하늘색에 가까웠다. 나란히 선 캐리어는 머리보다 조금 더 짙은 푸른색이었다.

"왼쪽? 오른쪽?"

데보라의 말이 무슨 의미인지 생각하던 장은 자신이 입국장 펜스의 정가운데에 있다는 걸 자각했다. 양쪽 출구 중 하나를 골라야 두 사람이 만날 수 있었다.

"왼쪽."

"오케이."

순간 두 사람이 정반대 방향으로 움직였다.

"데보라! 당신의 오른쪽, 나의 왼쪽."

"오케이."

작은 혼선 끝에 두 사람은 서로의 앞에 섰다. 데보라는 경쾌하게 장의 어깨를 툭 치며 말했다.

"얼굴 좀 펴요. 울었어요?"

*

데보라는 종로에 숙소를 잡았다고 했다. 공항을 빠져나온 차가 곧장 고속도로에 접어들었다. 데보라가 휴대폰 블루투스를 장의 차에 연결하더니 노래를 틀었다. 장이 들어본 적 있는 곡이었다. 그런 날이 있을까요. 마냥 좋은 그런 날이요. 인포창에 'DAY6-HAPPY'라고 떴다.

"오, 나 이 노래 알아요."

"모르면 안 되죠."

"한국어는 어디서 배웠어요?"

"유튭."

"수녀님이 그런 머리 해도 돼요?"

"난 수녀 아니에요. 수도원에서 일하는 사람이지."

"아."

그러니까 제발 제발 제발요. 텔미 잇츠 오케이 투 비 해피. 트렁크에서 들어서인지 가사를 음미하니 마음이 울컥해졌다.

"케이팝 팬이에요?"

장의 질문에 데보라는 어이없다는 듯 머리를 가로저으며 대답했다.

"쟝, 내 머리 색깔 보면 몰라요? 나 마데예요."

"마데?"

"마이데이*."

"유어 데이?"

---

* 데이식스 팬덤.

"하, 됐어요. 원래 내일 데이식스 콘서트였어요. 갑자기 취소됐어요. 파일즈? 그것 때문에."

"파일? 무슨 파일?"

"이거 있잖아요."

데보라가 휴대폰을 열어 장에게 사진을 보여줬다. 곁눈으로 보니 말뚝들이었다.

"아, 말뚝이 영어로 파일이구나."

"이걸 말뚝이라고 불러요?"

"네, 말뚝요. 그럼 데보라는 그것 때문에 한국 왔군요? 케이팝 콘서트."

"뭐, 꼭 그게 아니라도. 앤데르이아가 전해달라고 한 게 있으니까. 마침 날짜가 잘 맞기는 했죠."

"저는 혹시 유골함 같은 걸 갖고 오려나 생각했어요. 유골…… 그러니까 스켈레톤? 본즈? 본즈 파우더 항아리?"

"나도 유골함 알아요."

"아, 네."

"앤데르이아는 우리 묘지에 있어요. 수도원은 성스러운 공동체니까. 쟝에게 주라고 한 건 이거예요."

데보라가 주머니에서 동그랗고 납작한 물건을 꺼냈다. 운전 중인 장이 확인할 수 있도록 팔을 뻗어 보여줬다. 카지노에서 가져온 것으로 보이는 칩이었다. 장은 피식 웃음이 나왔다. 태이다웠다. 끝까지 정신 못 차리고 갔구나. 기도하는 법은 모르지만 할 수 있다면 그를 위해 기도하고 싶었다. 죽은 사람을 위해 할 수 있는 건 어차피 많지 않을 텐데 기도를 해준다면 태이의 종교적 배경에도 어울릴 것 같았다. 그런 놈이 수사라니. 하도 수사를 많이 받아서 자신이 수사가 되기로 결심한 게 아닐까 생각했다. 즉흥적으로 떠오른 생각이었는데 곱씹을수록 너무 썰렁한 농담이었다. 하지만 썰렁한 농담이야말로 낯선 사람과 분위기를 풀어나가는 데 유효한 수단 중 하나였다. 데보라가 한국인이었다면 분명히 두 수사 이야기를 했을 거라 생각하며 꾹 참았다.

데보라는 매카니즈 혈통이라고 자신을 소개했다. 매카니즈는 포르투갈계와 중국계가 섞인 혼혈로 사진조차 남아 있지 않은 고조할아버지가 포르투갈인이었다. 그는 대학에서 사회 복지를 전공하고 카지노 주변을 전전하는 노숙인을 지원하는 일로 사회생활을 시작했다. 그러다 수도원의 일을 도왔고, 아예 그곳에 일자리를 얻었다. 데보라가 안드레아, 그러니까 처음 태이를 만났을 때 태이는 이미 수사였다. 태이는 자신처럼 도박으로 신세를 망친 한국인을 위해 임시 숙소를 알아봐주거나 긴급한 생활의 어려움을 넘길 수 있도록 작은 돈을 융통해주기도 했다. 열에 아홉은 태이에게 받은 돈을 들고 카지노에 돌아갔다. 노름꾼이란 그런 법이니까.

태이는 수사가 된 사연을 데보라에게 들려줬다.

"엠지엠의 바카라 테이블에서 원장 신부님과 나란히 앉았어. 그러다 친해졌지. 같이 밥도 먹고 술도 먹었는데 어느 날 신부님하고 내기를 했어. 내가 두 번 연속 타이에 걸어서 먹었거든. 한 번 더 타이로 따면 원하는 게 뭐든 들어준다고 하셨어. 결과는? 내가 지금 이곳의 수사가 된 걸 보면 알 수 있지."

데보라는 태이가 당연히 농담하는 거라고 생각했다. 태이는 그것 말고도 많은 농담을 했으니까. 어느 날 원장 신부와 셋이 있는 자리에서 그 이야기가 나왔다. 진위에 대해 질문받은 신부는 한참 말이 없다가 이렇게 말했다.

"그 정도면 기적이라고 하기에 충분하잖아?"

태이를 죽인 건 암이었다. 위암 4기 진단을 받은 뒤부터 그는 한동안 발길을 끊었던 카지노에 다시 가기 시작했다. 밥을 걸러가며 바카라 테이블에서 운을 시험했다. 그 시간은 고스란히 스트레스가 되어 태이의 마지막을 앞당겼다. 카지노를 이기는 방법은 없다는 걸 그도 알고 있었다. 언젠가부터는 이기기 위해서가 아니라 가진 돈을 전부 잃기 위해 테이블에 앉았다. 그러지 않고는 자리에서 일어날 방법이 없었다. 수도원에 마련된 작은 방에 돌아오기 위해 그가 할 수 있는 일은 쉬지 않고 베팅하는 것뿐이었다. 차라리 한국으로 돌아가는 게 어떻겠느냐고 데보라는 몇 번이나 다그쳤다. 생의 마지막 순간을 카지노의 인공조명 아래서 허비하는 게 무슨 의미냐고 물었다. 태이는 쓸쓸하게 웃으며 말했다.

"한국에는 이제 나를 기다리는 사람이 없어. 상처 주고 실수하고 거짓말 잔뜩 하고서 여기로 도망쳤거든. 아무도 나를 용서하려고 하지 않을 거야. 나도 내가 한심해서 죽을 맛인걸. 적어도 이곳에는 나를 반겨주는 주님이 계셔. 조용한 방에서 묵상하고 있으면 그분이 무얼 원하시는지 알 것 같아."

"그게 뭔데? 당신의 회개?"

"아니. 빨리 오래. 카드 한판 치자셔."

그렇게 말하고 이틀 뒤에 태이는 죽었다. 데보라가 발견했다. 아침 식사를 하러 나오지 않아 방에 찾아갔다. 문을 열기 전에 이미 알고 있었다. 다른 가능성은 생각조차 하지 않았다. 잠든 사이에 편하게 떠난 것이 그가 받은 유일한 은총이었다고 데보라는 말했다.

"태이가 어떻게 알았을까요? 제가 연락하리라는 걸."

"알았을 리 없죠. 앤데르이아는 예언자가 아니라 갬블러잖아요. 당신한테 베팅한 거예요. 가장 높은 확률에."

"아."

"칩과 함께 전해달라고 한 말이 있어요."

"뭔데요?"

"뱅커로 가. 하지만 뱅커는 못 이겨."

"그게 무슨 뜻이죠?"

"나야 모르죠."

*

데보라는 숙소에 도착해 짐을 내렸다. 창문 너머로 장에게 말했다.

"아직 체크인은 안 될 테니 짐만 맡기고 올게요. 어디 가서 커피라도 한잔해요. 여기서 잠깐 기다려요."

종종걸음으로 캐리어를 끌고 가는 데보라의 뒷모습이 멀어졌다. 장은 그에게서 받은 칩을 손바닥 위에 올려놓았다. 묵직하게 착 달라붙는 느낌이었다. 혹시 무슨 비밀스러운 메시지라도 적혔나 싶어 이리저리 살폈지만 아무것도 없었다. 장은 바카라를 몰랐다. 가끔 홀덤 펍에 혼자 가서 텍사스 홀덤 몇 판을 치고 오기도 했지만 그마저도 소소하게 즐기는 편이었다. 하지만 도박의 본질은 크게 다르지 않을 터였다. 확률에 걸고 이기거나 지는 것. 지는 것에도 이기는 것만큼 쾌감이 있다. 그게 도박과 삶의 무서운 점이었다.

짐만 두고 온다던 데보라는 통 나오지 않았다. 도어맨이 창문을 두드렸다. 장은 곧 사람을 태워 나갈 거라고 양해를 구했다. 도어맨은 모자를 고쳐 쓰고 자리로 돌아갔다. 문 앞에 자리를 차지하고 있는 게 못마땅한 듯 여러 번 장을 힐끔거렸다. 의도치 않게 민폐를 끼치게 된 기분이라 장도 안절부절못하기 시작했다. 호텔을 빠져나오는 손님의 문을 열어주려고 도어맨이 움직였다. 카메라를 목에 건 외국인 관광객이었다.

그때 호텔 로비 쪽에서 짧은 비명이 들렸다. 도어맨과 손님이 깜짝 놀라 뒤를 돌아봤다. 두 사람은 얼어붙은 것처럼 꼼짝 않고 로비를 응시하기만 했다. 장은 차에서 내려 호텔로 뛰어 들어갔다. 회전문을 밀고 들어갔을 때 프런트 앞에 서 있는 말뚝을 발견했다. 객실 열쇠를 받으러 온 사람처럼 꼿꼿이 서 있었다. 프런트 뒤에 선 직원은 뒷걸음질하다가 더 갈 곳이 없어 벽에 붙은 모양으로 입을 막고 울었다. 데보라는 다리가 풀렸는지 말뚝에서 몇 걸음 떨어진 곳에 무너져 있었다.

장은 가슴이 조여드는 듯 답답해졌다. 공기가 희박한 곳에서 권투 선수에게 흠씬 얻어맞은 것처럼 온몸이 욱신거렸다. 눈물을 훔치며 간신히 발을 옮겨 데보라에게 갔다. 들썩거리는 데보라의 어깨를 감쌌다. 데보라는 울먹이며 알 수 없는 단어들을 끊임없이 되뇌었다. 기도문인 듯했다. 말뚝은 전날 로비에서 마주친 것보다 더 슬픈 얼굴을 하고 있었다. 그것의 마음이 전해졌다. 원망이었다. 방향을 모를 원망이 중력처럼 무겁게 모든 것을 가라앉히고 있었다.

방호복을 입은 사람들이 호텔로 들어왔다. 그들은 아무것에도 영향받지 않는 것처럼 말뚝 앞으로 갔다. 보디백을 열고 말뚝을 가로로 눕혀 그 안에 넣었다. 지퍼를 잠그고 들것에 실어 나갔다. 이삿짐을 옮기듯 건조한 노동으로 서 있던 자리에서 말뚝을 치웠다. 눈물을 짜내느라 웅크려 있던 근육이 뻣뻣하게 굳은 게 느껴졌다. 데보라가 장을 보며 물었다.

"대체 이게 뭐죠?"

"여기서 나갑시다."

"뭐냐구요. 이 빌어먹을 상황을 설명해봐요."

"그건…… 말할 수 없어요. 안 돼요."

"왜요? 뭔가 잘못된 거 알잖아요."

"보여줄 수는 있어요. 계속 눈물을 흘려도 괜찮다면요."

거실 한가운데에 아직 말뚝이 서 있을까? 나타났을 때처럼 사라져버리지 않았을까? 이유는 모르지만 떠나지 않았을 거라는 생각이 들었다. 그 확신에 적절한 근거를 찾지 못했다. 하지만 세상에는 설명이 없어도 그냥 알 수 있는 게 있었다. 장은 비틀거리는 데보라를 부축해 호텔을 빠져나왔다.

조수석에 앉은 데보라는 한기를 느끼는 듯 자기 몸을 끌어안고 떨었다.

"쏘 크레이지."

한참 만에 입을 연 데보라가 말했다.

"미쳤죠, 정말로."

"미안한데 노래 좀 틀어줄래요? 속이 너무 울렁거려."

장은 고민하지 않고 데이식스를 틀었다. 시내를 빠져나오는 길은 언제나 그렇듯 정체가 심했다. 데보라는 눈을 감고 손가락을 까딱이며 흘러나오는 노래에 박자를 맞췄다. 리듬과 상관없는 작은 한숨이 가끔 새어 나오는 걸로 보아 완전히 진정되지는 않은 듯했다. 무리하게 차선을 변경하는 차가 앞으로 끼어들어 급히 브레이크를 밟았다. 차가 꿀렁거렸고, 안전벨트가 튕겨 오른 데보라의 몸을 잡으며 덜컹 소리를 냈다. 데보라가 죽일 듯이 장을 노려봤다. 장이 항변했다.

"왜 나한테 그래요. 저 차가 잘못했는데."

"저 사람한테는 화를 낼 수 없잖아요. 옆에 없으니까."

"그런 거 잘하잖아요."

"뭘요?"

"앞에 없는 것에 바라고 기도하잖아요. 신앙이라는 게 그런 거 아니에요?"

"불만 있어요? 신성 모독이 취미예요?"

"내 친구 태이 말입니다. 진심으로 믿었나요? 정말 신이라는 존재가 있다고 생각해 무릎 꿇고 기도하고 고해 성사도 하고 그랬어요? 내가 아는 태이라면 그럴 리가 없거든요. 태이는 그것도 베팅이었을까요? 신이 있다는 쪽에, 믿으면 구원받는다는 쪽에, 죽어서 천국에 도착하는 쪽에 갖고 있던 칩을 나눠서 걸어둔 거 아니냐고요. 그 셋은 전부 다르잖아요. 대충 그렇게 걸고 룰렛을 돌리면 최소한 손해는 안 볼 것 같은데요."

"그럼 안 돼요? 손해가 아니면 장도 당장 걸어야죠."

"난 더 근본적으로 불신하는 겁니다. 세상에 그런 게임은 존재하지 않는다는 쪽에 걸었어요."

"미국 가봤어요?"

"아뇨."

"근데 미국이 있는 건 어떻게 알아요?"

"그냥 아는 거죠. 미국에 갔다 왔다는 사람도 있고, 미국에서 만든 걸 쓰기도 하니까. 티브이에서 미국을 보기도 하고, 우리 회사에 미국인도 있어요."

"그거랑 똑같아요."

"좋아요. 그럴듯해요. 하지만 내가 궁금한 건 태이예요. 태이가 정말로 그 모든 걸 믿었냐고요."

"앤데르이아는…… 글쎄요. 사람 속은 모르죠. 마카오를 떠나기는 싫고 갈 데도 없는데 수도원에 있으면 밥도 주고 방도 주니까 그냥 머물렀을지도 모르죠. 마카오는 체류 비자 받기 힘들거든요. 수사 되면 매일매일 어떤 옷 입을지 신경 안 써도 되고 헤어스타일도 고민할 필요 없으니 좋았겠죠. 바카라 테이블에 앉아 베팅

할 때마다 기도하고 성호 긋고 하면 기분도 좋고 든든하지 않았겠어요? 그랬으면 또 어때요? 어차피 당신도 믿는 대로 사는 거 아니잖아요. 함부로 평가하고 비난할 권리는 아무에게도 없어요."

데보라는 그렇게 말하고 생각에 잠긴 듯 보였다. 더 이상 노래에 박자를 맞추지 않았다. 한숨을 쉬지도 않고 장을 노려보지도 않았다. 소방차 여러 대가 사이렌을 울리며 줄을 맞춰 지나갔다. 신호는 초록색이 됐지만 기다려야 했다. 소방차의 행렬이 끊이지 않았다. 꽁무니를 쫓듯 따라가는 경찰차까지 보내는 동안 신호는 다시 빨간불로 바뀌었다. 데보라가 한마디를 덧붙였다.

"그리고 나한테는 지금 그게 필요해요, 어느 때보다."

장은 대꾸하지 못하고 입술을 깨물었다. 마음이 불편해진 건 갑자기 끼어든 차 때문이 아니었다. 태이 때문도 아니고 데보라와는 더더욱 관련 없었다.

지하 주차장에 차를 대고 시동을 껐다. 장은 자리에 그대로 앉아 있었다. 데보라가 의아한 듯 장을 쳐다봤다.

"사실 나도 얼마 전에 기도라는 걸 한 적 있어요. 태어나서 처음요. 납치돼 트렁크에 갇혔거든요."

장은 차창에 꽂혀 있던 쪽지에 대해 이야기하기 시작했다. 말하는 중에 엉치뼈에 못을 때려 박는 것처럼 격통이 밀려왔다. 장이 고통스러워하며 숨을 몰아쉬자 데보라가 등을 쓸어줬다. 간신히 호흡을 되찾은 장이 말을 이어갔다.

"정말로 모르겠어요. 도대체 왜 나한테 그런 일이 일어났는지. 경찰은 범인 잡을 생각도 안 하는 것 같고, 그날 이후로 모든 게 잘못돼가는 기분만 듭니다. 가장 최악은 뭔지 알아요? 태이가 그랬을지도 모른다고 생각한 거예요. 그래서 경찰이 태이를 확인했고, 덕분에 내가 수도원에 전화할 수 있었어요."

장의 말을 듣고 잠시 고민하는 표정을 짓던 데보라가 말했다.

"장한테 왜 그런 일이 일어나면 안 돼요?"

장은 말문이 막혔다. 데보라의 표정에서 진심으로 궁금해하는 마음이 느껴졌다. 한편으로는 질책처럼 느껴지기도 했다. 장에게 응당 일어나야 할 일이 벌어졌는데 왜 의문을 갖느냐는 물음 같았다. 신을 믿지 않아서? 신성 모독을 일삼아서? 친구를 고발해서? 그중에 어떤 것이라고 해도 장이 받아들일 만한 이유가 되지는 않았다.

"세상 모든 일이 이유가 있어 일어나는 게 아니잖아요. 어떤 건 그냥 사고예요. 일어날 수도 있고 일어나지 않을 수도 있는 게 세상의 모든 일이고요. 왜 특별히 장에게만큼은 그런 일이 일어나선 안 된다고 생각하는지 궁금하네요."

"그냥 아무 일도 아닌 것처럼 받아들이라는 말이에요?"

"아니죠. 엄청난 일이 일어났죠. 삶에는 원래 엄청난 일이 계속돼요. 특별히 노력하지 않아도 삶이 계속된다는 것부터 봐요. 불행을 특별 대우해주면 불행이 잘난 척을 해요. 나는 그러고 싶지 않거든요. 이렇게 비교하니 미안한데 나도 기껏 한국 일정 잡고 숙소까지 예약하고서 데이식스 콘서트가 취소됐잖아요. 그냥 일어나는 일들이죠. 랜덤니스."

"태이랑 친했던 이유를 알겠네요. 모든 걸 운으로 따지다니 완전 도박꾼이잖아요."

"전혀. 갬블러들은 모든 운이 자기 것이길 원하죠. 그럴수록 행운은 질색하면서 달아나고요. 나처럼 살아봐요. 언젠가 행운이 특별할 것도 없이 찾아올 거예요."

자신만의 궤변을 늘어놓는지 장을 위로하려는 건지 헷갈렸다. 어쨌든 화가 나지는 않았다. 장을 이해하려고 노력하는 사람의 말처럼 들렸다.

"날 믿어봐요."

데보라의 표정이 자못 자신만만했다.

"궁금하네요. 지금 보게 될 건 데보라에게 불행인지 행운인지."

장의 말에 데보라는 대답 대신 성호를 긋고 손을 모았다.

어린 시절 기억이 처음 시작하는 장면은 심문이었다. 방 한가운데에 뗏국물로 얼룩덜룩한 피카츄 인형이 있고, 누군가 채근하듯 장에게 묻는다. 네가 가져왔니? 장은 모른다고 대답한다. 전부터 갖고 싶어 했잖아. 귀여운 두 볼로 전기를 만들어내는 피카츄를 좋아한 건 사실이었다. 늘 곁에 있어주는 친구이기까지 했다. 장은 계속 모른다고 대답한다. 모르는 게 어딨어? 네가 가져왔으면 그런 거고 아니면 아니지. 그때는 아는 단어의 수가 많지 않았다. 모른다고 대답하며 가슴이 답답해지는 이유가 무엇인지도 몰랐다. 가끔 그때를 생각하면 정말로 모르겠다는 생각만 들었다. 피카츄 인형이 어디서 났는지 기억나지 않았다. 하지만 그때는 알고 있었을 것만 같다. 이제 와서 기억하지 못하는 것뿐이다.

현관문을 열며 오랜만에 장은 그때의 기억을 떠올렸다. 나는 정말 인형의 출처를 알지 못했던 게 아닐까? 모르는 것을 모른다고 했을 뿐인데 억울한 추궁을 당한 건 아니었을까? 이제 와서 모르던 것을 알게 될 수는 없었다. 자신이 무엇을 알고 몰랐는지를 여전히 장은 알지 못했다.

집을 나설 때와 같은 자리에 말뚝이 서 있었다. 정오의 태양이 내리쬐는 창을 등진 채 역광의 윤곽이 윤슬처럼 빛났다. 두 사람은 미처 신발을 벗지도 못한 채 넋을 잃고 그 모습을 바라봤다. 나란히 눈물을 흘렸다. 묘하게도 따뜻한 위로가 됐다. 아예 말뚝 앞에 자리를 깔고 앉았다. 시간이 어떻게 흘러가는지도 모르고 그렇게 한참을 있었다. 데보라가 장에게 물었다.

"무슨 생각 해요?"

"아무 생각도 안 해요."

"거짓말. 아무 생각도 안 하는 건 없어요. 말하기 곤란한 걸 생각할 때 그렇게들 말하죠."

데보라의 말을 듣고 장은 생각해봤다. 무슨 생각을 했는지. 과연 어떤 생각 하나가 머릿속을 스치듯 지나갔다.

"지금 어딘가에서 우리처럼 울고 있는 사람이 있을 거라는 생각을 했네요."

"신기해요. 나도 비슷한 생각을 했는데."

말뚝 앞에서 함께 우는 일은 전화벨 때문에 중단됐다. 회사였다. 처음 보는 내선 번호였다. 장은 침실로 들어갔다. 코를 훌쩍이며 전화를 받았다. 진희 선배였다.

"너 진짜 사람 말려 죽일 생각이야? 재롱미디어 언제까지 기다려야 해?"

"선배, 미안해요."

장은 따질 것도 없이 순순히 사과했다. 그러자 오히려 저쪽에서 당황한 눈치였다.

"아니, 뭐…… 네가 미안해할 일은 아니지."

"시간을 좀 줘요."

"그래, 그래야지. 나도 네 생각 해서 이래. 그동안 못 챙겨줘서 다 갚으려는 거라고."

"고마워요."

"연차 냈다드만. 너 뭐 하는데? 울어?"

"……선배……."

"아…… 아니야. 얘기하지 마. 아무 말도 하지 마."

"나중에 같이 한번 울어요. 같이 밥도 먹고 술도 먹었는데 같이 운 적은 없잖아요."

진희 선배는 멋쩍어하며 전화를 끊었다.

데보라가 문을 열고 들어왔다. 눈물을 닦으며 말했다.

"이렇게 외면하면 눈물이 멈추네요."

"맞아요. 울고 싶지 않으면 잘 숨어 있어야죠."

"그럼 이제 어떻게 하죠?"

"무엇을요?"

"이렇게 계속 살아가요? 말뚝들이 불쑥불쑥 나타나고, 그러면 하염없이 울고?"

"어쩌면 이 말뚝들이 나와 관계있을지도 몰라요."

"어떤 관계?"

"들어볼래요?"

"계속 듣고 있잖아요. 나, 그런 거 좋아해요."

*

"내 첫 근무지는 서울과 꽤 먼 곳이었어요. 창구 직원이었죠.

더럽고 치사한 업무였어요. 창구 뒤에 앉은 사람을 사람으로 보지 않는 사람들이 있거든요. 함부로 요구하고 따져도 되는 기계 정도로 생각하죠. 그래서 그땐 나도 예민하고 짜증을 많이 냈어요. 어쩔 수 없는 방어 기제인 거죠.

하루는 외국인 한 명이 쭈뼛거리며 창구에 왔어요. 제련소에 외국인이 많았어요. 사고가 자꾸 나니까 2차, 3차 하청으로 위험한 일을 다 돌렸거든요. 품에서 쪽지 하나를 꺼내서 주더라고요. 내용이 복잡하니까 누구한테 부탁해 대신 적어달라고 했던 모양이에요. 같이 일하던 친구가 얼마 전에 죽었는데 고향이 같대요. 가족들이 한국에 올 형편일 리 만무했죠. 그러다 보니 무연고자가 돼서 영안실 냉장고에 있었어요. 무연고 사망자 장례를 치르려고 해도 사체 검안서 원본을 발급받아야 하고, 비용이 50만 원이나 든다는 거예요. 자기는 월급 받은 거 전부 집에 부쳐서 가진 돈이 없으니 은행에 돈을 빌리러 왔죠.

그 공장에서 사람이 참 많이 죽었어요. 사고로 죽은 사람도 있지만 그게 전부가 아니었어요. 카드뮴 중독으로 앓다가 보상도 못 받고 죽은 사람이 많다는 소문이 공공연하게 돌았거든요. 나를 찾아온 사람의 친구도 한창 일할 나이에 그렇게 갑자기 죽었으니…… 모르긴 몰라도 연관이 없지 않겠죠.

난감했죠. 보통 형편이 어려운 분들이 와서 그런 부탁을 하기도 하는데 그러면 동사무소 복지과에 연결해주거든요. 외국인이 찾아온 경우는 처음이었어요. 외국인이라고 대출을 안 해주는 건 아니에요. 근데 공장에서 하청 업체에 속한 외국인 노동자는 거의 E-9 비자로 와요. 비숙련, 그러니까 특별한 자격 없이 할 수 있는 직종에 취업하는 경우죠. 거의 대출이 안 나오는 비자고, 보통 외국인 대출이란 게 신분, 직장 확실한 사람들한테 전세 자금으로 2억까지 주는 게 많이 나가요. 50만 원? 그런 돈은 외국인 아니라도 은행보다는 카드론이나 동네 일수꾼한테 빌리는 게 낫죠.

그렇다고 그냥 안 됩니다, 죄송합니다 하고 돌려보내려니 마음이 너무 안 좋은 거예요. 그때만큼은 나도 전혀 예민해지지 않았어요. 나를 사람으로 대해줬으니까. 그 사람이 다른 사람을 위하는 게 느껴졌으니까. 공감을 했던 것 같아요. 그냥 서랍에서 50만 원 꺼내서 줬어요. 나중에 시재 맞출 때 채워 넣으면 되니까요. 내 명함 뒤에 계좌 번호 적어서 사정 되면 아무 때나 보내달라고 줬어요.

1번 말뚝의 입속에서 그 명함이 나왔대요. 맨 처음 해변에 밀려온 말뚝요. 돈이요? 못 받았어요. 잊기 힘든 일이라 입금됐으면 기억이 날 텐데 그런 기억은 없거든요. 그 명함을 갖고 있다면 나를 찾아온 사람일 테고, 그 사람이 죽어서 말뚝이 됐다면 보낼 수가 없었겠죠. 죽었으니까.

어쨌든 속 시원히 말했네요. 뭐라도 말하니까 기분이 많이 나아지는 것 같아요. 어쩌면 이건 말뚝들 이야기가 아닌 거죠. 그냥 내가 겪은 어떤 일이니까요. 나와 다른 어떤 사람에 관한 지난 이야기요. 혹시 태이가 나에 대해 말한 것 없나요? 분명히 내 욕을 했을 텐데. 좋은 얘기만 했다고요? 걔가 그걸 기억하고 있었어요? 사람 민망하게 만드네. 나는 태이 욕 엄청 하고 다녔는데."

*

두 사람은 다시 거실로 나와 말뚝 앞에서 울었다. 인터미션이 끝나고 공연장에 돌아온 사람들 같았다. 눈물은 생각보다 기분을 개운하게 만드는 데다 말할 수 없는 것을 말하지 못해 답답할 일이 없었다. 따로 언급하지 않아도 바라보는 걸로 해소가 됐다.

"그래서 저게 그 사람의 얼굴이에요?"

데보라가 눈물을 훔치며 물었다.

"눈을 감은 사람은 다 비슷해 보여요. 표정이 없으면 더더욱 그렇고요. 오래전 일이라 기억이 흐리기도 해요. 가만히 보고 있으면 그 사람의 얼굴이 있는 것 같고, 전혀 모르는 사람 같기도 해요. 살아 있지 않아서 그런 걸지도?"

말하고 보니 정말 중요한 문제였다. 죽은 사람도 여전히 사람인가? 살아 움직이지 않더라도? 어쨌든 그들이 살아 있는 사람들의 세계로 돌아온다는 건 분명했다. 영향을 끼치고 있었다.

"그래도 누군가는 이들을 기억하고 있겠죠. 쟝이 그러는 것처럼요."

장은 떠올렸다. 저 많은 말뚝들이 누군가의 기억으로 서 있던 바다의 풍경을. 파도가 그렇게 시끄러웠던 이유를 알 것 같았다.

3

사무실은 어느 때보다 분위기가 무겁게 가라앉아 있었다. 키보드 두드리는 소리마저 날카로웠고, 너나없이 눈이 퉁퉁 부어 있었다. 건드리기만 해도 터질 듯이 크게 부풀어 오른 풍선이 사람들의 머리 위에 하나씩 떠 있는 것 같았다. 하지만 아무도 중요한 것에 대해 말하지 않았다.

차 대리가 점심시간 끝나고 삼십 분이 지나서 돌아왔다. 결재판을 겨드랑이에 끼고 방에서 나온 본부장과 복도에서 마주쳤다. 두 사람은 아무 말 없이 멈춰 서서 서로를 바라봤다. 본부장이 먼저 입을 열었다.

"차성필이 너 왜 이제 들어와."

"당근 했습니다."

"그걸 왜 지금 해?"

"그쪽이 우리보다 점심시간이 늦어서요."

"그럼 끝나고 해야지."

"퇴근하면 바로 집에 가야 된대요."

"너도 그냥 바로 집에 가, 지금."

"싫습니다."

차 대리는 뚜벅뚜벅 자기 자리로 돌아와 아무 일도 없었다는 듯 컴퓨터를 켜고 업무를 시작했다. 사람들의 시선은 본부장을 향해 있었다. 그는 힘없이 고개를 떨구고 혼잣말했다. 모두에게 들릴 만큼 크고 또렷한 목소리였다.

"아무도 날 사랑하지 않아."

누군가 급한 걸음으로 본부장에게 다가갔다. 본부장이 깜짝 놀라 고개를 들었다. 기대하듯 그를 쳐다봤다.

"행장님이 얼른 올라오시래요. 아까부터 기다리고 계세요."

본부장의 표정은 이내 어두워졌다. 다시 혼잣말을 했다.

"누구에게도 진심으로 사랑받아본 적 없어."

그는 터덜터덜 엘리베이터를 향해 걸음을 옮겼다. 그러다가 직원들을 향해 갑자기 고개를 돌렸다. 모두가 본부장을 보고 있었지만 반사적으로 시선을 피했다. 장만 예외였다. 필사적으로 눈을 맞출 사람을 찾아 헤매던 본부장이 장을 바라보며 말했다.

"이건 정말 사는 게 아니야. 아무 의미도 찾을 수가 없어. 너도 그런 거지?"

본부장은 크게 한숨을 쉬고 엘리베이터로 향했다. 전염이라도 된 듯 여기저기서 낮은 한숨이 흘러나왔다.

전날 숙소로 돌아가는 길에 데보라가 말했다.

"차라리 울고 있을 때가 좋았어요. 지금은 마음만 무겁고 무슨 말을 해야 할지 모르겠네요."

무슨 느낌인지 장도 알았다. 어쩔 도리가 없었다. 목에 걸린 말이 밖으로 나오지 않았다.

"그럼 다른 이야기 해요."

"그래요. 앤데르이아 얘기 할까요. 쟝한테 준 그 칩, 앤데르이아가 마지막으로 카지노에 갔을 때 가져온 거예요. 손에 있는 걸 전부 잃지 않고 돌아온 게 처음이라고 했어요. 항상 빈손이 될 때까지 앉아 있었다고."

"그럼 좀 많이 남겨 오지."

"그러게요. 그럴 수 있는 사람이면 애초에 그렇게 망가지지 않았겠죠."

이야기는 거기서 끝났다. 둘이 번갈아 한숨을 내쉬는 사이 데보라의 숙소에 도착했다.

"또 재밌는 이야깃거리가 생각나면 연락해요."

장이 손을 흔들며 말했다.

"하고 싶은 이야기를 못 할 거면 아무 말도 안 하는 게 낫죠."

데보라는 고개를 저었다.

*

 장은 차 대리를 향해 의자를 돌렸다. 어떤 물건을 당근 하고 왔는지 궁금했다. 정말로 꼭 알고 싶다기보다 괜히 누군가와 수다라도 떨고 싶었다. 조용히 차 대리를 불렀는데 돌아보지 않았다. 어깨를 툭툭 치자 깜짝 놀란 차 대리가 고개를 꺾어 장을 봤다. 그가 귀에서 무선 이어폰을 빼며 말했다.
 "깜짝이야. 놀랐잖아요, 형."
 장이 깜짝 놀라 물었다.
 "형? 차 대리, 갑자기 왜 그래."
 "과장님이 저보다 형이잖아요. 형을 형이라고 부르지 뭐라고 해요. 우리 친했던 거 아니에요?"
 차 대리의 입에서 옅은 술 냄새가 났다. 눈도 살짝 풀려 있었다. 장이 바짝 붙어 속삭이듯 물었다.
 "술 마셨어?"
 "예, 목이 말라서 맥주 한 캔 했어요. 오늘이야말로 끝나고 한잔하실래요? 아니다, 지금 나가요. 우리 딱 한 잔만 하고 들어와요. 형, 술 좀 사주세요."
 "차 대리야, 정신 차려. 진짜 왜 그래."
 차 대리는 옆 사람이 들어도 신경 쓰지 않았다. 계속 조르다가 서운하다며 등을 돌렸다. 사실 누구를 신경 쓸 필요가 없어 보였다. 사무실에서 누구도 일하고 있지 않았다. 한 명은 의자에 앉은 채로 저글링 연습에 열중했다. 공을 떨어뜨릴 때마다 쿵 소리와 함께 씨발 하는 읊조림이 따라붙었다. 책상에 다리를 올리고 친구와 통화하거나 휴대폰에 얼굴을 붙이고 게임에 열중한 사람도 있었다. 하지만 아무도 행복해 보이지 않았다. 차 대리의 당근 거래가 더 이상 궁금하지 않아졌다.

처음 보는 남자가 사무실을 돌아다녔다. 자리에 붙은 명패를 일일이 확인하는 걸 봐서는 누군가를 찾는 듯했다. 그러거나 말거나 아무도 신경 쓰지 않았다. 그 남자가 장의 앞까지 오더니 얼굴과 명패를 번갈아 봤다. 대번에 얼굴이 환해졌다.

"장 과장님!"

전혀 모르는 얼굴이었다. 장은 또 납치라도 당하나 싶어 등골이 오싹해졌다.

"누구시죠?"

"저 당신이랑 바람피운 사람 남편입니다."

남자는 밝게 웃으며 쾌활하게 말했다. 순간 모두가 장의 자리 쪽을 쳐다봤다. 저글링 하던 직원이 공 세 개를 차례로 떨어뜨렸다. 허리를 굽혀 공을 주울 생각은 없어 보였다.

"아, 그, 그런 적 없거든요? 완전 오해시걸랑요?"

당황한 장은 정체 모를 말투로 급하게 대답했다. 이상한 줄 알면서도 고쳐지지 않았다.

"오호, 그렇게 나오시겠다? 발뺌할 거라는 경고는 이미 듣고 왔습니다."

"저, 저도 아는데요? 제가 인정 안 할 거라고 말해놓았다고 저한테 그랬걸랑요?"

말투가 여전히 이상했다. 장은 혀를 뽑아버리고 싶었다.

"제 아내랑 참 많은 대화를 하셨나 보네요. 대화에 그쳤다면 참 좋았을 텐데. 저랑도 대화 좀 하시죠."

"제가 인정을 안 할 거라고 미리 말해놔서 제가 인정 안 해도 안 믿을 거라고 한 거거든요? 실제로 바람을 안 피워서 인정할 게 없는데 미리 그렇게 말해놔서 인정하든 말든 안 믿는 거거든요? 완전 속으신 거거든요?"

장이 어린애처럼 두서없이 떠드는 동안 남자는 등을 돌리고 걸어갔다. 주도권은 완전히 저쪽에 있었다. 장은 별수 없이 외투를 챙겨 들고 남자를 쫓아갔다. 문이 닫히는 엘리베이터에 손을 넣어 간신히 잡았다. 1층까지 내려가는 동안 아무도 타지 않았다. 장의 등판은 식은땀으로 촉촉이 젖어 있었다. 문이 열리자 전아정 씨의 남편이 성큼성큼 걸어 나갔다. 장도 보폭을 넓혀 따라가는 수밖에 없었다.

아정 씨의 남편은 공원에서 멈춰 섰다. 아정 씨와 마지막으로 이야기를 나눈 장소였다. 걸어오는 사이 장은 놀란 마음이 다소 차분해졌다. 더 이상 이상한 말이 튀어나오지 않기를 바랄 뿐이었다. 어떻게든 진실을 이해시켜야 했다. 그는 이미 자기가 아는 진실에 단단히 붙잡혀 있었다. 가만히 서서 장을 노려보던 그의 얼굴이 점점 붉어지더니 한마디를 내뱉었다.

"좋았냐?"

그는 명백하게 따지고 있었다. 궁금해서 묻는 게 아니었다. 하지만 장은 그 질문을 진지하게 받아들이게 됐다. 좋았나? 무엇이? 지난 모든 생이? 어제 하루가? 오늘 아침이? 생각해보면 좋은 건 별로 없었다. 앞에 선 남자의 삶도 별반 다르지 않을 듯했다. 진실이라는 게 별것 없다고 느껴졌다. 공원에 나뒹구는 담배꽁초만도 못했다. 어차피 누구나 거짓말을 한다.

"좋았죠."

장을 바라보던 남편의 눈이 부풀어 올랐다. 가득 고인 눈물이 뺨으로 흘러내렸다. 그가 떨리는 목소리로 물었다.

"사랑했냐?"

"사랑했죠. 근데 그게 전부였습니다. 결국에는 남편한테 돌아가야 한다더군요. 짧은 봄날은 그렇게 끝났습니다. 따지고 싶은 건 오히려 접니다. 왜 저를 불행하게 만들었습니까? 한 번 정도는 양보해도 되잖아요. 그렇게 다 가지니 행복합니까?"

남자는 표정이 우스꽝스럽게 일그러졌다. 주먹으로 눈물을 훔치며 말했다.

"정말요? 그렇게 말했어요?"

"그럼요. 제가 왜 거짓말을 하겠어요."

"그런데 왜 집에 돌아오지 않죠?"

"시간이 필요하겠죠. 자기 자신한테 실망했을 수도 있고요."

남편은 장의 품에 안겨 엉엉 울었다. 조금 당황스러웠지만 천천히 등을 두드려줬다. 어깨가 눈물에 젖어 축축해졌다. 그때 긴 사이렌 소리가 울렸다. 민방위 훈련 때나 듣던 경보 사이렌이었다. 두 사람의 휴대폰에서 동시에 재난 경보 알람음이 울렸다. 장의 품에서 떨어진 남자가 휴대폰을 꺼냈다. 벌게진 눈으로 화면을 확인하더니 장에게 말했다.

"국가 비상사태가 선포됐대요."

"그래서…… 어떻게 하래요?"

"그런 건 안 써 있어요."

"하긴…… 비상이니까."

아정 씨의 남편이 장의 손을 덥석 잡더니 말했다.

"고맙습니다, 솔직하게 말해줘서요. 저는 아내한테 가보겠습니다. 이런 때일수록 함께 있어야죠. 나중에 술이라도 한잔 사겠습니다."

"저기요, 선생님."

장이 목을 가다듬고 잠시 뜸을 들인 후에 물었다.

"혹시 저를 납치하셨나요?"

남편이 눈을 동그랗게 뜨고 손을 저었다.

"그게 무슨 말씀이세요, 납치라니요."

그는 아예 입을 막고 고개를 흔들었다. 납치라는 단어를 생전 처음 들어본 사람같이 굴었다. 들어서는 안 될 이야기를 들은 것처럼 질색했다.

"저는 그냥 평범한 회사원입니다. 그런 끔찍한 소리를 하시다니요."

"그렇죠? 혹시나 해서 여쭤봤습니다."

장은 고개를 끄덕였다. 아정 씨의 남편이 급하게 인사하고 자리를 떴다. 멀어지는 뒷모습을 보며 장은 생각했다. 그도 거짓말을 하는 걸까? 확인할 방법은 없었다.

*

거슬리는 사이렌이 끊임없이 반복됐다. 재난문자는 그걸로 끝이었다. 국가 비상사태가 선포됐다는 것 이외에는 아무 내용이 없었다. 대피하라거나 통행을 금지하는 내용도 아니었다. 사이렌을 울리는 이유에 대해서는 일언반구도 없었다. 아주 길고 느리게 이어지는 단조로운 경보음만 거리를 뒤덮었다. 장은 그 소리를 쫓아 대로 방향으로 나갔다. 모든 건물에서 사람들이 쏟아져 나온 듯했다. 거리는 인파로 가득 차 있었다. 누군가 빈 페트병을 양

손에 잡고 두드리며 걸어갔다. 저 멀리서 꽹과리 소리가 났다. 챙 채쟁챙 채쟁챙채쟁. 어깨가 저절로 들썩거렸다. 장은 지나가는 사람을 붙잡고 물었다.

"다들 어디 가는 겁니까?"

"몰라요. 그냥 따라가는 거예요."

그는 주머니에서 호루라기를 꺼내 불기 시작했다. 사이렌에 박자를 맞추느라 호흡이 달려 보였다. 맨발이었다. 멀쩡히 슈트를 갖춰 입고 코트까지 입었는데 발이 하얬다. 날이 추웠다. 그래서는 금방이라도 동상에 걸릴 것 같았다. 더 걱정할 틈도 없이 그는 인파와 함께 멀어져 갔다. 장도 그 흐름을 따라가기로 결심했다. 나란히 걷는 사람이 사탕을 나눠 줬다. 오랜만에 보는 누룽지 맛 사탕이었다. 비닐을 까서 입에 넣자 들큰한 맛이 퍼져나갔다. 확성기를 든 사람이 앞에서 구호를 외쳤다.

마 이 애 미!

여우굴 소 스!

구호를 쫓아 박수를 치며 걸어갔다. 의미는 불분명했지만 어감이 좋았다. 목청껏 따라 외치다 보니 장의 기분도 따라서 건강해지는 느낌이었다. 답답했던 가슴이 뻥 뚫리고 손바닥에서 시작된 혈액 순환이 전신에 활력을 불어넣었다. 갑자기 머리 위에 있던 태양이 가려졌다. 죽마에 올라탄 사람이 성큼성큼 걸어가고 있었다. 알록달록한 모자를 쓴 피에로였다. 모자 위에 꽂힌 바람개비가 힘차게 돌아갔다.

중간중간 구호가 바뀌었다. **아 리 스 토! 트레인 센 터!** 인파에 섞여 코리아나 호텔을 지나갔다. 광화문에 도착할 때쯤 구호는 **자율 주행, 오징어튀김**이었다. 광장 한가운데를 가리고 있던 펜스는 인파에 의해 무너진 지 오래였다. 에어돔도 바람이 빠져 주저앉았다. 세종대왕 동상의 받침대 위 네 방향에 말뚝들이 간격을 벌리고 서 있었다.

말뚝들

말뚝들　세종　말뚝들
　　　　대왕

말뚝들

하나같이 등을 돌린 채였다. 볼 수 있는 건 말뚝들의 뒷모습뿐이었다. 그런데도 눈물이 났다. 장은 그제야 조금 알 것 같았다. 사람들이 강처럼 흘러 한자리에 모여든 이유는 울기 위해서였다. 우는 사람은 답답하지 않았고, 말하지 않아도 괜찮았다. 사람들이 모여서 우는 게 정부에겐 비상사태였다. 광장은 원래 생겨난 시절의 모습처럼 소란스러웠다. 소매 끝으로 눈물을 찍어내는 사람과 주저앉아 엉엉 우는 사람이 한데 섞여 있었다. 차가운 대기를 뚫고 곧은 목소리 하나가 뻗어나갔다. 사이렌을 밀어낼 만큼 선명한 음성이었다. **카 피 바 라!** 울던 사람들이 입을 맞춰 따라 외쳤다. **카 피 바 라!** 장의 얼굴은 하늘로 향했다. 눈물이 흘러내리는 게 싫었다.

라디오 시 사!

(라디오 시 사!)

인파 탓인지 전화가 터지지 않았다. 인터넷도 먹통이라 메신저가 안 열렸다. 장은 부지런히 주변을 살폈다. 이런 혼잡 속에서 아는 사람을 만나면 무척 반가울 것 같았다. 상당한 운이 필요한 일이었다. 그런 운이 장에게 자주 찾아오지 않았고, 역시 이번에도 마찬가지였다.

통신사 엠블럼을 붙인 박스카 여러 대가 도로 근처에 나타났다. 이제 전화가 터지려나 하고 휴대폰을 들여다봤다. 차에서 나온 작업자가 옷소매로 눈물을 훔치며 안테나를 세우는 모습을 구경했다. 그러다 메신저가 울리기 시작했고, 다시 눈물이 흘렀다.

휴대폰을 확인하니 차 대리가 메시지를 잔뜩 보냈다. 형, 어디예요? 형도 나왔죠? 같이 울어요. 형, 어느 쪽에 있어요? 제가 형 쪽으로 갈게요. 답장하려는데 전화가 울렸다. 차 대리였다.

"형, 어디야?"

너무 편하게 대하는 차 대리가 당황스러웠지만 싫지만은 않았다. 갑자기 동생이 생긴 기분이었다.

"어, 성필아, 나 세종대왕 정면에."

"같이 있자. 내가 그쪽으로 갈게. 어떻게 만나지?"

"옆에 죽마 탄 피에로 있어."

"오케이."

차 대리가 가족 이야기를 한 기억이 났다. 형제가 없고 어릴 때 이사를 많이 다녀 친구가 많지 않다고 했다. 장교 출신인 아버지는 소장으로 전역해 군인공제회의 임원으로 여전히 근무 중이었다. 차 대리로서는 손 놓고 있어도 알아서 영업 실적이 올라가는 꿀단지를 찬 셈이었다. 허구한 날 지각해도 본부장이 심하게 갈구지 않는 게 다 이유가 있었다. 그래서인지 차 대리는 회사 생활에 큰 열의가 있지도 않고 사내 정치에 심혈을 기울이지도 않았다. 장이 평소에 차 대리를 좋게 본 이유였다.

누군가 등을 두드려 돌아보니 차 대리였다. 손에 든 봉투를 번쩍 들었는데 반투명한 비닐에 비친 건 맥주 캔의 라벨이었다. 장은 차 대리에게서 차가운 맥주를 받아 들었다. 캔을 따고 건배하며 부딪친 뒤 꿀꺽꿀꺽 목으로 넘겼다. 점막을 때리는 탄산 때문에 저절로 얼굴이 찡그려졌다. 침을 꼴깍 삼키는 옆 사람과 눈이 마주친 장은 눈물을 줄줄 흘리면서도 입으로 웃으며 한 모금을 권했다. 그가 사양하지 않고 캔을 받았고, 그렇게 근처 사람들이 돌아가며 차 대리가 사 온 맥주를 한 모금씩 나눠 마셨다. 피에로에게 캔을 줄 때는 까치발을 들어야 했다.

"저 박스카가 이동 기지국인 모양인데 신기하다. 보이지 않지만 진짜 있긴 있나 봐. 전파라는 게 생각해보면 진짜 신기해."

장이 말했다. 차 대리가 생각에 잠기더니 고개를 끄덕였다.

"원리가 뭐지?"

"난 그런 거 몰라. 문과라서."

"하긴…… 나도 문과야."

차 대리가 봉투에서 맥주를 더 꺼냈다. 캔 두 개를 나눠 갖고 남은 것은 주변 사람들에게 줬다. 장이 차 대리에게 물었다.

"너 왜 갑자기 반말하냐?"

차 대리가 눈물을 줄줄 흘리며 끽끽댔다.

"내가 원래 형 좋아해. 형도 나 좋잖아."

"내가 왜 좋은데."

"형 사진 찍을 때 절대 브이 안 하잖아."

"어떻게 알았어?"

"누가 시켜도 손하트 절대 안 하지."

"맞아."

"그게 엄청 사회 부적응자 같아. 그래서 좋아."

"너 나에 대해 생각보다 많이 아는구나."

"형도 말해봐, 내가 좋은 이유."

"그런 적 없어, 인마. 센스 없게 씹을 거 하나 안 사 오고."

누군가 김밥을 나눠 줘서 한 줄씩 받았다. 바람이 쌩 불었지만 사람들이 다닥다닥 붙어 있어 춥지 않았다. 까마귀 무리가 시끄럽게 울며 광장 위를 맴돌다 세종대왕의 머리와 팔에 차례로 앉더니 머리를 흔들며 털을 다듬었다. 앞쪽에서 파도타기가 시작돼 장이 있는 자리까지 왔다. 장도 엉거주춤하게 손을 위로 뻗었다. 드문드문 예고 없이 누군가 구호를 선창하면 따라 외쳤다. **살려 내 라! (살려내라!) 살 려 내 라! (살려내라!)** 조금 무리한 요구라는 생각이 들기도 했지만 이제까지 나온 구호 중에는 가장 상황에 어울린다고 장은 생각했다. 정말로 그래도 괜찮은지와는 별개의 문제였다.

광장 옆 찻길로 대형 버스 여러 대가 꼬리를 물고 나타나더니 동상 근처에 정차했다. 문이 열리고 흰 방호복을 입은 사람들이 줄지어 내렸다. 등에 멘 백팩에는 보디백이 들었을 것이다. 들것을 든 사람도 있었다. 장은 묘한 아쉬움과 동시에 익숙한 안도감을 느꼈다. 언제까지 찬 바람을 맞으며 광장에 서 있을 순 없는 노릇이었다. 말뚝들도 언젠가는 자기 자리로 돌아가야 했다. 떠돌이처럼 여기저기 나타났다 사라지는 게 그들에게도 마냥 좋은 일은 아닐 것이었다. 그래서 말뚝들이 있어야 할 곳은 어디지? 전에도 질문을 한 기억이 났다. 말뚝들은 어째서 그곳을 벗어났을까? 아무도 대답해줄 생각이 없는 질문이었다. 수거된 말뚝들은 어디로 가나?

장은 갑작스러운 결심과 함께 인파를 헤치고 나아갔다. 차 대리가 쫓아오면서 어디 가냐고 물었지만 대답하지 않았다. 왜 나는 이것들에 대해 아무 말도 할 수 없지? 어째서 입이 떨어지지 않지? 어쩌면 대답할 사람이 아무도 없어서일지도 모른다는 생각이 들었다. 답변을 준비 중이니 기다려달라는 언질조차 없었다. 담당하는 주무 부처가 어디인지조차 뚜렷하지 않았다. 너무 아는 게 없어 질문할 엄두조차 안 났다. 모두가 집단 실어증에 걸린 것처럼 중요한 말을 하지 못하고 있었다. 하얀 방호복을 입은 수거자들이라면 뭔가를 알고 있을 게 분명했다.

수거자들은 인파에 가로막혀 멈춰 있었다. 그들은 길을 내주지 않으려는 사람들과 실랑이를 벌였다. 장이 품은 의문은 혼자만의 것이 아니었다. 장은 길을 막는 사람들과 나란히 섰다. 간신히 말할 수 있는 건 이 정도였다.

"누구세요?"

장이 선두에 선 수거자를 향해 물었다. 풀페이스 방독면 아래 눈만 동동 떠다니는 것처럼 보였다. 울지 않은 눈이었다. 그가 장에게 되물었다.

"그쪽은 누구신데요?"

"저는 시민입니다."

"우리는 시키는 대로 하는 사람들이에요."

"누가 당신들에게 이 일을 시키는데요?"

"누군가의 지시를 받은 사람들이죠."

"그런 지시를 내린 사람은 누군데요?"

수거자는 고개를 갸웃하며 대답했다.

"글쎄요. 생각해본 적 없는데."

그가 옆에 있는 수거자에게 물었다.

"넌 아냐?"

질문을 받은 사람이 눈을 굴리다가 대답했다.

"몰라."

차 대리가 수거자들에게 외쳤다.

"그럼 하지 마요!"

차 대리의 말에 수거자들은 동요하기 시작했다. 차 대리가 계속 말했다.

"뭐 하러 해요. 그냥 하지 마요."

"그래도 되나? 안 되지 않나?"

수거자가 질문인지 혼잣말인지 모를 말을 했다.

"안 되는 게 어딨어요. 그냥 하지 마요."

차 대리의 어조는 단호하면서도 여유가 있었다. 그 말을 들으면 누구라도 하고 있는 일을 하고 싶지 않아질 것 같았다. 수거자가 차 대리에게 반문했다.

"그럼 뭐 해요?"

"마스크 벗고 같이 울어요."

잠시 망설이던 수거자들이 하나둘 마스크를 벗었다. 서로 얼굴을 처음 보는지 낯설어하며 인사를 나눴다. 보디백에 담아 가져가려던 말뚝을 바라보다 하나둘 눈두덩이를 훔쳤다. 그래서 광장에 나온 사람 중에 울지 않는 이는 한 명도 없게 됐다.

*

그 뒤로도 몇 번이나 수거자들을 실은 버스가 왔다. 하지만 결국에는 시민들에게 설득돼 마스크를 벗고 자리를 깔고 앉았다. 함께 울었다. 그사이 광장에는 사람이 계속 모여들었고 털을 잔뜩 부풀린 참새 떼와 곳곳의 지하 주차장에 숨어 있던 고양이들, 한때 주인과 함께 지냈다고 추정되는 개들, 청계천을 거슬러 올라온 너구리와 족제비들까지 동상 앞에 나타났다. 개들이 낑낑대고 짖고 하울링하고 고양이들이 야옹거리는데 시끄럽다고 쫓아내는 사람은 아무도 없었다. 해가 저물 때쯤 동상 받침대에 올라서 있던 말뚝들이 무슨 신호나 낌새도 없이 한순간에 사라졌다. 처음부터 그 자리가 텅 비어 있던 것처럼.

기다려도 빈자리는 채워지지 않았다. 사람들이 원래 알던 사이처럼 인사하고 하나둘 자리를 뜨기 시작했다. 장과 차 대리는 지하철역으로 가는 대신 광화문과 서촌을 지나 구기터널 방향으로 걸었다. 걷다가 사람들이 좀 적어지면 버스를 타기로 했다. 가는 길에 재난문자가 또 와서 확인하니 국가 비상사태 해제를 알리는 내용이었다. 모여서 우는 사람들이 없어졌으므로 국가는 더 이상 비상이 아니었다.

 차 대리와 장은 회사 욕을 하다가 본부장 흉을 보다가 그 밖에 회사 곳곳에 산재하는 험담할 만한 사람들을 찾아내어 각개격파 하듯 욕을 해나갔다. 그러다 누가 먼저랄 것도 없이 맘이 불편해져 좋은 이야기를 해보자 했는데 딱히 할 말이 없어 그냥 걸었다. 침묵이 어색해 장은 낮에 아정 씨의 남편을 만난 이야기를 들려줬다.

 "아무 사이도 아니었다며. 근데 왜 좋았다고 한 거야."

 "모르겠어."

 말은 그렇게 했지만 정직한 대답이 아니라고 생각했다. 장은 알고 있었다. 모르는 게 아니었다. 그래서 덧붙였다.

 "그 사람한테 필요한 말을 해줬을 뿐이야."

 "형한테 필요한 건 그게 아닌 것 같은데."

 차 대리가 못마땅한 듯 입맛을 다시며 말했다. 그러고 또 한참을 대화 없이 걷다가 이번에는 장이 물었다.

 "아까 당근 뭐 하고 온 거야?"

 "아, 당근 하고 왔어."

 "그니까 당근 뭐 하고 왔냐고."

 "바니바니 당근당근 하고 왔다고. 당근에서 네 명 모았더니 금방 모이더라고. 갑자기 오랜만에 하고 싶었어. 옛날에는 술 먹으면 무조건 했는데 당장 안 하면 나중에 언제 할지 모르겠더라?

다시는 못 할 것 같고. 하다 보니 좀 길어져서 늦었지."
"잘했네."
장은 고개를 끄덕였다. 차 대리가 물었다.
"무서웠어? 트렁크에 갇혔을 때?"
장은 오랜만에 엉치뼈에서 목덜미까지 타고 올라오는 찌릿한 통증을 다시 느꼈다. 갑자기 그 어두운 곳에 웅크리고 있을 때처럼 아팠다. 내색하지 않기 위해 아랫배에 힘을 꽉 줬다.
"그래. 엄청."
말은 그렇게 했지만 시간이 지나고 보니 그때의 공포도 옅어졌다. 쓸데없이 기억력 좋은 몸이 엄살 부리느라 신호를 보낼 뿐이었다. 그렇다고 추억이 될 만한 경험은 분명 아니었다.
"형, 다음엔 납치당하지 마. 사람들 걱정하니까."
차 대리는 진지한 말투로 당부했다.

*

집에 돌아온 장은 하루 종일 혼자 있었을 말뚝에게 인사했다.
"다녀왔습니다."
당연하게 아무 대답도 돌아오지 않았다.
"온종일 심심했죠? 오늘 당신 친구들이 한꺼번에 잔뜩 나타났어요. 구경하다 왔습니다. 장관이었어요. 사람이 엄청 많이 모였어요. 가끔 그런 데도 다녀오고 하십니까? 집에만 있었습니까?"

장은 티슈를 뽑아 눈물을 닦았다. 티브이를 켜고 소파에 널브러졌다.

"심심하면 티브이라도 보세요. 요새는 뭐 재밌는 거 안 하긴 하지만. 옛날에 〈무한도전〉 할 때가 좋았죠. 그땐 참 볼 거 많았어요."

YTN 카메라가 어딘가의 옥상에서 조명 밝힌 광화문 일대를 비추고 있었다. 동상이 흰 천에 가려지고 탱크 여러 대가 광장을 밟고 올라서 있었다. 군인들이 가시철조망으로 광장의 모든 출입구를 둘러싸는 중이었다. 헬리콥터 소리가 들려 티브이에서 나오는 효과음인 줄 알았는데 창밖에서 점점 가까워졌다. 창문 새시가 달달거렸다. 꽁무니에 빨간 불을 단 헬리콥터 여러 대가 줄지어 날아갔다. 어릴 적 구경했던 국군의 날 행사 이후로 그렇게 많은 헬리콥터를 보기는 처음이었다. 하늘을 기어가는 개미의 행렬처럼 보였다.

정각을 기해 전국에 비상계엄령이 선포됐다고 말하는 앵커의 목소리는 격앙돼 있었다.

이상했다.

아무리 기다려도 재난문자가 울리지 않았다.

4

 다음 날 아침은 정상 출근을 알리는 회사의 문자로 시작됐다. 출근길은 평소와 크게 다르지 않았다. 곳곳에 장갑차와 군인들이 어슬렁거린다는 걸 제외하고는. 장도 회사 앞에서 총을 든 군인을 맞닥뜨렸다. 신분증을 요구받은 장은 고민하지 않고 얼른 꺼내 보여줬다. 불심 검문에 뻗대는 건 경찰에게나 할 만한 일이었다. 군인은 달랐다. 군인은…… 사람을 죽인다. 경찰이라고 안 그런 건 아니지만. 결근한 사람은 본부장뿐이었다. 가족을 모두 데리고 미국행 비행기를 탔다고 했다. 계엄령이 발효될 줄 미리 안 모양이었다. 듣기로는 행장을 비롯한 주요 임원 중에 해외로 뜬 사람이 더 있다고 했다. 이름을 들어보니 인수파, 합병파, 해외파가 고루 섞여 있었다. 위기의 순간에는 그들도 단합하는 모양이었다. 진짜 양반만이 보여줄 수 있는 어떤 품격 같은 게 느껴졌다.
 10시쯤 윤경이 들이닥쳤다. 전에 본부장실에서 장을 몰아붙였던 두 사람 중 한 명이었다. 베레모를 쓴 군인과 함께 왔다. 말똥

계급장 두 개가 반짝거렸다. 키가 작고 배가 나왔는데 얼굴에 심술이 덕지덕지 붙어 있었다. 각진 선글라스까지 더해지니 영락없는 차지철이었다. 독재자의 경호실장 그 자체였다. 한심하고 우스운 꼴이었다. 허리춤에 권총을 차서인지 적대감을 노골적으로 표시하는 사람은 없었다. 군인이 윤경에게 무슨 말인가를 속삭였다. 허리를 약간 숙이고 그의 말을 경청한 윤경이 인간 스피커가 되어 군인의 용건을 전파했다. 사무실이 쩌렁쩌렁 울릴 만큼 또렷한 발성이었다.

"여기 계신 분은 계엄사령부의 군수지원부장 조 중령님이십니다. 이번에 특별히 우리 은행에 인력 지원을 요청하러 나오셨습니다. 아시다시피 계엄사령부는 필요에 따른 인원을 징집할 권한이 있습니다. 잠시 협조해주시면 감사하겠습니다."

군인들이 왜 은행에서 사람들을 데려가지? 생각해보니 행장이 대통령과 중학교 동창이었다. 우리 애들 데려다 쓰라고 전화라도 한 모양이었다. 누군가 조심스럽게 손을 들고 질문했다.

"저…… 가서 무슨 일을 하게 되는 거죠?"

소개받은 조 중령이 안타까운 듯 고개를 저었다. 윤경이 질문한 사람에게 다가와 직위와 이름을 확인하더니 들고 다니는 태블릿에 메모했다. 그러고는 다시 군인 옆에 서서 까랑까랑한 목소리를 높였다. 남몰래 그런 발성을 연습이라도 한 모양이었다.

"중령님은 질문받는 걸 싫어하십니다."

조 중령이란 사람이 인형 뽑는 집게처럼 사무실을 돌아다니며 인원을 선발했다. 지목받은 사람은 윤경의 지시에 따라 복도에 가서 있어야 했다. 중령이 차 대리 앞에 섰다. 윤경이 태블릿을 확인하더니 고개를 저었다. 투 스타 출신 아버지를 둔 자제를 건드리는 것은 계엄군에게도 현명하지 못한 일이었다. 중령은 곧이어 장의 앞에도 섰다. 꼼짝없이 차출될 거라고 생각했다. 쓰다 버리기엔 예나 지금이나 쌍놈이 제일 아니던가. 아닐 거라는 기대가 전혀 되지 않아 장은 부르기 전에 먼저 일어나려 했다. 의외로 윤경이 고개를 저었다. 중령은 장을 지나쳐 다음 책상으로 갔다. 장은 방금 일어난 일을 도저히 이해할 수 없었다. 대체 왜 나를 걸렀지? 노역도 못 시킬 만큼 폐급이라는 건가? 다행인가 싶다가도 생각할수록 묘하게 기분이 나빴다.

군인과 윤경이 떠난 뒤 차 대리가 장 옆으로 왔다.
"형, 우리 그냥 나갈까? 씨발, 때려치우자. 이게 뭐야 진짜?"
옆에 있던 팀장이 끼어들었다.
"차 대리, 모르는 소리 말아. 신탁부 김종상이도 사표 내러 갔다가 바로 구금됐단다. 여차하면 본보기로 즉결 처형당할 수도 있대."
"정말입니까? 아니 그게 말이 돼요? 월급쟁이가 때려치우는 것도 못 하면 노예지 뭐예요."
장의 목소리에 힘이 들어갔다. 울화통이 터졌지만 목소리는 최대한 낮췄다. 팀장이 심드렁한 표정으로 대꾸했다.

"역시 장 과장이 에이스야. 문제도 안 냈는데 정답이 나오네."

장은 머리가 지끈거려 눈을 감았다. 차 대리에게 물었다.

"성필아, 니네 아버지가 뭐 하신 말씀 없었어?"

"그냥 조심하라고, 저번 계엄이랑 다를 거라고 하시죠. 그것 말고는…… 저희 아버지도 예편한 지 오래라."

그 정도는 장도 예상한 내용이었다. 몇 년 전에도 전례 없이 비상계엄이 발동됐는데 해프닝처럼 세 시간 만에 국회가 해제시켜 버렸다. 그것 때문에 대통령이 파면되긴 했지만 뒷맛이 개운하지 않았다. 대통령 부부와 국방부 장관을 포함해 핵심 측근 몇이 감옥에 간 게 전부였다. 계엄에 은밀히 동조한 정치인들을 비롯해 손발 노릇을 한 하수인들이 안면 몰수하고 자기 자리를 지켜냈다. 하여튼 이번에는 아주 두꺼운 오답 노트를 들고 시작하는 셈이었다. 신속하게 야당 정치인들을 전부 잡아들여 계엄 해제를 원천 봉쇄한 게 그 증거였다.

"봐라. 또 포고령이다."

팀장이 모니터를 돌려 장과 차 대리에게 보여줬다. 화면에 계엄사령부 명의의 75차 포고령이 선포됐다는 뉴스 속보가 떠 있었다. 계엄 발효 직후부터 쏟아지기 시작한 포고령은 집회 금지 같은 굵직한 것부터 고등학교 학생 주임의 주간 선도 방침만큼이나 자잘한 것까지 오만 내용이 담겨 있었다. 그러다 어느 순간부터는 군이 포고하지 않아도 될 내용까지 포고령으로 나왔다. 14차 포고령은 아. 아. 말해? 지금?이었다. 34차 포고령은 내일 점심에 삼겹살 먹자. 난 오겹살 좋아였다. 45차 포고령은 아, 그, 아니다. 이따가 다시였다. 하지만 75차 포고령은 흘려들을 수 없었다.

  1. 사적으로 말뚝을 소유하거나 이를 목적으로 은폐하는 것을 금한다.
  2. 말뚝의 소재를 알고도 계엄사령부에 신고하지 않는 자는 계엄법에 의해 처단한다.
  3. 이미 말뚝을 소유하고 있는 자는 24시간 이내에 관할 사령부 신고소에 자진 신고 및 제출한다.
  4. 3항을 이행한 자는 면책한다.
  5. 4로 끝나면 좀 그러니까.
이상의 포고령 위반자에 대해서는 대한민국 계엄법 제9조(계엄사령관 특별조치권)에 의하여 영장 없이 체포, 구금, 압수수색을 할 수 있으며, 계엄법 제14조(벌칙)에 의하여 처단한다.

등에 식은땀이 흘렀다. 장은 갑자기 터질 듯이 요의가 차올라 화장실로 뛰어갔다. 소변기 앞에 한참을 서 있었다. 볼일이 끝나고도 계속 그러고 있었다. 생각을 했다. 오래 걸릴 고민은 아니었다. 장은 자리에 돌아와 코트를 챙겨 입었다. 차 대리가 깜짝 놀라 물었다.

"형, 어디 가?"

"할 일이 생겼어."

"그러다 총 맞아. 같이 갈까?"

"아니야. 넌 있어."

옆에 있던 팀장이 의자 바퀴를 굴리며 다가왔다.

"근데 너희 언제부터 말 놨냐? 나도 껴주면 안 되냐?"

장은 옷깃을 여미고 코트의 단추를 단단히 잠갔다. 출근길이 꽤나 추웠던 걸 잊지 않았다.

"싫습니다."

장이 팀장의 눈을 똑바로 보며 대답했다.

로비에 두 줄로 열을 맞춘 사람들이 앞을 보고 서 있었다. 각 부서에서 차출된 사람들이었다. 아는 사람도 있었지만 아는 척을 할 수 없었다. 하나같이 넋이 나간 표정이었다. 선두에 선 중령이 찢어질 듯한 목소리로 명령했다. 앞으로 갓! 구호도 붙였다. 하나, 하나, 하나 둘 셋 넷. 발을 맞추라며 윽박질렀다. 그때 끝에 서 있던 누군가가 손을 들고 말했다.

"퇴사하겠습니다."

장과 같은 사무실에 있는 차장이었다. 장이 누구보다 인간적으로 신뢰하고, 장이 납치된 걸 알았을 때 미안하다며 울던 그 사람이었다. 단호하고도 진정성 있는 목소리였다. 차지철 지망생이 차갑게 대답했다.

"불허합니다."

차장은 아랑곳하지 않고 줄을 이탈했다. 정문으로 향했다. 중령이 손을 까딱하자 근처에 있던 군인들이 달려들었다. 차장의 양팔을 붙잡아 끌어당겼다. 차장은 구차하게 굴지 않았다. 허리를 꼿꼿이 세우고 버티며 외쳤다.

"불허를 불허합니다."

그 모습을 차마 지켜볼 수 없어 장은 급한 걸음으로 건물을 빠져나왔다. 휴대폰에서 진동을 느껴 확인하니 데보라의 메시지였다.

―비행기 다 막혔어요. 한국에 갇혔어.

―조심해요. 웬만하면 밖에 나오지 마요.

―당신들은 미쳤어. 정말로!

―미안해요.

―말뚝은 괜찮아요? 넘길 거예요?

장이 사무실을 뛰쳐나온 이유가 그것 때문이었다.

―아니, 지킬 거예요.

장은 이미 마음을 정했다. 방법은 차차 알아낼 생각이었다.

역으로 가는 길에 사람들이 모여 있었다. 모이면 잡혀가지 않나? 심지어 단상도 있고 마이크도 설치돼 있었다. 누군가 목청

높여 말뚝에 대해 이야기했다. 저래도 되나 싶어 주변을 둘러봤다. 군인이 옆에서 단상을 지키고 있었다. 허가받은 집회였다. 귀를 기울이지 않을 수 없었다.

"그러니까 이 말뚝이란 것의 정체가 뭐냐? 여러분 진시황의 병마용갱 알죠? 거기 가면 사람하고 똑같이 생긴 인형이 있어. 겁나게 많아. 그걸 토용이라고 합니다. 어때요? 말뚝들하고 똑같이 생겼죠? 이래서 제가 뭐라고 했습니까. 저것들이 전부 중국이 보낸 군대라는 거예요. 병마용이 뭐 하는 것들입니까? 2000년 전 중국 땅을 통일한 진시황의 영생을 지키는 군대예요. 그러니까 지금 이 배후에 중국이 있다는 걸 모르시면 안 되는 거야. 진실에 다가갈 수 없는 거라고. 진시황이 불로초 찾아오라고 보낸 서복이 금강산, 지리산, 한라산을 싹 다 뒤진 거 아시죠? 그래서 찾아낸 게 뭐다? 참마다 이거야. 그걸 내가 이십 년간 지리산에서 나는 자연인이다 해가며 연구에 연구를 거듭한 게 뭐다? 이 참마환이라 이거야. 그러니까 여러분, 진실에 눈을 뜨고 건강에 눈을 뜨고 애국에 눈을 뜨면 원가 79만 8000원짜리 이 참마환 세트가 얼마다? 단돈 19만 9000원이라 이거지."

단상에 선 연사가 박스에 담긴 참마환 세트를 번쩍 들어 올릴 때 장은 결국 참지 못하고 웃음을 터뜨렸다. 그 순간 군인의 표정이 무섭게 바뀌었다. 앞에 들고 있던 총을 뒤로 메고 성큼성큼 걸어왔다. 그냥 웃은 건데요? 장은 서둘러 그곳을 벗어나기 시작했다. 너무 뛰면 눈에 띄기 때문에 경보하듯 최대한 빨리 걸었다. 살짝살짝 뒤를 보면 여전히 쫓고 있는 군인이 보였다. 마침 신호가 바뀐 횡단보도를 건너 계단이 있는 작은 공원에 이르자 무릎 꿇고 통성 기도하는 사람들이 보였다. 장은 허리를 숙이고 모여 있는 사람들 속으로 들어갔다. 무릎을 꿇고 기도하는 척했다. 실눈을 뜨고 보니 군인이 망설이고 있었다. 기도 부대의 격렬한 기세를 뚫을 수 없다고 판단한 모양이었다. 다행히 그는 발길을 돌렸다. 흰머리를 길게 늘어뜨린 여자가 목소리를 높였다.

"주여, 이 나라의 대통령을 지켜주소서!"

장은 고개를 끄덕였다. 그럴 수 있다고 생각했다. 섹스 피스톨즈도 지난 세기에 자신들의 여왕을 위해 비슷한 기도를 올리지 않았던가? 대한민국이 선진국으로 발돋움한 이때에 저들의 하나님이 이 땅의 대통령을 지켜주지 않아야 할 이유도 없었다. 응당 그래야 마땅하지 생각하다가 씨발, 또 웃음이 튀어나올 뻔했다. 분위기가 이상했다. 주변을 보니 사람들이 울고 있었다. 바로 옆 사람은 가슴을 치며 거의 통곡했다. 하지만 눈물을 흘리는 사람은 없었다. 열성적으로 우는 시늉을 하고 있었다. 모두가 합심해 가짜 울음을 울다니 믿기지 않았다. 장은 심하게 모욕당한 느낌을 받았다. 말뚝 앞에서 무너지듯 눈물을 흘리던 사람들의 마음이 그곳에서 실시간으로 조롱당하는 기분이었다. 무릎을 꿇고 있던 자리에서 벌떡 일어났다. 한마디 해야 한다고 생각했다. 그때 누군가 장의 손을 덥석 잡고 끌어당겼다.

장을 끌고 가는 사람은 군인도 경찰도 아니었다. 버킷해트에다 마스크를 쓴 남자였다. 부드러운 손에 어울리지 않는 단단한 아귀힘이 느껴졌다. 사람이 적은 거리로 나오자 남자가 얼굴을 가리고 있던 마스크를 내렸다. 아는 사람은 아닌데 분명히 어디서 본 듯했다. 어디서 봤더라. 유튜버던가?

그가 모자를 벗었다. 그제야 알아볼 수 있었다. 뉴스에서 얼굴을 보고 목소리도 똑똑히 들었다. 장의 앞에 선 그는 대민그룹의 차남이었다.

*

"어디를 그렇게 바쁘게 갑니까? 찾느라 고생 좀 했습니다."

그는 숨을 고르며 말했다. 주변을 경계하는 눈이 좌우로 바쁘게 움직이고 있었다.

"저를 아세요?"

장은 한 걸음 뒤로 물러나 말했다. 화면에서 볼 때보다 훨씬 더 호감 가는 인상이었다. 잘 관리된 매끈한 피부에 단정하게 정리한 눈썹이 인상적이었다. 대민건설 워크아웃이 시작될 무렵 장은 그에 대해 알려진 정보들을 찾아보기도 했다. 미국에서 전자 공학을 전공하고 MBA를 마친 뒤 그룹 연구소의 전무로 입사한 건 모두가 아는 사실이었다. 워크아웃 티에프로 발령받을 단꿈에 젖어 있을 때 그가 예전에 쓰던 페이스북 계정을 훑어보기까지 했다. 그는 유학 시절 쓰던 계정을 지우지 않고 방치해두었다. 연예인을 만난 기분이었다.

"계속 체크하고 있었습니다. 1번 말뚝에서 그쪽 명함이 나왔을 때부터 말이죠."

장은 무척 당황스러우면서도 전혀 다른 방면에서 안심했다. 음침하게 그의 과거를 들여다봤다고 생각했는데 이쪽도 지켜보고 있었다.

"일단 걷죠. 주목받아서 좋을 게 없어요."

그가 다시 장의 팔을 잡아끌었다.

차남은 장과 동갑이었다. 나이는 같지만 평생을 완전히 다른 세상에서 살았다. 장은 그와 나란히 걸으며 이제까지 살면서 만난 사람 중 가장 돈이 많고 큰 권력을 가진 사람이 반경 1미터 내에 있다는 사실에 조금 벅차올랐다. 엄밀히 따지자면 그를 양반이라고 부르기는 힘들 듯했다. 명백한 결례였다. 이를테면 왕가? 황손? 신족이랄까? 1919년 임시 정부가 세워지며 공화제가 수립된 이래로 잊힌 그 이름이 다시 주인을 찾는다면 첫 번째로 고려해야 할 대상은 대민 일가가 되어야 마땅했다. 그가 써야 할 건 버킷해트가 아니라 천마총 금관이었다.

"1번 말뚝이 지금 어디 있는지 압니까?"

차남의 질문에 장은 아무 반응도 하지 않았다.

"역시…… 당신한테 있군요. 연구소에서 사라진 뒤로 정부도 패닉이라고 들었습니다. 지금쯤이면 그쪽도 눈치챘을 겁니다."

장은 긍정도 부정도 하기 힘들었다. 확인해줄 의무는 없고 거짓말을 하고 싶지는 않았다. 차남은 심각한 표정으로 말을 이어 갔다.

"내게는 말뚝들이 필요합니다. 그걸 가져가야 하는 건 계엄군이 아니라 우리 대민이어야 해요."

'우리 대민'이라고 말할 때 그가 자신의 소유를 온전히 밝히고 있다는 게 분명하게 느껴졌다. 주주의 것도 아니고, 종업원의 것도 아니며, 고객의 것도 아닌 우리 대민. 나의 대민. 지분 구조상 확실히 말하기에는 다소 애매한 점이 없지 않지만 아무렴 어떤가 싶게 그는 곧 대민 그 자체였다.

"우리 쪽 연구소에서 비슷한 걸 하고 있었거든요. 양자 컴퓨팅에 뛰어들기는 한발 늦었고, 내가 보기에 큐비트보다 복잡한 연산이 가능한 건 휴비트였어요. 휴먼 비트 말입니다. 인간은 30조 개 넘는 세포로 돼 있어요. 모든 세포는 예외 없이 리보솜을 가졌고, 단백질을 형성하는 능력이 있죠. 그걸 데이터 연산에 활용하면 무슨 일이 벌어질 것 같습니까? 인류는 질적으로 다른 도약에 접어들 겁니다."

"저도 리보솜 알아요. 과학 시간에 배웠어요. 귀엽게 생겼죠.

해면체 같기도 하고…… 스폰지밥도 그래서 좋아해요. 구멍이 송송 뚫려 있어서."

장이 문과로서 덧붙일 말은 그 정도였다. 양자 컴퓨터 관련 주식을 몇 개 들고 있긴 했지만 고점에 진입해 손실을 보고 있었다.

"하지만 인간은 30조의 세포를 가지고도 겨우 똥이나 만들어냅니다. 휴비트를 만드는 데 가장 걸림돌이 뭔지 아십니까?"

"글쎄요…… 정부의 과도한 규제? 강성 노조? 북핵?"

"비슷합니다. 바로 인간의 의식이죠."

"의식?"

"그렇습니다. 인간의 잠재력은 삶에 대한 의지에 가로막혀 있습니다. 그걸 제어해 인간의 모든 활동을 연산으로 치환하면 어떻게 되겠습니까?"

"그건 씨발 인간이 아니죠."

"맞습니다. 휴비트가 되는 겁니다."

차남은 의미심장한 미소를 지으며 고개를 끄덕였다. 장은 대꾸할 말을 찾지 못해 머리만 긁적였다. 그는 어쩌면…… 마약을 투약 중인 게 아닐까? 만약에 그렇다면 과연 재벌 3세다운 아비투스라 할 만했다. 다만 겉보기에 너무 멀쩡했고, 또 진지했다. 그는 달뜬 목소리로 말을 이었다.

"말뚝은 인간과 비인간의 중첩 상태에 놓였습니다. 그것들의 의식은 양자적으로 존재하죠. 실체조차 그렇습니다. 자꾸만 나타났다 사라졌다 하는 것도 전부 그 때문이라고 보고 있습니다. 대안을 찾아보지 않은 건 아닙니다. 실은 완전한 구체로 된 인간이 있다고 해 찾아보기도 했습니다. 블로흐 구면*을 존재론적으로 수행하고 있는 셈이니까요. 정말 쫓기 힘들더군요. 어찌나 잘 숨어 다니는지."

그는 분하다는 듯 주먹으로 제 다리를 내리쳤다. 생각보다 아팠는지 입을 앙다물고 서서 허벅지를 문질렀다. 장이 말했다.

"그게 큐비트든 휴비트든 저는 관심 없어요. 우리 집에 왔으니까 나를 찾아온 이유가 있겠죠. 나한테는 손님이에요. 계엄군한테 내줄 수 없어 지키러 가는 것뿐이에요. 당연히 회장님께도 드릴 수 없고요."

"저는…… 부회장입니다."

그는 어쩐지 슬픈 얼굴로 직위를 말했다. 아직 회장이 되지 못한 현실을 쓰리게 환기당한 듯했다.

걷다 보니 어느새 지하철역 앞에 도착했다. 두 사람은 가로수 아래 있는 벤치에 나란히 앉았다. 그는 주머니에서 손난로를 꺼내 흔들었다. 손에 꼭 쥐고 있는 모습을 보니 꽤 따듯해 보였다.

"재롱미디어가 필요한 것도 그 때문이죠? 우회 상장시키려는

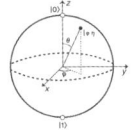

* 양자 역학에서 순수한 상태의 2단계 양자계(큐비트)를 기하학적으로 나타낸 것.

회사가 그 연구소인 거고."

"맞습니다. 잘 아시는군요."

"그래서 저를 대출 담당으로 넣으셨나요?"

"아, 그랬나요? 전혀 몰랐어요. 나는 내가 하는 일에 그렇게 큰 관심을 두지 않습니다. 내가 하고 싶은 일만 생각하고, 그게 결국 그렇게 되게 만들죠. 그 일을 다 내가 하는 건 아니지만."

"그럼 제가 대출 승인 미루고 있는 것도 모르시겠네요."

"그래요? 엊그제 승인 났다고 보고받았는데."

"그럴 리가요. 제가 담당자인데."

"누가 저한테 거짓말을 하겠어요. 내 말이 당신 생각보다는 진실이겠죠. 그러니 잘 들으세요. 나한테는 당신과 당신의 말뚝이 필요합니다. 다른 말뚝은 필요 없어요. 당신은 1번 말뚝과 직접적으로 연관돼 있죠. 왜 당신의 명함이 거기서 나왔겠습니까. 말뚝들은 이 땅에 나타나는 첫 순간부터 당신의 이름을 입에 물고 있었던 겁니다. 당신이 모든 말뚝을 다룰 수 있다면? 어쩌면 당신이 말뚝들의 핸들러가 될 수 있지 않을까요? 놀라운 일이 될 겁니다. 말뚝을 나한테 넘기고 우리 연구소로 들어오십시오. 최고의 대우를 해주겠습니다."

장은 우뚝 멈춰 서서 차남에게 따졌다.

"내 말뚝이 아니에요. 무슨 권리로 내가 그걸 소유합니까."

그리고 한마디 덧붙였다.

"아마 대민의 제련소에서 일하던 노동자일 겁니다. 명함에 대해 안다면 그 얘기도 들으셨겠지만."

차남의 표정이 밝아지며 대답했다.

"그래서 우리 쪽에 확실한 지분이 있는 겁니다. 우리 공장 근로자니까요."

"당신이 돈을 준다고 누굴 가질 수 있는 게 아니잖아요."

정말 진심으로 불쾌해져 쏘아붙였다. 하지만 차남은 개의치 않는 모양이었다. 누가 뭐라 한들 원하는 걸 가지며 살아온 사람이었다. 장과 생각하는 방식이 달랐다. 그는 평생을 개의치 않으며 살아왔다.

"제가 왜 부회장님을 믿어야 하죠?"

"더 나은 제안을 해오는 쪽이 있으면 그쪽으로 가세요. 이성을 잃고 군대까지 동원한 정부를 믿으려면 그렇게 하고요. 통제할 수 없으면 없애버리는 게 낫다고 생각하는 놈들입니다."

"저한테도 안전장치가 필요해요."

"어떤?"

"제련소에서 이제까지 일하다 죽은 모든 사람에 관한 서류를 넘기세요. 다친 사람도요. 병에 걸려 신청한 산재 내역도 전부. 지급 건과 부지급 건 가리지 않고 전부 다."

"전부?"

"네. 한 명도 빠짐없이요."

"그게 당신한테 무슨 의미가 있죠?"

"이름을 찾을 겁니다. 내 손으로 직접."

차남은 입술을 앙다물고 고민하는 표정을 지었다. 복잡한 수식이 머릿속을 지나가는 듯했다.

"어려운 일 아니잖아요?"

장이 채근하자 차남은 고개를 저으며 대답했다.

"나는 사업가예요. 불확실성을 좋아하지 않아요."

"그게 없으면 나랑은 딜이 안 돼요. 그건 확실하죠."

차남이 장의 얼굴을 빤히 쳐다봤다. 그렇게 많이 가지고도 여전히 잃는 걸 두려워하는 게 신기했다. 장이 먼저 손을 뻗어 악수를 청했다. 차남은 결심한 듯 손바닥을 크게 펴 장의 손을 맞잡았다. 차남이 어딘가로 전화를 걸자 검은색 벤츠 스프린터가 다가와 멈춰 섰다. 슬라이딩 도어가 열리고 차남이 가벼운 발걸음으로 차에 올랐다.

"우리 집으로 가져와요. 말뚝도 나도 거기에 있을 테니까. 어딘지는 당연히 알겠죠?"

"그걸 아는 사람들이 내 밑에서 일합니다."

차남이 어깨를 으쓱하며 대답했다.

장은 휴대폰을 꺼내 시간을 확인했다. 더 이상 지체하면 안 되었다. 이미 집 앞에서 장을 체포하려고 잠복 중일지 몰랐다. 아니, 잠복은 뭐 하러 해 하면서 진을 칠 수도 있었다. 뭐 하러 기다려? 그냥 문 부수고 들어가자라고 마음먹었대도 이상할 게 없었다. 그러지 않는 이유가 있다면 단 하나였다. 말뚝과 장을 모두 갖고 싶어 한다는 것. 그렇게 1+1 세트 구성 판매인 건 차남과 대화하며 새로 알게 된 사실이었다. 초등학교 4학년 여름방학 이후로 이렇게 많은 사람이 동시에 장을 원하기는 처음이었다. 동네에 새로 생긴 교회가 다섯 개나 있었고, 여름 성경 캠프에 장을 데려가기 위한 경쟁이 치열했다. 장은 어떤 유혹에도 넘어가지 않고 집에 있었다. 저인망 어선처럼 애들을 쓸어 간 탓에 며칠 동안 놀이터가 텅텅 비었다.

그사이 76차 포고령이 선포되었다.

진짜 딱 6시까지만 기다려줌. 이후에는 얄짤없음.

아, 이럴 거면 차라리 문자로 보내라. 너무 위험한 게임을 하고 있다는 생각이 들었다. 총을 든 미친 군인과 미친 과학자 역할에 심취한 재벌 3세 사이에서 장은 그저 무력한 장기 말에 지나지 않았다. 무슨 수로 이 판을 뒤집지? 왜 자꾸 지면 안 된다는 의무감이 생기지? 싸우기도 전에 지는 건 평생 익숙했는데 왜 고집부리는 거야? 스스로에게 던진 질문에 대답할 말이 떠오르지 않았다. 그 순간 장은 이상한 기분에 휩싸였다. 거의 동시에 파국이 날아들었다.

탕.

총소리였다. 거대한 벽이 조각나는 소리 같았다. 멀지 않은 곳에서 울린 한 발의 총성이었다. 장은 일어나 달리기 시작했다. 머리가 아닌 몸이 움직이는 대로 따라갔다. 아무 생각도 들지 않았다. 심장이 쿵쾅거리며 온몸에 피가 도는 게 느껴졌다. 팔과 다리가 남의 것처럼 움직였다. 총소리와 반대 방향으로 뛰어야 한다고 생각했다. 당연했다. 그런데 몸은 잘못된 방향으로 내달렸다. 부디 아무도 죽지 않았기를 바랐다. 누군가 죽었다면 장의 목숨도 안전하지 않았다. 엎드린 사람의 뒷모습이 보였다. 총을 내던진 군인이었다. 근처에 모여든 사람들이 한곳을 보고 있었다. 장의 시선도 거기로 향했다. 말뚝이 떠 있었다. 공중에 떠 있는 말뚝이 밝게 빛났다. 사람들을 향해 미소 짓고 있었다.

태어나서 처음 보는 아름다운 미소였다.

*

사방이 신속하게 봉쇄됐다. 공중에 떠 있는 말뚝 아래 모인 사람은 서른 명 남짓이었다. 누구도 접근하지 못하도록 차벽이 세워졌다. 헬기가 빌딩 사이를 날아다녔다. 그러는 동안 아무도 움직이지 않았다. 그저 말뚝을 바라만 보고 있었다. 뺨을 타고 흘러내리는 눈물이 전에 없이 따듯했다.

장은 진심으로 바랐다. 자신 또한 말뚝처럼 떠오를 수 있기를. 올라갈수록 희미해지다가 완전한 빛이 되는 거다. 내가 떠오르면 저들은 아무것도 하지 못한다. 타인을 해치려는 사람은 자신을 걸어야 하므로, 아무도 나를 끌어내릴 수 없다. 세계는 스스로에 대해 자신만만해하지만 생각보다 취약하다. 장은 그렇게 세상을 넘어설 수 있을 것 같은 고양감에 휩싸였다.

그때 공중에 떠 있던 말뚝의 얼굴이 터져나갔다.

가루가 되어 흩어졌다.

뒤늦게 탕 소리가 들렸다. 멀리서 쏘았다. 장은 꿈에서 깬 듯 정신을 차렸다. 사람들이 황망한 표정으로 서로를 바라봤다. 군인들이 떼로 덮쳐왔다. 서 있던 자리에서 사지를 붙들린 채 끌려갔다. 장은 차벽 뒤에 대기 중이던 버스에 실렸다. 군인들이 인원 확인을 마치자 버스가 출발했다. 장은 여전히 꿈속을 헤매는 기분이었다. 말뚝이 터져나가는 순간의 모습이 빛 속에서 본 환영과 겹치고 뒤엉켰다. 말뚝은 머리에 총 한 발이면 가루가 되어 사라졌다. 불에 태울 필요조차 없었다.

옆에 앉은 군인은 장이 움직이지 못하도록 제 팔을 엇갈려 걸고 있었다.

"어디로 가는 거죠?"

장이 물었지만 대답은커녕 고개도 돌리지 않았다. 군인은 자기 앞을 가로막은 의자를 관통해 너머를 보기라도 하려는 것처럼 눈에 힘을 줬다.

"아저씨도 봤어요?"

장이 계속 물었다. 버스가 흔들릴 때마다 장의 몸도 따라 휘청거렸다. 몸에 힘이 들어가지 않았다.

"봤잖아요. 그게 공중에 떠 있었어요."

대답 없는, 아니 대답할 수 없는 군인의 뺨이 파르르 떨렸다.

"그럼 안 되는 거였어요."

거기까지였다. 장은 호흡이 희미해지다가 그대로 고개를 떨궜다. 의식이 달아나는 게 느껴졌다. 혼절하듯 잠에 빠져들었다.

5

눈을 떴을 때 장은 손이 묶여 있었다. 케이블 타이가 손목을 조여오는 감각이 낯설지 않았다. 그나마 좁은 곳에 갇혀 있지 않으니 전보다 나았다. 뒤로 묶이지 않은 것도 큰 차이였다. 등받이가 딱딱한 의자에 앉았고, 맞은편에는 책상이 있었다. 누군가를 위해 비워둔 의자가 보였다. 거기에 앉는 사람이 장의 친구가 되지 못하리라는 건 명확해 보였다.

방은 좁고 어두웠다. 모든 비밀을 낱낱이 털어놓기에 적당한 장소였다. 그래야 그곳에서 나갈 것 같았다. 목이 말랐다. 장은 공중에 떠 있던 말뚝을 생각했다. 그가 총을 맞아 부서지던 장면도 떠올렸다. 말뚝의 최후였다. 죽었다고 할 수 있을까? 이미 죽은 것도 죽을 수 있나?

문을 열고 들어온 건 장이 아는 사람이었다. 진희 선배였다. 주머니에서 니퍼를 꺼내 장의 손목을 묶고 있던 케이블 타이를 끊어냈다. 들고 온 서류 한 장을 책상에 올려놓고 장의 맞은편에 앉더니 모나미 볼펜 한 자루를 책상에 굴렸다. 장은 눈을 피하지 않고 빤히 바라봤다. 진희 선배 쪽이 먼저 고개를 돌렸다.

"누나, 어떻게 여기에 있어요?"

"너는 왜 하필 거기에 있었냐? 내가 여기로 안 빼 왔으면 진짜 큰일 날 뻔했어."

장을 걱정하는 말투였지만 눈은 텅 빈 듯 공허했다. 진희 선배는 오른쪽 검지로 책상을 톡톡 두드렸다.

"아까 이상한 이야기를 들었어요. 제가 승인 낸 적 없는 대출이 통과됐다고 하더라고요."

"그래, 내가 직접 했어. 내 이름으로 하지는 않았지만. 니네 팀에 남자 대리 있지? 차 뭐시기던가. 걔가 낸 걸로 했다. 평정이 개판이더라고. 그런 애들이 좀 덤벙대고 일 처리도 야무지지 못하잖아. 딱 보니까 생각 없이 아무 데나 대출 주고 다닐 것 같더라."

"누나 미쳤어요?"

"너야말로 정신 좀 차려. 지금 너 완전 아슬아슬한 거 알아?"

진희 선배가 서류를 장 앞으로 들이밀었다.

"니가 오늘 본 걸 아무 데도 발설하지 않겠다는 내용이야. 너랑 같이 온 사람들도 다 서명하고 나갔어."

"손이라도 풀어줘요. 이름 쓰고 나갈 테니까."

"근데 이런 거는 딱히 중요한 게 아니거든."

선배가 서류를 집어 들더니 반으로 찢어버렸다. 벽에 부딪힌

파열음이 장의 귀에 간지럽게 꽂혔다.

"네 인생 꽈배기처럼 배배 꼬아주는 거 일도 아니야. 유부녀 꼬셔서 남의 가정 파탄 낸 거? 그것만으로도 품위 유지 위반으로 감봉 3개월 예약이야."

"오해예요. 저번에 옥상에서 다 얘기했잖아요."

"무슨 소리야? 좋았다며. 사랑했다며. 상간남 주제에 너무 뻔뻔한 거 아니야? 그렇게 말하면 남편한테 얼마나 상처가 되겠어. 기다렸다 너 패 죽이고 간다는 거 겨우 말려서 보냈다."

선배는 전아정 씨의 남편 이름이 적힌 진술서를 내밀었다. 장은 고개를 돌렸다. 입이 바짝 마르는 기분이었다.

"이거야 사생활이고…… 너랑 그 대리 말야. 허위 대출로 100억을 땡기다니 완전 간도 커. 짤리는 게 문제가 아니라 감옥에 가게 될 거야. 먹은 돈 다 토해내는 건 당연하고. 너 이 정도일 줄은 몰랐는데 진짜 실망이다."

처음 보는 서류들이었다. 분명 장과 차 대리의 이름이 들어가 있었고, 처음 보는 장의 계좌에 평생 만져본 적 없는 액수의 돈이 드나든 기록이 찍혔다. 은행 내의 치열한 파벌 싸움에서 자객 노릇을 해온 선배였다. 초과 근무 신청서에 '투서 작성' 항목이 없어 '기타'를 고르는 사람이었다. 그 정도 서류를 꾸미는 일은 돈 세는 것보다도 간단했다. 그래도 그렇지, 차 대리까지 끌어들이다니 너무하다 싶었다.

"그러니까 누나 말 들어. 저분들 말 듣고 협조해. 국가 안보 생각도 좀 하고."

장은 진희 선배를 똑바로 쳐다봤다. 수치도 주저함도 없어 보였다. 감정이 느껴지지 않았다. 공허하던 눈이 지금은 차갑고 날카로워져 있었다. 장은 화가 나지 않았다. 그래서 이상했다. 화보다 안타까움이 점점 커지며 명치 아래를 조여왔다.

"누나는 항상 바쁘네요."

장의 목소리는 차분히 가라앉아 있었다. 진희 선배가 안쓰러웠다. 진심으로 그랬다.

"그럼 바쁘지 안 바빠? 월급쟁이 다 똑같지."

진희 선배는 대수롭지 않게 대답했다. 눈동자가 조금 흔들렸다.

"늘 그렇게 열심히 살고."

"비꼬는 거야?"

"아니에요. 진심인 거 알잖아요."

아무도 거짓말을 하지 않았다. 장은 진심이었다. 진희 선배도 모르지 않는 듯했다. 두 사람은 조용히 서로 다른 곳을 바라봤다. 한참 즐겁게 떠들다가 갑자기 이야깃거리가 사라진 술자리 같았다. 진희 선배가 먼저 정적을 깼다.

"너 내가 어떻게 여기까지 왔는지 알면 앞으로 어디로 갈지도 알 것 같지 않아? 그럼 니가 어떻게 해야 할지도 잘 생각해봐."

아는 사람의 협박이라 더 무서웠다. 한다면 하는 사람이었다.

"저 화장실 좀 갔다 올게요."

"얘기 끝내고 가."

"쌀 거 같아요."

"그냥 바지에 싸."

"나한테는 어렵지 않은 일이에요. 얼마 전에도 그런 거 알잖아요? 똥 냄새 맡으며 마주 앉아 있고 싶으면 그러시든지요."

선배는 경멸하는 눈초리로 장을 바라봤다. 똥을 향한 순수한 경멸이었다. 선배가 장의 팔을 이끌고 방을 나섰다. 손끝에 전달되는 짜증이 생생했다. 권총을 찬 군인이 장의 옆에 붙어 섰다. 선배가 괜찮다는 의미로 손을 흔들었다. 복도에는 서류 뭉치를 든 사람들이 바쁘게 오가고 있었다. 군복 입은 사람이 많다는 걸 제외하고는 여느 회사와 크게 다를 바 없는 풍경이었다.

"얼른 끝내고 나와. 얘기 마저 해야 되니까."

장이 나올 때까지 화장실 문 앞을 지키고 있을 셈인 듯했다.

"느긋하게 기다려요. 오래 참았으니까."

선배는 대답 대신 한숨을 토해냈다.

장은 변기에 앉아 생각에 잠겼다. 세상에 마음 편한 곳은 역시 화장실 한 칸뿐이었다. 손바닥을 크게 펴 얼굴을 매만졌다. 자칫하다가는 인생이 통째로 날아갈 수 있었다. 이럴 때 연락할 사람 하나 없다는 게 너무 당연하게 생각됐다. 이런 일이 없는 게 옳았다. 거의 생기지 않을 일에 대한 대책은 준비하지 않는 게 당연했다. 계엄사령부 조사실에 갇힐 때를 대비하지 않은 건 장의 잘못이 아니었다. 아무도 장을 도울 수 없었다. 그럴 만큼 누군가를 도와본 적이 없었다. 장은 그 사실을 담담히 받아들여야 했다.

변기에 앉은 김에 힘이라도 줘보았지만 아무것도 나오지 않았다. 완전히 무력한 기분이 되어 등을 뒤로 기댔다. 고개를 젖히고 목을 뉘었다. 천장에 뭔가 있었다. 손글씨가 적힌 쪽지였다. 장은 바지춤을 올리고 자리에서 일어섰다. 변기 커버를 밟고 올라가 손을 뻗었다. 검지와 중지 끝으로 간신히 종이 끝을 붙잡을 수 있었다.

주머니에 넣어뒀습니다.

아, 안 좋은 기억을 불러일으키는 쪽지였다. 저번과는 다른 글씨체였다. 불길했다. 이제 트렁크도 모자라 주머니에 구겨 넣겠다는 말인가? 팔뚝에 소름이 돋았다. 밖에서 진희 선배가 성마르게 문을 두드렸다.

"야! 적당히 끊고 나와라."

무슨 주머니를 말하는 거지? 장은 급하게 자기 몸을 구석구석 더듬었다. 가슴. 엉덩이. 외투 밖. 외투 안. 바지 왼쪽 주머니. 거기였다. 작고 단단한 물체가 만져졌다. 태이의 칩인가? 모양이 달랐다. 짐작 가는 것이 없었다. 꺼내서 손바닥에 올려보았다. 정사각형 틀에 동그란 버튼이 한가운데 있었다. 열쇠고리만 한 크기였다. 언젠가 해주에게 사준 호신용 비상벨과 비슷한 생김새였다. 위급한 상황에서 누르면 높고 성가신 소리를 내는 물건이었다. 완전히 같진 않았다. 어딘가로 신호를 보내는 용도일 수도 있었다. 이리저리 돌려보다 뒷면에 양각으로 새겨진 작은 글씨를 발견했다.

Deus ex machina

노골적으로 탈출 버튼이라고 주장하는 문구였다. 장의 물건이 아닌 건 분명했다. 그런 버튼을 갖고 있었다면 아마 트렁크에서 진작 눌렀을 것이다. 대체 자신도 모르는 사이에 누가 주머니에 물건을 넣었단 말인가. 소매치기가 아닌 소매넣기라도 당한 건가? 그가 천장을 바라볼 줄 어떻게 알고 쪽지를 붙여놨을까. 변기는 세 칸이었고 장은 가장 오른쪽에 들어갔다. 정확히 그곳에서 천장을 처다볼 것을 예상이라도 한 듯했다.

누를까? 말까? 불길했지만 지금보다 상황이 나빠질 것도 없어 보였다. 설마하니 누르는 순간 8790발의 스커드 미사일이 머리 위로 날아오기야 할까 싶었다. 만에 하나 그런 일이 벌어져도 장은 뒷일을 생각할 겨를도 없이 가루가 되면 그만이었다.

"나가요, 나가."

장은 그 말과 동시에 버튼을 눌렀다.

기다렸다.

아무 일도 일어나지 않았다.

창문을 깨고 진입하는 구조대도 없었고, 눈앞에 차원의 문이 열리지도 않았다. 딸각, 딸각. 몇 번 더 눌렀는데 마찬가지였다. 장은 손에 들고 있던 것을 쓰레기통에 던져버렸다. 놀림을 당한 기분이었다.

그때 건물의 비상벨이 일제히 울리기 시작했다. 엉덩이를 맞은 아기가 터뜨리는 첫울음처럼 우렁차고 높았다. 퍽, 퍽, 퍽. 뭔가가 터지며 쏟아지는 물소리도 들려왔다. 장은 이 순간이 유일한 기회라는 걸 곧바로 알아차렸다.

변기 칸에서 나와 화장실 문을 어깨로 강하게 밀쳤다. 문 앞에 있던 선배가 뒤로 넘어가 첨벙거렸다. 건물의 모든 스프링클러가 작동하고 있었다. 복도는 대혼란이었다. 누구랄 것 없이 서로를 밀치며 비상구를 향해 달렸다. 건물을 빠져나오는 동안 아무도 장을 제지하지 않았다.

밖에 나오니 전쟁기념관이 내려다보였다. 추웠다. 젖은 몸을 끌어안아봤지만 이까지 딱딱거리며 떨리는 걸 멈출 수 없었다. 장은 무작정 뛰었다. 거리로 나오자 따릉이 스테이션이 보였다. 다행히 한 대가 남아 있었다. 결제하고 안장에 올랐다.

탕.

 총성이 울렸다. 멀지 않은 곳이었다. 이번에는 정신을 똑바로 차려야 했다. 소리가 난 반대쪽을 향해 페달을 밟았다.

 장은 가까운 피시방을 찾아 들어갔다. 젖은 몸이 바람을 맞아 얼어붙었다. 무릎 담요 두 개를 받아 하나는 머리를 감쌌다. 다른 하나는 어깨에 걸쳤다. 외투가 잘 마르도록 의자 뒤에 펼쳐 걸었다. 덜덜 떠는 장의 모습이 안쓰러워 보였는지 직원이 전기난로를 가져와 근처에 꽂아주었다. 감사의 인사를 건넸다. 정말로 감사했다.
 장은 컴퓨터를 켜고 우체국 사이트에 접속했다. 내용 증명 메뉴를 열었다. 보안 프로그램을 하나씩 깔았다. 앉은 김에 짜파게티도 하나 시켰다. 달걀과 치즈가 함께 들어간 짜계치로 주문했다. 먹다 보면 목이 마를 것 같아 웰치스 포도 맛도 시켰다. 다 먹고 나면 입이 심심할 것 같았다. 직원을 여러 번 왔다 갔다 하게 하고 싶지 않아 오징어땅콩 한 봉지를 추가했다. 어느새 보안 프로그램과 전용 편집기가 모두 설치돼 있었다.
 '받는 분'의 이름 항목에 대표 존칭어를 고르는 메뉴가 있었다. 없음, 귀하, 귀중, 귀우, 님께, 앞으로, 에게, 받음. 그중에 '귀하'를 골랐다. 제련소의 공장 주소를 적었다. 어차피 반송되겠지만 수신은 중요하지 않았다. 공적으로 남은 발신 내역이 내용을 증명해줄 것이었다. 기억을 더듬고 계산기를 두드렸다. 라디오 프로그램에 사연을 보내는 기분으로 글을 작성했다. 결제까지 마치자 완성된 문서가 화면에 떴다.

— 귀하는 십수 년 전 은행 창구의 직원으로 근무하고 있던 본인에게 50만 원을 차용하였습니다.

— 해당 금액은 귀하의 동료인 불상인의 무연고 사망자 장례 절차를 진행하기 위한 사망 신고서 원본 발급 비용으로 고지되었습니다.

— 귀하는 현금으로 해당 금액을 수령한 뒤 차후 변제를 약속하였습니다.

— 변제 시 입금할 계좌 번호가 뒷면에 적힌 본인의 명함 또한 받아 갔습니다.

— 귀하는 이후 어느 시점엔가 사망한 것으로 추정되나 최근 나타난 말뚝들 중 하나로 복귀해 활동 중인 것이 확인됩니다.

— 금일 본인이 대한성공회 서울주교좌성당 앞 골목에서 목격한 바에 따르면 귀하를 비롯한 말뚝들은 때때로 공중에 떠오르고, 빛나고, 사람들을 향해 미소 짓다가 총탄에 스러지는 것으로 보입니다.

— 죽은 사람이 다시 죽어가는 것을 부르는 말이 따로 없는 것에 유감을 표합니다.

— 귀하의 오래전 죽은 동료분께 조의를 표하며 삼가 명복을 빕니다.

— 이후 유명을 달리한 것으로 보이는 귀하의 명복을 빕니다.

— 오늘 다시 죽은 귀하의 동료 말뚝과 계속 죽어가고 있는 말뚝들께 애도를 표합니다.

— 말뚝으로 다시 돌아오신바 완성된 소멸 시효는 효력 없음을 주장하고, 채무 승인을 강력하게 요청하는 바입니다.

— 원금과 지연 이자를 포함한 금 921,845(구십이만일천팔백사십오) 원을 일전에 안내드린 저의 계좌로 입금 바랍니다.(지연 이자율 적용 기준: 2021년 6월 30일까지 12%, 이후 6%. 법정이율을 준수함.)

— 본 내용 증명이 도착한 후 7일 이내에 변제하지 않을 경우, 법적 절차를 진행할 예정입니다.

발송인 : 서울특별시 서울 용산구 갈월동 98-1

　　　　제노피시방 47번 좌석 사용자

수취인 : 경상북도 봉화군 석포면 승부길 16

　　　　말뚝(1번)

발송한 내용을 캡처해 블라인드 고민 상담 게시판에 올렸다. '십 년 넘게 돈 안 갚는 사람이 있는데 받아낼 수 있을까?'라는 제목을 달았다. 말뚝들에 대해 말하는 것이 아니었다. 단지 장의 채권 채무 관계에 대한 이야기였다. 그러므로 말할 수 있었다. 시계를 보니 오후 3시를 지나고 있었다. 계엄사령부의 포고문을 그대로 믿는다면 장은 세 시간 안에 결정을 내려야 했다. 쟁반에 담긴 짜계치와 단무지가 왔다. 구석에 웰치스와 오징어땅콩도 놓여 있었다.

　아무 생각도 하지 않고 먹었다. 오로지 눈앞에 놓인 음식들을 배 속으로 밀어 넣는 데만 집중했다. 다시 먹지 못할 것을 마주했다는 마음이었다. 앞으로 일어날 일을 상상했을 때 일이 정말 안 좋게 흘러가면 오랫동안 짜파게티를 못 먹게 될지도 모른다는 것이 장의 마음을 어지럽혔다. 꼼장어를 먹은 다음 날 트렁크에 갇힐 줄 몰랐던 것처럼. 장은 여전히 삶에 대해 알지 못하는 것이 너무 많다는 생각이 들었고, 그렇다면 죽음에 대해서는 또 얼마나 바보처럼 아는 것이 없는지 싶었다. 그래서 짜파게티를 먹고 남은 단무지를 한 장씩 집어 아삭아삭 씹었으며, 오징어땅콩의 비닐 입구를 좁혀 남은 부스러기를 입에 털어 넣었다. 웰치스도 깨끗이 비운 뒤에 캔을 찌그러뜨렸다.

　장은 블라인드에 올린 글을 확인했다. 원글은 관리자에 의해 삭제됐다. 그러나 장이 올린 내용 증명은 이미 저장되어 사람들에 의해 퍼져나가는 중이었다. 모두가 기다렸다는 듯 자기 이야기를 하고 있었다. 자신이 기억하는 기억할 만한 죽음에 대해 써서 올렸다. 그들 모두에게 잊힐 수 없는 죽음이 말뚝의 모습으로 돌아온 게 분명했다. 저마다 내용 증명을 보내고 화면을 캡처해 올렸다. 가처분 신청서를 작성해 접수하고, 법원 제출용 탄원서를 쓰기도 했다. 이름 없는 말뚝들의 기록이 쌓여가고 있었다.

아이를 위해 늘 라면 반 개를 끓인다는 엄마도 글을 올렸다. 아이는 매일같이 스터디카페에서 공부하고 새벽이 다 돼 집에 왔다. 그 시간이면 허기가 져서 잠이 오지 않는다고 투덜댔다. 늘 라면 한 개를 끓여 엄마와 나눠 먹었다. 진라면 매운맛에 청양고추를 썰어 넣고, 달걀 한 알을 풀고, 참치액을 한 티스푼 넣었다. 라면을 끓이는 건 아이의 일이었다. 엄마가 끓인 라면은 맛이 없다며 냄비에 물을 받는 것부터 그릇에 옮겨 담는 것까지 자기 손으로 해야 직성이 풀렸다. 그렇게 마주 앉아 신김치에 라면 반 그릇을 먹으며 두 사람의 이마에는 땀이 송송 맺혔다. 아이는 학교에서 있었던 일을 이야기했다. 엄마의 하루는 별로 궁금해하지 않았다. 그런 아이가 얄미워 때로는 아이와 말다툼을 하기도 했다. 하지만 다음 날이 되면 또 가스레인지 앞에서 라면 물을 올렸다. 아이는 어느 오후 스터디카페 가는 길에 보행섬을 덮친 화물차에 받혀 죽었다. 차를 몰았던 택배 기사는 과도한 물량을 배정받아 나흘째 잠을 제대로 못 잔 상태였다. 엄마는 더 이상 아이가 끓여

준 라면을 먹을 수 없었고, 기억을 더듬어 같은 레시피로 반 그릇의 라면을 끓였다. 면을 반으로 부수고, 절반의 수프를 넣고, 절반의 건더기를 넣었다. 빈 식탁에 라면을 올려놓고 다음 날 아침 식어서 불어 있는 라면을 치웠다.

엄마는 죽은 아이의 명의로 고용노동부에 택배 회사에 대한 근로감독 청원서를 제출했다. 죽었지만 죽지 않았다고 했다. 아이가 말뚝이 되어 돌아왔다고 주장했다. 그 얼굴에서 아이의 얼굴을 봤다고 했다.

누군가에게 말뚝은 전복된 선박의 선원이었고 부모였다. 바다에 가라앉은 자식이었고, 길에서 죽은 청년이었으며, 정리 해고로 생명줄이 끊긴 노동자였다. 그게 전부 살아남은 사람의 기억으로 쓰여 있었다. 지우는 사람이 기록하는 사람의 속도를 따라가지 못했다.

문득 카운터가 소란스러워 고개를 들었다. 카운터 직원이 애원하듯 외쳤다.

"회원 가입 먼저 하고 이용해주세요."

군인들이 몰려들어 와 좌석을 훑고 있었다. 장은 허리를 숙이고 뒷문으로 빠져나왔다. 외투가 아직 축축했지만 걸칠 만했다.

*

데보라에게서 메시지가 왔다. 태이의 사진이었다. 수도복을 입은 태이는 장이 기억하는 마지막 모습보다 비쩍 말라 있었다. 병세를 모르는 사람이 봐도 어딘가 아파 보인다고 할 만큼 수척한 얼굴이었다. 하지만 행복해 보였다. 눈이 초승달처럼 휘어질 만큼 코를 찡그리며 웃었다. 정말로 태이다운 배경 앞에 서 있었다. 회벽을 쌓은 수도원도, 웅장하게 서 있는 세인트 폴 성당의 벽도 아니었다. 어슴푸레한 초저녁에도 조명을 환하게 밝힌 카지노 입구였다. 무엇보다 두 손 모두 브이 사인을 하고 있었다.

태이는 절대로 사진 찍을 때 브이를 하지 않았다. 장도 마찬가지였다. 그건 두 사람에게 타협할 수 없는 자존심의 영역이었다. 브이를 그리며 사진을 찍는 건 너무나…… 구렸다. 카메라 앞에 선 누구나 브이 사인을 하기 때문에 토 나오게 구린 행동이었다. 가운뎃손가락을 날리는 건 유치하기 짝이 없고, 주먹 쥐고 파이팅을 하는 건 꼰대들이나 하는 행동이었다. 사진을 찍을 때는 아무것도 하지 않고 차렷. 조금 멋을 내고 싶으면 열중쉬어. 그때는 아직 손하트라는 게 있지도 않았다.

두 사람은 가장 멋진 사진 포즈에 대한 이야기를 한 번도 나눈 적 없다. 아무 말 하지 않아도 암묵적으로 동의하는 부분이었다. 그건 마치 신에 대한 입장처럼 두 사람을 친구로 남게 해준 끈이었다. 같은 종류의 사람이라는 확인 같은 것. 태이는 죽기 전에 변했다. 자신도 그럴 수 있을까? 얼마나 간절해야 전과 다른 사람이 될까? 죽음으로 협박받지 않더라도 스스로 변할 수 있을까? 장은 데보라에게 메시지를 보냈다.

—태이는 천국에 갔을까요?

탕.

총소리와 함께 비둘기가 한꺼번에 날아올랐다. 사람들은 조금 움찔했지만 많이 놀라지는 않았다. 장은 이제 그 소리가 익숙하게 느껴지기까지 했다. 땅에 올라온 말뚝의 개수가 하나씩 줄어드는 걸 체감할 뿐이었다. 차 대리에게서 전화가 왔다.

"형, 윤경에서 지금 나 잡으러 왔어. 형이랑 나랑 불법 대출을 했대. 그 돈을 횡령하기까지 했대. 얘네 진짜 미친 거 같아."

"지금 어딘데?"

"화장실 간다고 하고 튀었어. 계단실이야."

"야, 튀긴 왜 튀어. 너 잘못한 거 없잖아."

"형이 했어?"

"그랬으면 내가 이러고 살겠냐. 진작에 필리핀 가 있지."

"이거 형 때문에 코 꿴 거지? 무슨 짓을 하고 다니는 거야?"

"나중에 맥주 한잔 살게."

"한잔으로는 턱도 없어."

차 대리가 인사도 없이 전화를 끊었다. 장의 마음이 한없이 무거워졌다.

탕.

총소리의 간격이 조금씩 밭아지고 있었다. 장은 택시를 잡아 뒷자리에 탔다. 집에 돌아갈 시간이었다. 말뚝이 기다리는 곳으로 가야 했다. 택시 기사는 브레이크를 짧게 끊어 밟는 자신만의 운전법을 오래 연마한 듯했다. 거기에 정말 브레이크가 있다는 걸 믿기 힘든 사람처럼 자꾸만 밟아 확인했다. 아까 먹은 짜계치가 목구멍을 향해 어퍼컷을 날리는 것 같았다. 기사님, 제발, 마음속으로 되뇌던 장은 한 번은 꼭 말해야겠다고 생각하며 기회를 엿봤다.

"뒤에 웬 찝차가 따라오는데요?"

백미러를 힐끔거리던 기사가 말했다.

"신경 쓰지 마세요. 제가 인기가 좀 많아요."

기사는 더 묻지 않았다. 정말로 신경 쓰지 않고 발을 부지런히 놀리며 현란한 스텝을 밟았다. 장은 휴대폰을 확인했다. 데보라가 답장 대신 다른 사진을 한 장 더 보냈다. 가운뎃손가락을 올리고 있는 태이였다. 역시나 수도복을 입고, 공원의 벤치 같은 곳에 앉아, 여유로운 표정으로 웃고 있었다.

―Not too sure tbh.

 연이어 메시지가 왔다. tbh가 뭔지 몰라 찾아보니 to be honest의 줄임말이었다. 장은 머리를 끄덕였다. 차가 흔들려서인지 데보라의 말에 설득돼서인지 정확히 판단하기 힘들었다. 그 순간 기사가 급브레이크를 밟았다. 완전히 몸이 쏠린 장은 조수석 헤드레스트에 머리를 박았다. 딱딱한 벽이었다면 이마가 깨지고도 남을 상황이었다. 드디어 정당하게 한마디 할 기회가 찾아왔다고 생각했다. 한껏 일그러진 표정으로 성질을 내려는데 백미러에 비친 기사의 눈동자가 붉게 충혈돼 있었다. 부풀어 오른 그의 눈물이 뺨을 거치지 않고 바닥에 떨어졌.

 낮게 뜬 말뚝이 택시를 가로막고 있었다.

 택시를 뒤쫓던 SUV에서 선글라스를 낀 남자가 내렸다. 청바지와 항공 점퍼를 입고 있었다. 짧게 자른 머리까지 더해 누가 봐도 군인으로 보였다. 남자는 택시를 지나쳐 말뚝 앞으로 갔다. 품에서 권총을 꺼내 정확히 머리를 조준했다.

탕.

 머리가 터진 말뚝이 먼지처럼 흩어졌다. 총을 쏜 남자는 택시 기사에게도 장에게도 아무 관심 없는 듯 차로 돌아갔다. 저벅. 저

벅. 저벅. 쾅. 기사는 넋이 나간 듯 입을 벌리고 있었다. 빵. 뒤차가, 방금 택시를 지나쳐 간 남자가 클랙슨을 짧게 울렸다. 기사와 장의 눈이 마주쳤다. 빵빵. 두 번 울렸다. 빵빵. 가쇼. 왜요. 무슨일 있습니까? 뭐 잘못됐습니까? 클랙슨이 그렇게 정확한 문장을 구사하는 것처럼 느끼기는 처음이었다.

"괜찮으세요?"

장이 기사에게 말했다. 그는 그제야 정신을 차리려는 듯 고개를 흔들었다. 기사가 브레이크에서 천천히 발을 뗐다. 택시가 앞으로 나아가기 시작했다. 그는 떨고 있었다. 브레이크를 아무리 밟아도 뭐라고 할 수 없겠다는 생각이 들었다. 기사의 손목에 감긴 전자시계에서 비프음이 두 번 울렸다. 5시였다.

집에 들어가기 전 장은 편의점에 들렀다. 냉장고에서 맥주를 한 캔 꺼내 왔다. 안면이 있는 아르바이트생이 읽던 책을 뒤집어 놓았다. 전기 기사 자격증 수험서였다. 익숙한 동작으로 바코드를 찍었다.

"2250원입니다. 봉투 드려요?"

"아뇨."

"카드 대주세요."

"블로흐 구면이 뭐예요?"

"예?"

"이과 아니에요?"

"맞는데요."

"블로흐 구면 뭔지 몰라요?"

"네."

"알겠습니다. 고생하세요."

장은 외투 주머니에 맥주 캔을 넣었다. 계단을 오르며 휴대폰을 확인했다. 그사이 77차 포고문이 선포됐다는 뉴스가 올라와 있었다. 내용은 자. 시간 다 돼간다. 알지?였다. 15층에 도착하는 동안 한 번도 숨을 몰아쉬지 않았다. 매일같이 계단을 오르내린 덕분에 폐활량과 심폐지구력, 근지구력이 몰라보게 향상된 걸 느낄 수 있었다.

말뚝은 여전히 거실 한가운데에 조용히 서 있었다. 장은 전날 그랬던 것처럼 말을 걸었다.

"어디 안 나가고 있었죠? 밖에 위험해요."

장은 상상했다. 고요히 눈을 감고 있던 말뚝이 눈을 뜨고 똑바로 자신을 쳐다보는 장면을. 그때 장은 계속 울고 있을까? 눈물을 멈추게 될까? 숨이 멎을지도 모른다는 생각에 두려워졌다. 다행히 말뚝은 평소처럼 미동도 하지 않았다.

"제가 어떻게든 해볼게요."

장은 탁자 위에 맥주를 내려놓으며 말했다. 외투를 벗지 않고 소파에 널브러졌다. 티브이를 켰다. 국회의사당 본회의장이 화면에 나왔다. 여당 대표가 단상에 올라가 연설 중이었다. 구금된 동료 의원들의 안전을 보장할 것을 계엄사령부에 촉구했다. 반국가 세력과 결탁한 일부 야당 의원을 속히 가려내라는 주문도 덧붙였다. 비상계엄이라는 엄중한 시기를 지나고 있는 국민의 불안과 고통에 대한 따듯한 위로를 보냈다. 나아가 지친 국민의 마음을 위로하기 위한 작은 이벤트를 준비했다고 말했다.

그는 단상 앞으로 나왔다.

단상과 가까운 쪽에 있는 초선 의원들도 단상 앞으로 나갔다.

단상과 가장 멀리 떨어진 자리에 앉은 중진 의원들도 단상 앞으로 나갔다.

여당 의원들이 부채꼴 모양으로 단상 앞을 빽빽하게 채웠다.

자리가 없어 중간 통로에도 의원들이 섰다.

당 대표가 손짓으로 신호를 보내자 음악이 흘러나왔다.

전주에 맞춰 모든 의원이 허리를 굽혀 인사했다. 곧이어 국회의원들이 나루토 춤을 추기 시작했다. 다리를 좌우로 흔들고 팔을 쭉쭉 뻗으며 나루토 춤을 췄다. 주먹을 가슴 앞에서 뱅글뱅글 돌리며 나루토 춤을 췄다. 두 손바닥을 엇갈려 펄럭펄럭거리며, 온 힘을 다해, 아…… 나루토 춤을 췄다. 음악이 끝나고 춤도 멈췄다. 열정적인 동작 뒤에 몰아쉬는 숨. 작게 들썩거리는 어깨들.

초인종이 울렸다. 차남의 얼굴이 인터폰 화면에 비쳤다. 현관문을 열어주니 그는 가쁜 숨을 몰아쉬며 말했다.

"좀 늦었죠? 엘리베이터가 고장 났네."

너무 힘든 장면을 지켜본 뒤라 그것도 아는 얼굴이라고 반가웠다. 그가 손에 쥔 작은 쇼핑백을 들어 올렸다.

"마들렌 좋아해요? 이게 판교에서 줄 서야 살 수 있는 거라대요. 남의 집에 빈손으로 올 수야 없죠. 오…… 이럴 수가."

그는 거실에 서 있는 말뚝을 보고 경탄했다. 장이 처음 말뚝을 마주하고 그랬던 것처럼 그도 다가가 말뚝의 얼굴을 어루만졌다. 손끝으로 갈라지고 팬 몸통의 틈을 훑었다. 귓가에 코를 대고 냄새를 맡기도 하고 맥을 짚듯 경정맥 위에 손을 올리기도 했다. 휴대폰을 꺼내어 말뚝과 어깨를 나란히 맞추고 셀카를 찍기까지 했다. 이가 전부 보일 만큼 활짝 웃으며 브이 사인을 한 그는 뺨이 젖어 있는 장에게 휴대폰을 건네며 사진을 찍어달라고 부탁했다.

"저기…… 왜 울지 않으세요?"

장이 묻자 차남이 입꼬리를 씰룩였다.

"글쎄요. 제가 원래 눈물이 없는 편이라."

장은 말없이 고개를 끄덕였다.

차남을 서재로 데려갔다. 눈물이 대화를 방해하지 않도록 문을 닫고 차남이 가져온 포괄적 양도양수 계약서를 훑었다. 생각보다 좋은 조건이었다. 아니, 실은 그 정도가 아니었다. 장이 평생을 일해도 벌지 못할 액수가 계약금으로 지급되었다. 중도금은 그것의 몇 배였고, 잔금도 마찬가지였다. 돈을 다 받으면 스스로 쌍놈이라고 자조하기에 무리가 있을 법했다. 장이 물었다.

"여기에 서명하면 어떻게 진행되죠? 계엄사 쪽하고는 어떻게 정리가 되나요?"

"우리 쪽에서 쇼부를 볼 겁니다. 당신한테 피해가 가는 일 없도록요."

"은행이 없는 일을 만들어 협박하고 있어요. 그것도 해결이 될까요?"

"문제없어요."

"대단하네요. 그럼 이제 진짜 물건을 주세요."

장이 손을 내밀었다. 차남은 품에서 얇은 외장 SSD를 꺼냈다. 장에게 건네려다가 다시 빼앗는 시늉을 하며 물었다.

"이게 그렇게 중요해요?"

"그렇죠. 누군가한테는."

"당신한테는?"

"모르겠어요. 봐야 알겠네요, 중요할지 어떨지."

장이 손을 뻗어 차남의 손에 들린 SSD를 낚아챘다. 노트북을 켜는 동안 차남이 계속 말했다. 집 좋네요. 신혼집이었던 거잖아요? 회사 갈 때 전철 타요? 왜 차 안 갖고 다니고. 하긴 시내는 복잡하지, 주차하기도 힘들고. 병원 다니고 있어요? 요새 거의 안 가던데. 경찰은 연락 없죠? 걔들 요새 바쁠 거예요, 군인들 시다

바리 하고 있잖아.

저장소를 열자 연도별로 정리된 폴더가 나타났다. 연도 아래에는 월별 폴더가, 월 아래에는 문서들이 있었다. 차례로 문서를 열어보았다. 사고, 작은 사고, 작지 않은 사고, 조치를 하고, 경과가 끝까지 확인되지 않은 사고들. 그리고 이름들이 계속 등장했다. 너무 많은 이름이었다. 그중에 장이 찾는 이름을 특정해낼 방법은 없다고 보는 게 현실적이었다. 고통은 지나치게 방대했고, 일목요연하지 않았다. 문서 아래에 가라앉은 진실을 일일이 확인하는 데는 긴 시간이 필요했다.

"찾는 게 있어요?"

"부회장님, 혹시 바카라 해요?"

"나야 뭐 한동안은 카지노에 살았으니까. 거기 그런 것도 나오나?"

"아니, 그냥 궁금해서."

"나중에 같이 정킷 한번 가요."

"내 친구가 그랬거든요. 뱅커로 가라고. 근데 뱅커는 못 이긴다고. 근데 걔 죽었어요."

"바카라에서 죽었다는 말이에요? 아니면 바카라 하다 죽었어요? 사실 그게 그거죠."

"걔가 원래 똑똑하긴 한데 애가 바보예요. 죽기 싫으면 테이블에서 일어났어야지."

"그렇죠. 잘 아시네요. 근데 노름꾼이 그게 되나. 언제 끝나죠?

당신 시간 별로 없어요."

"올 때 군인들 없었어요?"

"없었어요. 그렇게 꾸물거리면 곧 오겠죠."

"밖에 좀 봐줘요. 베란다 가면 창문 있어요."

"별걸 다 시키네. 서재에 베란다 붙어 있어 좋네요. 담배 피우기 좋겠어. 담배 태워요? 여기서 본다고 보이나. 없어요. 군인은커녕 개미 새끼 한 마리도 안 보여."

장이 노트북을 닫고 베란다 쪽으로 갔다. 문을 밀어서 닫고는 잠갔다. 차남이 벙찐 표정으로 유리문 너머를 쳐다봤다. 상황 파악이 안 되는 눈치였다. 장은 SSD를 뽑아 주머니에 넣었다. 유리문 너머의 차남에게 말했다.

"테이블에서 일어납니다."

장은 거실로 나가 말뚝을 번쩍 들어 올렸다. 수분이 거의 날아간 탓인지 그리 무겁지 않았다. 베란다에 갇힌 차남이 소리 지르며 문을 두드렸다. 욕을 퍼붓다가 어딘가로 전화를 걸었다. 그의 말은 사실이었다. 시간이 별로 없었다.

6

 사복 차림의 계엄군은 주차장에 차를 대고 대기하는 중이었다. 6시를 오 분 남겨둔 시각, 78차 포고령이 선포됐다.

 지금.

 군인들이 한 동작처럼 차에서 내렸다. 그중 한 명은 택시 앞에서 총을 쏜 남자였다. 그들은 불 꺼진 엘리베이터 앞에서 크게 당황했다. 사전 답사가 철저했다면 미리 확인할 수 있는 부분이었다. 그만큼 퇴로가 단순해졌다고 비교적 긍정적인 사고방식을 지닌 군인이 말했다. 길이 엇갈려 놓치는 일은 없지 않겠느냐고. 다른 군인들도 동의했다. 동의하지 않은들 달리 방법이 없기도 했다. 뛰지 않으면 날아서라도 15층에 가야 했다. 대상자와 대상물을 수거하는 것은 고민할 내용이라곤 찾아볼 수 없이 명백한 명령이었다. 그들은 엄격하게 선발된 정예 요원이었다. 임무 수행을 가로막는 것에는 자신들에게 주어진 권한을 최대로 활용해 대응할 준비가 되어 있었다.

8층을 지날 때쯤 한 명이 말했다.

퇴로가 없으니 도주로도 이 계단 하나 아닌가. 너무 서둘러 올라갈 필요 있나. 작전 상황 전에 너무 많은 체력을 소모할 이유가 없다.

그러자 다른 한 명이 말했다.

무슨 소리냐 이미 지금 작전 중이다. 옥상을 통해 옆 라인으로 도주할 가능성도 있다. 그 부분은 확인한 거냐.

아무도 대답하지 않았다. 거기 있는 사람 중에 확인한 사람이 없으면 아무도 확인하지 않은 것이었다. 군인들은 군말 없이 다시 계단을 오르기 시작했다.

오랜만에 운동하니까 존나 힘들다.

한 군인이 숨을 몰아쉬며 말했다.

내려갈 때는 좀 낫지 않겠냐.

그렇지 않다. 내려갈 때 오히려 코어에 힘을 주어야 한다. 안 그러면 무릎이 아작 난다.

말뚝은 누가 들고 사람은 누가 잡냐. 저항하면 어떻게 데리고 계단을 내려가냐.

그러게, 그건 생각 못 했다. 순순히 끌려 나와주면 좋겠다.

그런데 우리 지금 누구 잡으러 가는 거냐. 뭐 하는 애냐.

모르겠다. 사진 보니까 그냥 평범하던데. 은행 다니던데.

나도 그냥 장기 신청서 넣지 말고 전역할 걸 그랬다. 친구가 휴대폰 대리점 같이 하자고 그랬는데. 군 생활 너무 고되다.

나도 그렇다.

솔직히 나도 비슷하게 생각한다.

12층에 다다랐을 때 누군가 말했다.

다 와간다. 그러니 힘내자고.

다른 군인이 갑자기 멈춰 서더니 말했다.

저거 언제부터 움직인 거냐고.

"뭐?"

"엘리베이터. 아까 안 됐었잖아."

"야! 빨리 올라가. 이거 잘못되면 우리 진짜 좆 되는 거야."

"씨발. 만약에 저기 탔으면 어떻게 하냐?"

"어떻게 하긴 뭘 어떻게 해. 군 생활 이걸로 종 치는 거지."

생각보다 최정예의 군인들은 아니었다.

*

말뚝을 품에 안고 현관문을 나설 때 장은 몰랐다. 자신을 잡고 말뚝을 가져가기 위해 군인들이 계단을 오르고 있다는 사실 같은 건 알지 못했다. 그가 당장에 걱정해야 할 건 계엄군만이 아니었다. 차남이 베란다에 갇힌 채 전화를 걸고 있었다. 그를 구하러 올 사람들은 장을 잡아두라는 명령도 같이 받았을 것이었다. 장의 마음이 급했다. 모두가 자신을 원했고, 자신은 누구도 원치 않았다.

그런데 하필 엘리베이터가 움직이고 있었다. 내내 꼼짝하지 않아 장을 고생시켰던 기계가 장이 현관문을 나서는 순간 올라오고 있었다. 13, 14……. 일찍 봤다면 계단으로 달려갔겠지만 그럴 여유가 없었다. 장은 그저 제발이란 단어를 되뇔 뿐이었다.

15, 땡. 문이 열렸고 아무도 없었다. 그 기계는 장을 위해 움직였다. 죽어 있던 기계를 잠시 살려낸 힘은 이 세상 것이 아닌 게 분명했다. 엘리베이터 안 정면의 거울 한가운데에 쪽지가 붙어 있었다.

비상등 켜두었습니다.

이제는 반갑기까지 했다. 또 전혀 다른 글씨체. 장에게는 본인만 모르는 쪽지 사서함이라도 있는 모양이었다. 고민할 여유 같은 건 없었다. 엘리베이터에 올라 지하층을 눌렀다. 거울에 비친 상기된 얼굴을 보며 장은 자신이 꽤 흥분해 있다는 사실을 깨달았다. 지하에 도착해 엘리베이터에서 내렸다. 주차장 입구로 가다 돌아봤을 때 엘리베이터는 아예 불이 들어오지 않은 상태였다. 고장 난 뒤로 한 번도 고쳐진 적이 없는 것처럼 먹통이었다. 장은 알 수 없는 누군가에게 감사를 보냈다. 고맙습니다.

같은 시각 15층에 도착한 군인들은 현관문 앞에서 이도 저도 못 하고 있었다. 그들 역시 엘리베이터의 변덕을 목격했다. 지하에 도착한 엘리베이터는 불이 다시 꺼져버렸다. 대상자의 집 내부에서 사람 목소리가 들렸다. 준비해 온 도구로 현관문을 강제 개방하기 시작했다. 윗선에 최대한 솔직하게 보고할 수밖에 없었다. 우린 지금 대상자를 놓쳤을 수도 있고, 아닐 수도 있다. 그는 이미 지하로 내려갔거나, 여전히 이 안에 있다. 문이 열리기 전까지는 아무것도 확신할 수 없다. 사령부는 그 즉시 한 개 소대를 추가로 투입했다. 일대 도로에 대한 검문 검색을 강화했다.

장은 여전히 그런 사정을 알지 못했다. 말뚝을 양팔로 끌어안은 채 주차장에 들어설 따름이었다. 손이 없어 눈물을 훔칠 수도 없었다. 주차장 한편에 비상등을 깜빡이는 차가 보였다. 흰색 말리부였다. 가까이 가보니 차는 비어 있었다. 키가 꽂혀 있지도 않았다. 앞 유리에 쪽지도 없었고, 누를 만한 비상 버튼도 없었다. 하지만 기다렸다. 이유가 있을 것이다. 엘리베이터가 움직인 것도, 모르는 차가 나타난 것도. 그렇게 생각하자 조급하지 않았다.

트렁크의 걸쇠가 스스로 풀렸다. 유압 실린더가 부드럽게 문을 들어 올렸다. 일일이 놀라워할 여유는 없었다. 말뚝의 표면이 차의 모서리에 부딪히지 않도록 조심하며 실었다. 안에서 구르지 않도록 받칠 것이 필요했다. 트렁크는 깨끗하게 비워져 있었다. 장은 신발을 벗어 말뚝을 괴었다. 흔들리지 않는지 확인하고 트렁크를 닫았다. 우레탄 바닥의 냉기가 양말을 넘어 발바닥을 간질였다.

그리고?

여전히 차 문은 굳게 잠겨 있었다. 장은 불안한 마음에 주위를 살폈다. 어디서 누가 나타나 장을 끌고 갈지 몰랐다. 말뚝의 머리통은 그 자리에서 산산조각 날 것이다. 장은 차 주변을 한 바퀴 빙 돌았다. 바퀴 위에도 손을 넣어봤다. 혹시라도 놓쳤을 작은 단서, 힌트, 메시지가 있을까 싶어 꼼꼼히 살폈다. 아무것도 없었다.

다시 트렁크의 문이 열렸다.

그제야 장은 알 것 같았다. 스스로 트렁크에 몸을 집어넣었다. 팔을 뻗어 문을 세게 내려 닫고 말뚝을 품에 안아 오래 누울 자리를 마련했다. 세상과 완전히 단절된 채 가둬졌다.

마음은 편안했다. 울고 있기 때문이었다. 장은 이제까지 삶에 대해 너무 큰 거짓말을 해왔다는 걸 이쯤에서 인정하고 싶었다. 희망 같은 건 믿지 않는다고 말했다. 거짓말이었다. 지금은 기적을 믿는 것 말고는 다른 방법이 없었다. 누군가의 보호 아래 있다는 명백한 느낌을 믿었다. 그들은 말뚝을 지킬 것이고, 말뚝을 지키려는 장을 지킬 것이었다. 그 사실은 이후로도 내내 장을 지탱하는 힘이 된다. 두려움은 희미해졌다.

그러니 제발.

지하 주차장으로 거칠게 진입하는 엔진 소리가 들렸다. 바퀴

끌리는 소리, 고함 소리, 우르르 뛰어내리는 군인들의 발소리. 장이 몸을 뉘고 있는 차에 시동이 걸렸다. 언제 사람이 탔던가? 아무 소리도 듣지 못했다. 가솔린 냄새가 코에 훅 끼쳤다. 장이 갈 곳은 정해져 있었다. 차남이 가져온 자료들을 보며 확실해졌다. 모든 것이 시작된 곳, 그라운드 제로로 가야 했다. 그렇게 생각만 했는데 부드럽게 기어가 바뀌고 차가 미끄러져 나갔다. 장을 데려 가기 시작했다. 지난번에 데리고 갔던 것처럼.

*

차는 언제나 앞으로만 나아간다. 왼쪽으로 꺾어도, 뱅뱅 돌아도 운전하는 사람이 보는 건 언제나 자신의 정면이다. 바깥의 풍경이 움직일 뿐이다. 앞 다음에 앞으로, 계속해서 새로운 앞으로. 그렇게 자신을 세계의 중심으로 생각한다.

장은 트렁크에서 이 세계가 방향 없이 움직일 수 있다는 사실을 발견했다. 공중에 떠서 이동하는 기분이었다. 뺨이 여전히 축축했지만 울고 있는 기분은 들지 않았다. 시간도 공간도 희미해진 채 움직인다는 것만 확실했다. 막히지 않으면 다섯 시간 내로 도착할 거리였다. 스물네 시간을 버틴 경험으로 미루어 눈 깜빡할 사이면 지나간다. 그렇게 자신을 타일렀다.

옛날 생각이 났다. 트렁크에서 하기에 제일 좋은 생각이 바로 옛날 생각이었다. 태이는 장보다 먼저 차를 샀다. 강원랜드를 다니기 위해서인 줄은 나중에 알았지만 조수석에 앉아 강화도로, 강원도로 다니는 일은 즐거운 기억으로 남아 있었다. 말뚝의 마른 나뭇가지 같은 냄새를 맡으며 장은 그때 태이와 나눈 대화를 떠올렸다. 안면도의 싸구려 모텔 온돌방에서 밤새 소주를 마시고 돌아가는 아침이었다. 경찰이 음주 측정기를 갖다 댔으면 태이는 분명히 면허 취소 이상의 수치가 나왔을 거다. 딱딱한 바닥에서 잠든 탓에 어깨가 결렸다. 연신 주먹으로 어깨를 두드리는데 태이가 말했다. 발 마사지를 하라고. 발바닥이 신체의 축소판이라고.

"어깨가 결린데 왜 발을 마사지해."

장이 항변하듯 말했다. 태이는 혀를 끌끌 차며 장을 타박했다.

"니가 그래서 안 되는 거야. 너 어깨 아프면 어깨 두드리고 허리 아프면 허리 펴지? 배고프면 밥 먹고 추우면 잠바 입잖아. 그게 뭔지 알아? 본질을 모르는 삶이야. 문제를 본질적으로 해결하려면 그렇게 얄팍하게 대응하면 안 돼. 너 감기 걸리면 주사 어디에 맞아? 엉덩이에 맞지. 근데 엉덩이에 주사 맞는다고 바로 감기 떨어지나? 아니잖아. 근데 감기가 심하면 주사를 어디에 맞아? 팔뚝에 맞지? 링거 꽂고 한 반나절 있으면 좀 낫는 거 같은데, 근데 그것도 너무 오래 걸리지. 현대 의학이 이래서 안 되는 거야. 만약에 주사를 발바닥에 맞는다? 이거는 한 방에 낫지 않을 수가 없어. 발바닥에 오장육부가 다 있으니 당연한 얘기지."

"아플 거 같은데."

"아프지. 엉덩이에 주사 맞는 것보다는 아프겠지. 근데 죽어? 안 죽거든. 근데 감기 걸리면 죽는다. 신종 플루도 결국에는 감기 잖아. 안 죽으려면 발바닥에 주사를 맞아야 돼."

태이는 발바닥에 대한 여러 가지 독특한 의견을 갖고 있었다. 그중 하나는 발바닥을 땅에 붙이고 자면 안 된다는 거였다. 예를 들어 시험 기간에 책상에 엎드려서 자는 것은 특히 금물이었다. 인간의 본질이 발바닥에 집적돼 있기 때문에 그걸 땅에 대고 자면 영혼이 빠져나가 다시는 돌아오지 못한다고 했다. 역사적으로 제왕의 지위에 오른 사람들은 발금에 왕(王) 자가 새겨져 있었다든지, 몽골 초원의 유목민들이 별도 달도 보이지 않는 칠흑의 초원에서 발바닥을 보고 방향을 정했다든지 하는 이야기도 했다. 그 이후로 지금까지 발바닥에 대해 그런 이야기를 하는 사람은 태이 말고 보지 못했다. 그러니 모든 이야기는 태이가 지어냈을 확률이 높았다. 귀신들이 허공을 떠다니는 이유가 생명의 본질인 발바닥이 없기 때문이라는 이야기는 그나마 그럴싸했다.

태이도 죽기 전에 트렁크에 한번 타보면 좋았을 것이다. 발바닥을 대고 차에 타지 않아도 되어 좋고, 삶의 본질을 생각하기에 나쁘지 않은 공간이었다. 트렁크에 타고 다녔으면 태이도 좀 더 살았을 거다. 이제 태이에게는 발바닥이 없다고 생각하니 마음이 좋지 않았다.

갑자기 엔진이 큰 소리를 내며 속도를 높였다. 장이 트렁크 천장을 발로 쿵쿵 차며 항의했다. 라디오가 켜지고 볼륨이 올라갔다. 도대체 몇 번째인지 파악되지 않는 계엄사령부의 새로운 포고문을 읽고 있었다. 이 멍청한 새끼들아. 잡아 와. 당장 잡아 오라고. 아나운서는 목소리에 고저가 없었다. 장으로서도 난폭 운전을 납득하는 것 말고는 다른 도리가 없었다. 그 출렁거림에 익숙해지기 위해 노력했다. 효과가 있는지 멀미는 어지러움으로, 어지러움은 졸음으로 혼동되기 시작했다.

선잠에 든 장은 행진하는 말뚝들을 보았다. 발바닥 없이도 나아가는 걸 보여주겠다는 듯이 넓은 도로를 가로막고 천천히 움직였다. 꿈을 꾸면서도 장은 자신이 꿈속에 있다는 걸 알았다. 말뚝들의 뒤로 사람이, 그 뒤에 또 사람이, 그렇게 엄청나게 많은 사람이 나아갔다. 퍼뜩 눈을 뜨면 여전히 어두웠고, 엔진의 진동이 느껴졌다. 불행하지 않았다. 꿈에서 본 사람들의 얼굴을 떠올리면 아랫배가 따듯해졌다.

더럭 겁이 나기도 했다. 해주가 잠자리에 들고 함께 침대에 누워 뒤척이다 일어난 새벽의 기억이 떠올랐다. 그때는 해주와 헤어질 거라고 생각하지 않을 때였다. 처음으로 모든 것이 잘못될 것 같은 기분이 들었다. 집 앞 도로에 오디오를 엄청나게 크게 튼 자동차 두 대가 산책하듯 천천히 굴러갔다. 오로지 밤에 잠든 사람들을 깨우려는 목적 말고 다른 의도는 없어 보였다. 그 노래는 가사와 상관없이 악의에 가득 찬 것처럼 들렸다. 이런 세상에서 누군가와 오래 지속되는 행복을 꿈꾼다는 게 순진한 일처럼 생각됐다. 잠자리로 돌아오는 장면은 기억에 없었다. 어쨌든 다시 잠들었을 것이고, 출근하기 위해 일어났을 것이다.

세계는 그 둘 사이의 어딘가에 있지 않았다. 이쪽과 저쪽을 정신없이 왕복하는 상태로 존재했다. 고요히 머물고 싶은 건 욕심에 불과해 장은 사는 게 너무 힘들게 느껴졌다. 지금 이 순간은 말뚝을 안고 있었고, 그게 장이 확신할 수 있는 전부였다.

주머니에서 휴대폰이 울렸다. 재촉하듯 진동이 계속 됐다. 처음 보는 번호로부터 사진들이 도착했다. 달리는 차의 뒷모습이 찍혀 있었다. 밤이라 어두웠고, 빨간 후미등이 흔들려 뿌옇게 번져 있었다. 사진을 보낸 이의 의도는 분명했다. 장은 말뚝과 함께 꽁무니를 바짝 쫓기고 있었다.

아주 큰 엔진 소리가 땅을 울리며 다가왔다.

*

그 차를 어떻게 따돌렸는지 장은 알지 못한다. 당시에는 덜컹대는 트렁크에서 웅크린 채 멀미가 지나가기만 바랐다. 나중에도 그 이야기를 들려줄 사람은 없었다.

사진을 보내온 번호가 차남의 것이었고, 장을 쫓아오던 차가 그가 평소에 몰던 오렌지색 맥라렌이었다는 사실만 간신히 알아냈다. 차는 다음 날 도로 바깥쪽 가드레일을 박고 종잇장처럼 구겨진 채 발견됐다. 통행량이 적은 구간이긴 했지만 아침이 되도록 사고 차량이 누구의 눈에도 띄지 않은 건 미스터리한 일이었다. 운전자의 흔적은 없었다. 핏자국도 발견되지 않았다. 그는 처음부터 없었던 사람인 것처럼 증발해버렸다. 대민 쪽에서 철저하게 언론사들을 포섭한 탓인지 그의 실종은 대외적으로 전혀 다뤄지지 않았다. 대민건설의 워크아웃은 셋째 딸이 주도해 몇 년간 이어졌다. 핵심적인 자산들이 매각됐고, 담보를 제공한 계열사들이 연쇄적으로 구조 조정을 겪었다. 그래도 대민이란 이름을 완전히 잃어버리진 않았다. 시공 순위 50위권에 계속 이름을 올려두었다.

놀라운 것은 또 있었다. 두 차의 추격전을 목격한 유일한 사람의 증언이었다. 상행선을 달리던 덤프트럭 기사는 자신이 본 장면을 경찰에 진술했다. 찰나지만 똑똑히 봤다고 했다. 앞서가던 흰 말리부는 비어 있었다. 운전석과 조수석 모두 텅 빈 채 달리고 있었다. 경찰은 그의 진술을 의심해 간이 시약 검사를 통해 마약 복용 여부를 확인했다. 결과는 깨끗했다. 추후에 이 진술은 공식 보고서 작성 과정에서 의도적으로 누락됐다. 수사 관계자 전부가 얼마 뒤에 경찰 조직을 떠났다. 해당 사고에 대한 모든 수사 기록은 불분명한 이유로 유실됐다.

말뚝을 끌어안은 채 기도하던 장으로서는 아직 알 수 없는 일들이었다. 나중에 모든 걸 전해 들었을 때, 장은 견디기 힘든 기분에 휩싸였다. 확신할 수 없는 것을 진심으로 믿는 것을 장은 좋아하지 않았다. 자신을 속이지 않고도 그 사실을 받아들이기까지 꽤 오랜 시간이 걸렸고, 결국에는 그럴 수 있게 된다.

*

 한참이 지나서야 차가 멈춰 섰다. 사진을 받고 시작된 추격전 때문에 장은 반쯤 혼절한 상태였다. 멀미가 너무 심해 몇 번이나 토가 올라오는 걸 참았다. 그 와중에도 말뚝이 부딪쳐 상하는 걸 막느라 손은 벽을 여러 번 내리친 것처럼 욱신거렸다. 휴게소에 들렀는지, 졸음 대피소인지, 그도 아니면 추적자에게 붙잡혀 능지처참을 당할 차례인지조차 알 수 없었다.
 장은 울렁거리는 속을 견디며 휴대폰을 켰다. 지도 앱의 위치를 보니 제련소에서 2킬로미터 정도 떨어진 곳이었다. 왜 트렁크 문을 열고 나오지 않았느냐고 이 형사에게 타박을 들은 기억이 났다. 장은 휴대폰의 플래시 기능을 켜고 몸을 비틀었다. 말뚝과 함께 누운 탓에 공간이 좁아 쉽지 않았다. 반쯤 몸을 돌렸을 때 화살표 모양의 형광 스티커가 빛을 반사하는 게 보였다. 그 아래 고리가 있었다. 위로 당기자 덜컥 소리를 내며 트렁크가 열렸다.
 제일 먼저 하늘이 보였다. 별이 빛나지는 않았지만 시원하고 좋았다.

고개 너머에 하늘을 비추는 주황색 빛이 희붐하게 떠 있었다. 가야 할 방향이 어딘지 알 것 같았다. 차가운 밤공기가 코에 닿았다. 매캐하고 비릿한 맛이 혀에 맴돌았다. 벗어둔 신발을 신고 땅을 디뎠다. 뻣뻣해진 다리가 휘청거렸다. 아무런 인기척도 느껴지지 않았다. 데려갔을 때처럼 데려다 놓고 흔적도 없이 사라졌다. 운전석 앞 대시보드에 아까는 없던 차 키가 놓여 있었다. 남은 것은 장과 말뚝뿐이었다.

"갑시다."

말뚝을 굴려 바깥으로 빼냈다. 실을 때처럼 품에 안아 말뚝을 들어 올렸다. 계속 들고 가기에는 무거워서 자세를 바꿔야 했다. 엘리베이터에서 잠깐 들고 있을 때와는 달랐다. 공장까지 거리가 꽤 남아 있었다.

"걸을 수 있으면 좀 걸어보시는 게 어떨까요."

최대한 공손하게 부탁했지만 묵묵부답이었다. 팔을 뒤로 뻗어 등짐 지듯이 하는 게 나을 듯했다. 팔순 노모를 업고 고갯길을 넘어가는 자세로 출발했다. 길을 쭉 따라가면 제련소 공장이 나온다. 가로등 하나 없는 길이 새카맸다. 말뚝과 함께 가는 길이 갑자기 어색하게 느껴졌다. 적막한 밤에 단둘이 길을 가는데 지나치게 조용했다. 무슨 말이라도 해야 할 것 같았다. 자잘한 신변잡기나 오늘의 기분 같은 거라도. 하지만 말뚝은 이미 다 알지 않을까? 굳이 말로 꺼낼 필요가 없어 보였다.

"알았어요. 그냥 조용히 가요."

앞으로의 일이 걱정이었다. 그냥 사는 것도, 회사도, 나라 꼴도 완전히 개박살이 나버렸다. 그런데 뭐 나만 그렇게 사는 건 또 아니니까. 장은 그렇게 생각했다. 나만 망했냐? 너도 망하고 쟤도 망하고 다 망했지. 그럼 공평하게 다시 시작해도 되지 않아요? 말뚝이 그렇다고 말해주는 것 같았다. 그러고 보니 말뚝이라면 장에 대해 모르는 게 없을 듯한데 장이 말뚝에 대해 아는 건 알아주는 눈물 제조기라는 것뿐이었다. 이렇게 업어가며 모시기까지 하는데.

"내 돈은 언제 갚을 건데요? 피 같은 내 돈."

편잔하듯 목소리를 높였다가 순간 장은 누가 혹시 봤을까 싶어 두리번거렸다. 생각이 꼬리에 꼬리를 무는 건지 정신이 이상해지고 있는 건지 헷갈렸다. 습관이 되면 안 될 것 같아서 차라리 노래를 부르기로 했다. 솔직히 말할게 많이 기다려 왔어 너도 그랬을 거라 믿어 오늘이 오길. 데보라가 튼 데이식스의 곡 중에 찾은 마음에 드는 노래였다. 거의 〈HAPPY〉만큼이나 좋았다. 장이 그렇게 말했더니 데보라는 오히려 한심하다는 듯 뭐라고 했다. 누가 들어도 좋은 곡을 좋아하지 말고 앨범 전체를 들어요. 장은 좀 어이가 없었다. 콩밥에서 콩 빼며 편식한 것도 아니고 이 나이에 남의 노래 진지하게 안 듣는다고 혼까지 나야 하나? 나는 그냥 리스너 할게요, 리스너 했더니 데보라는 혀를 끌끌 차며 어휴라고 대화를 마무리 지었다. 아름다운 청춘의 한 장 함께 써내려 가자 너와의 추억들로 가득 채울래. 요즘 친구들은 참 좋은 노래 듣고 사는구나. 나도 한때 넬 좋아했다. 저기요, 넬 아직도 있거든요? 실례지만 누구신데 제 머릿속에 끼어드세요.

요란하게 내면의 대화를 하는 사이 장은 어느덧 공장 앞에 다다랐다. 빌딩만큼이나 높은 설비와 탱크를 환한 조명이 비추고 있었다. 마치 크리스마스트리처럼 화려했다. 저기서 그렇게 많은 사람이 죽고…… 병에 걸리고……. 공장 정문 건너편에 비닐로 된 천막이 세워져 있었다. 제련소의 운영 중단과 사업주에 대한 처벌을 촉구하는 현수막이 보였다.

이곳이었다. 모든 게 시작된 곳이.

무엇을 해야 할까. 공장이 잘 보이는 자리에 말뚝을 내려놓았다. 무슨 구체적인 계획이 있어 온 건 아니었다. 천막이 부스럭거렸다. 장은 깜짝 놀라 눈을 크게 떴다. 부직포로 붙어 있던 출입문이 열리고 안에서 사람이 나왔다. 방울 달린 털모자가 따듯해 보였다.

"누구로? 여는 어예 왔나? 아이고야. 젊은 양반이 와 글로 서럽게 울고 그라나? 얼래? 내도 울고 자빠짓네."

작고 허리가 굽은 여자였다. 그가 말뚝의 얼굴을 보고 깜짝 놀라며 다가왔다.

"야가, 니 테믈레이 아이라, 테믈레이. 니 어예 이래 왔나."
"선생님, 이분을 아세요?"
"테믈레이 아이라? 문디야, 말뚝이 돼뿟네!"
그때였다. 말뚝이 점점 밝아지기 시작했다. 머리부터 발끝까지 품고 있던 것을 갑자기 터뜨린 듯 환한 빛이 새어 나왔다.

*

테믈렌. 그게 말뚝의 이름이었다. 그는 몽골에서 입국해 십이 년간 제련소의 하청 업체 직원으로 일한 제련소의 노동자였다. 카드뮴 중독이 원인이 된 간부전으로 사망했다. 장을 찾아와 돈을 빌려 가고 삼 년이 지난 뒤의 일이었다. 근로복지공단에 요양 급여를 신청했지만 심사 결과가 나오기 전 죽었다. 장이 나중에 알게 될 테믈렌의 이야기였다. 차남의 파일에도 테믈렌의 문서가 있었다. 그때의 장은 아직 알 수 없었다.

하지만 순애 씨가 있었다. 허리가 굽은 노인의 이름은 순애였다. 그가 테믈렌을 기억하고 있었다.

"내도 여서 평생 일했다니께로. 먹고살라카이 기침 나고 배 아파도 참고 댕겼제. 매년 한 해도 안 빠져먹고 송장 치르는 불꾸덩이가 이 제련소라. 안죽 안 죽은 사람도 내처럼 늙어 묵으면 다 앓고 있다 안카나. 인자 고마 없애삐야지. 사람 잡아묵는 괴물이 돼

뿟으니께."

순애 씨가 장과 말뚝을 천막에 들였다. 전기난로 앞에서 순애 씨가 타준 믹스커피를 손에 쥐고 있으니 얼었던 몸이 녹아내리는 듯했다. 그에게 말뚝이 처음 장의 집에 나타난 날에 대해 들려줬다. 당혹과 환희가 함께했던 순간을.

"테믈렌아, 내한테 오지. 머 하로 서울까지 가서 고생했나."

"그런데 선생님은 왜 이 늦은 시간에……."

"여 공장은 하루 점도록 돌아간다 안카나. 밤이라고 설비 세우면 손해가 막하다카니께로. 냉자 교대조들 우르르 들어가고 또 쏟아져 나올 기라."

천막에는 우드록으로 만든 피켓들이 가지런히 정리돼 있었다. 밤에는 순번을 돌아가며 천막을 지킨다고 했다. 여러 사람이 드나드는 공간인데도 살림집처럼 깔끔했다.

"테믈렌을 잘 아셨어요?"

"알제. 즈 고향 사람들 챙기는 거, 기게 마카 테믈레이 야가 했제. 타국에서 객지 생활하는 젊은 아들이 일만 하는 게 아이라. 아프고 다치고 사고 치고, 요런 거 누가 안 챙기믄 꼭 사달 난다 안카나. 가족한테 돌아가거나 즈 가족들이 올 수 있음 좋구마로, 마카 그럴 수 있는 사정이 안 되니께. 그케도 야는 여서 결혼도 하고 얼라도 낳고 했으니께. 자리 잡고 살 만해질 때쯤 가뿌렀제."

"그래도 십 년 만인데 한 번에 알아보시네요."

"얼굴이 죽었을 때 고대로라. 피부는 더 빤빤하네."

장은 말뚝의 얼굴을 가만히 바라봤다. 이름이 불린 뒤부터 빛나기 시작한 그는 시간이 갈수록 조금씩 밝기를 더해갔다.

"인자 보내줘야지."

순애가 혼잣말처럼 중얼거렸다.

"야가 이케 번쩍번쩍하는 게, 이카다 터지뿌는 거 아이라? 보내줘야지. 델꼬 왔음 니가 책임지라. 여따 널쭈꼬 갈 거 아이면."

"제가 박수무당도 아니고 어떻게 그런 걸 해요. 이름은 선생님이 불렀잖아요. 그때부터 밝아졌다고요."

"그카면 니도 한번 불러봐라."

순애의 제안에 장이 입을 열었다.

"테믈렌."

아무 변화도 일어나지 않았다. 한 번 더.

"테믈렌, 이제 돌아가야죠. 내가 당신을 기억할게요."

"턱도 없구로."

"선생님이 시켜서 한 거잖아요."

순애가 눈을 감고 골똘히 생각했다. 그러더니 장의 무릎을 탁 치며 말했다.

"야가 이거 올 때 니 명함 물고 왔다 안 켔나? 그카면 갈 때도 뭘 줘서 보내야지. 뺏아사만 보내믄 될라. 니 만 원짜리 가진 거 없나?"

"카드밖에 없어요."

"낸장. 내도 페이밖에 안 쓰는데."

장은 문득 생각나는 게 있었다. 주머니에서 칩을 꺼냈다. 태이가 남긴 물건이었다.

"이건 어떨까요?"

"니 노름꾼이라?"

순애가 장에게 눈을 부라렸다.

"아닙니다. 친구가 준 거예요."

"노름 절대 하믄 안 된다. 인생 조져뿐다. 내도 강원랜드에 딱 50만 원 들고 가가 2000만 원 맹글고 발길 딱 끊었다. 안죽 다녔으면 그짝을 못 벗어나고 객사했을 기라."

"와, 그 정도면 타짜 아니에요?"

"바카라는 눈 똑띠 뜨고 줄만 잡음 된다카이. 잠깐 고민하믄 바로 꺾인다 안카나."

장은 태이가 준 칩을 두 손으로 꼭 쥐었다. 태이와 나누는 영원한 인사 같았다. 이제 태이는 정말로 기억에만 남는다. 가끔 사진이나 꺼내 보겠지.

말뚝의 입술 사이로 칩을 밀어 넣었다. 마음을 다해 명복을 빌었다.

테믈렌, 당신 끝까지 내 돈 갚지 않고 가네요. 조심히 가요. 내 빚 갚지 말고 계속 안고 있어요. 그걸로 당신 계속 기억할 테니 서러워 마요.

큰 빚이 큰 부자를 만드는 진리는 언제나 통한다. 하지만 우리의 빚은 저들의 것과 다르다. 아무에게도 빚지지 않은 사람의 마음은 가난하다. 서로에게 내어준 마음을 잊지 않기 위해 노트에 눌러쓰고, 그 빚을 기억하며 평생을 사는 사람들이 있다. 이것으로 언젠가 세상을 설득할 것이다.

"테믈렌아, 이젠 가이소. 객지에서 고생 많았소. 가서 편히 쉬이소."

순애가 합장한 손을 흔들며 연신 고개를 숙였다.

이 땅에 온 첫 번째 말뚝이, 테믈렌이 투명할 만큼 하얗게 변했다. 빛나던 말뚝이 더 큰 빛을 밝히며 타올랐다. 장작불에서 떨어져 나온 불티가 스러지기 전 마지막으로 제 몸을 빨갛게 달구듯이 말뚝은 하나의 빛이 되어갔다. 장은 가슴속에 커다란 구멍이 생겨나는 게 느껴졌다. 믿고 사랑하고 아끼는 모든 것이 구멍 속으로 휩쓸려 들어가는 것 같았다. 모든 게 괴롭고 슬프고 또 필연적으로 느껴졌으므로 평생 이 기분에서 벗어나지 못하게 되리라는 걸 예감했다. 그래도, 그래도, 그래서…….

말뚝은 자기가 만든 빛 속으로 빨려들어가듯 한순간에 사라졌다. 장의 눈에 더 이상 눈물이 흐르지 않았다. 순애도 마찬가지였다.

"갔구마."

"네, 갔네요."

"니도 인자 가라. 이따 사람들 한태 오믄 정신없다카이."

"저기, 혹시라도 말이죠……."

"안다. 내 암것도 못 봤다. 걱정하지 마라."

순애가 장의 외투 주머니에 커피믹스를 한 주먹 쑤셔 넣었다. 그리고 천막 밖으로 쫓아냈다. 장은 고개 숙여 인사했다. 가다 뒤를 돌아보니 순애가 여전히 서서 장을 배웅하고 있었다. 손을 흔들었다. 서로가 서로에게. 잠시 후 장의 등 뒤로 순애의 다급한 목소리가 들려왔다.

"아나! 니 이거 놓고 갔다! 여짜 온나, 이거 가주간나."

순애가 손에 들고 흔드는 건 SSD 메모리였다. 장은 걸음을 재촉했다.

차로 돌아가는 길은 올 때보다 훨씬 짧게 느껴졌다. 이미 한번 지나간 길이 눈에 익어 빨리 걸었다. 등에 진 짐이 아무것도 없기 때문이기도 했다. 운전석에 앉기 전 장은 트렁크를 열었다. 텅 비어 있었다. 남아 있는 것이 없었다. 외투의 오른쪽 주머니가 커피믹스 때문에 불룩했다. 조금 전 그곳에 두고 온 것과 가져온 것에 대해 생각했다.

운전대를 잡고 시동을 걸었다. 내비게이션 앱을 켜고 돌아가는 길을 확인했다. 네 시간이 채 걸리지 않았다. 낯선 동네를 천천히 빠져나왔다. 누구의 것인지도 모르는 차를 운전한다고 생각하니 자신도 모르게 웃음이 나왔다. 더는 눈물이 흐르지 않는 눈을 일부러 깜빡여봤다. 하지만 다시 울게 될 수도 있었다. 언제든 그런다고 해도 잘못된 게 아니라고 생각했다. 부끄러운 일이 아니었다. 맥주를 마시고 싶었다. 집에 가면 가장 먼저 할 일은…… 탁자 위에 두고 온 미지근한 맥주를…… 벌컥벌컥……. 생각만으로도 집이 그리워졌다.

구불구불한 국도를 지나가는데 재난문자 경보음이 시끄럽게 울렸다. 계엄령이 선포되고 총성이 난무하는 동안에도 한 번을 울리지 않은 경보음이었다. 이제 와서? 지금보다 더 큰 재난이? 장은 긴장된 마음으로 휴대폰을 확인했다.

긴급재난문자
[행정안전부] 용산 국방부 건물 폭음 신고.
인근 주민은 신속하게 대피하세요.

장의 심장이 갑자기 빠르게 뛰었다. 운전대를 잡은 손이 떨렸다. 사고가 날 것 같아 도로 옆에 차를 세웠다. 뉴스 앱의 속보 알람이 쉴 새 없이 쏟아져 들어왔다. 일제히 해금됐다. 모두가 모든 것을 말할 수 있는 시간이 왔다.

계엄 지휘소 폭발… 테러 가능성 확인 중

국방부 건물 화재… 계엄사 주요 인사 신변 확인 중

연구 목적 적치된 말뚝들 연쇄 폭발, 지휘소 바로 아래 창고 위치

[속보] 대통령, 국무총리, 국방부 장관, 계엄사령관 등 주요 인사 사망 확인

계엄사 사실상 해체… 구금 의원 전원 석방

국회의원 속속 집결… 계엄령 해제안 상정

[1보] 계엄령 해제 가결

말뚝들 일부 폭발, 나머지는 어디로? 정부 당국 "모른다"

말뚝들 대공 용의점 없는 것으로… 국정조사 일정 여야 합의 불발

대통령 유고로 대행 체제 돌입… 조기 대선 실시 확정

현직 대통령 사망 초유의 사태, 장례 절차 생략키로

의문의 폭발 지휘소 한정된 이유는? 전문가들 "모른다"

말뚝들 사라진 홍성 갯벌에 '대형 말뚝 동상'… 상권 부활 신호탄 쏜다

향후 정국 전망, 정치학자 10인 "모르겠다"

한밤중 거리로 나온 시민들… 호프집 '북적북적'

외신들도 일제히 전한 비상계엄 해제 속보… 'K-계엄' 세계에 알린다

사라졌던 말뚝들이 하나둘 다시 나타난 건 모든 게 완전히 정리됐다고 생각한 몇 달 뒤의 어느 날부터였다. 처음 밀려올 때처럼 돌연히, 생각지 못한 장소에 그들은 왔다. 어느 다리 위에, 인적 드문 공원에, 문 닫은 공장 앞에 가만히 서 있었다. 사람들은 더 이상 자기 의지와 상관없는 눈물을 흘리지 않았다. 누군가 그 앞에 꽃을 가져다 놓았다. 짧은 편지를 붙여놓고, 햇빛을 가릴 모자를 씌워줬다. 간혹 눈물을 훔치는 사람도 있었지만 순전하고 합당한 애도에서 비롯한 슬픔이었다.

그 슬픔을 불쾌하게 여기는 사람도 있었다. 지나간 것은 잊혀야 한다고 목소리를 높였다. 인간적인 것에 자리를 내줘야 한다며 말뚝을 부수고 다니던 한 남자는 얼마 뒤 서해 바다에 죽은 채로 떠올랐다. 조업 중인 어선이 끌어 올렸다. 뭍으로 데려온 그를 위해 합당한 장례가 치러졌다.

장은 홀로 방에 앉아 그를 위한 기도를 올렸다. 태이와 테믈렌과 그 밖에 장이 아는 모든 죽은 사람에 대해서도 한 번씩 떠올렸다. 자신에게 잘못한 사람들을 용서해달라고 빌었고, 자기 죄도 용서받기를 바랐다. 오랜만의 외출을 위해 일찍 잠들었다. 다음 날은 오랜만에 회사에 가야 했다.

매일같이 출근하던 길이 낯설게만 느껴졌다. 회사 앞에 다 와서도 한참을 서성였다. 더 머뭇거리다가는 약속 시간에 늦을 것 같았다. 늦봄의 따사로운 햇살이 등에 내리쬐 목덜미에 땀이 송송 돋았다. 주머니에서 손수건을 꺼내 땀을 훔쳤다. 용기를 내 회전문을 밀고 들어갔다. 익숙한 로비의 풍경이 눈에 들어왔다. 기억하기 싫지만 떠오를 수밖에 없었다. 한가운데에 서 있던 말뚝, 둘러싼 사람들, 하얀 옷을 입은 수거자들까지.

인상을 찡그리며 출입 게이트로 갔다. 미리 챙겨 온 사원증을 주머니에서 꺼냈다. 삑삑삑삑. 보안 요원이 심드렁한 얼굴로 장을 쳐다봤다.

"아, 휴직자예요."

"와서 출입 대장 쓰고 가세요."

볼펜을 꾹꾹 눌러 이름과 방문 목적을 적었다. 9층, 윤리경영지원실, 조사차 방문. 보안 요원이 버튼을 눌러 문을 열어줬다. 몇 달 사이에 이렇게 이방인이 될 수 있나 싶었다. 엘리베이터를 기다리며 그나마 마음이 좋아졌다. 얼마 전에 고쳐진 아파트의 엘리베이터를 떠올렸다. 그것만으로도 삶의 질이 상당히 개선된 효과를 체감하는 중이었다. 9층 버튼을 누르는데 12층에 가려는 사람과 눈이 마주쳤다. 안면이 있는 직원이었다. 그가 반갑게 인사하며 장에게 안부를 물어왔다. 장은 조금 멋쩍게 웃으며 잘 쉬고 있다고 답했다.

9층에 내리자 차 대리가 마중 나와 있었다. 계엄이 해제된 후 기존의 윤리경영지원실 직원들은 한 명도 빼놓지 않고 해고됐다. 그중 몇은 구속되기까지 했다. 차 대리는 빈자리를 채운 사람들 중 하나였다.

"형!"

"왜 나와 있어?"

"1층에서 전화 왔어."

"야, 씨, 너 나를 이렇게 오라 가라 해야만 했니? 휴직자 불러 내려면 금일봉이라도 줘야 되는 거 아니야?"

차 대리가 장의 어깨를 감싸며 아양을 떨었다.

"내가 맥주 한잔 살게요."

"진짜로 딱 한 잔만 살라고 그러지?"

차 대리가 사원증을 터치해 유리문을 열었다.

"커피 내려놨어."

장은 제법이네 하며 차 대리의 어깨를 두드렸다.

진희 선배와 관련해 장의 진술이 필요하다고 했다. 선배는 계엄사가 해체된 후 바로 다음 날 복직했다. 원치 않게 차출된 사람도 있었고, 선배처럼 자진해 합류한 사람도 있었다. 두 부류가 엉켜 회사 분위기가 엉망이 된 탓에 생긴 후유증이 오래갔다. 차라리 그때의 일을 언급하지 않는 편이 낫겠다는 의견이 힘을 얻었다. 덕분에 선배도 무리 없이 회사 복귀로 연착륙할 수 있었다.

문제는 다시 시작된 파벌 싸움이었다. 인수파와 합병파에 이제 계엄파까지 가세해 혈투가 벌어졌다. 갑자기 정권이 바뀌면서 소외됐던 그룹에 새로운 틈이 열린 셈이었다. 진희 선배는 합병파와 계엄파 사이의 가교 역할을 하며 연합 전선의 실세로 두각을 나타냈다. 잘하면 최연소 임원 자리를 꿰찬다는 전망까지 나왔다. 자기 특기인 투서에 당할 줄은 꿈에도 몰랐다. 선배가 계엄사에서 단순히 은행 관련 업무만 맡은 게 아니었다는 사실이 알려졌다.

가짜 서류로 협박까지 당한 장에게는 물론 놀라운 일이 아니었다. 그래도 미우나 고우나 대학 생활을 함께한 사이였다. 장이 생각할 때 진희 선배는 나쁜 사람이 아니라 아픈 사람이었다. 안 좋은 병에 걸린 거다. 언제나처럼 이번에도 최선을 다했을 뿐이었다. 자신만의 속도로 타인을 지나쳐버렸다. 그게 면죄부가 될 수는 없겠지만.

"형, 그냥 넘어갈 수 있는 문제가 아니야. 부정 청탁? 대출 알선? 그거는 구찌도 작고 성사도 안 됐어. 그래봤자 감봉감이지. 근데 전산에 손을 댔잖아. 형 혼자 당했으면 모르는데 직급 초월

해서 여기저기 건드리고 다녔다니까."

"이야…… 너 말 잘한다? 제법 윤경 같다?"

"당연하지. 내 적성 이제야 찾았다. 지각해도 건드리는 사람이 없어. 인사과 놈들도 설설 기는데 뭐."

"하여튼 내 진술은 그 정도니까 알아서 정리해."

차 대리가 노트북을 덮으며 고개를 끄덕였다. 생각난 게 있다는 듯 눈을 크게 뜨고 말했다.

"본부장 승진했다? 리테일 그룹장 됐잖아."

"미쳤다 진짜. 해외 나가버린 게 신의 한 수였네."

"그치. 이 꼴 저 꼴 더러운 꼴에 안 엮이고. 정권 따라 목 날아간 빈자리에 사람은 필요하고."

"나는 말야, 본부장 원래부터 좋아했어. 본부장도 분명히 나 다시 찾을 거야."

"웃기고 있네. 그런 사람이 왜 휴직을 해? 언제까지 쉴 건데?"

장은 고개를 갸웃하며 눈을 가늘게 떴다. 실은 영영 복귀하기 싫었다.

"짤리기 직전까지는 놀아야지."

"이 형 이거 완전 강심장이네. 자기가 무슨 공무원인 줄 알아."

*

강심장은커녕 유리 심장도 못 되는 장이었다. 거의 깨져버렸는데 테이프로 붙여 간신히 하루하루를 사는 중이었다. 그 시기를 생각하면 매일을 어떻게 버텼는지 믿기지 않았다. 꿈을 꾸면 어김없이 땀에 흠뻑 젖어 소리를 지르며 깼다. 불안 장애 관련해서 여러 가지 약을 바꿔가며 처방받았는데 맞는 약을 찾기 힘들었다. 휴직을 결정한 것도 담당의의 권고를 적극적으로 수용해서였다. 쉬는 동안 산책을 많이 했다. 사람이 많은 곳에는 잘 가지 않았다. 넷플릭스도 해지했다. 예전에는 액션 영화를 좋아했는데 이제는 총을 쏘는 장면이 나오면 몸이 굳었다.

그래도 살아야 했다. 장만 유별난 것도 아니었다. 정신과에는 매일같이 대기 줄이 넘쳐났다.

*

오랜만에 나온 김에 역전우동에 가기로 했다. 김치우동에 정신없이 취해버리고 싶었다. 역전우동이 좋은 점은 브레이크타임이 없다는 거였다. 문을 열고 들어가니 손님이 한 명도 없었다. 키오스크로 주문하고 자리에 앉았다. 주방에서 다급한 목소리가 흘러나왔다.

"아이고, 오늘 장사 안 하는디. 샷다 내리는 걸 깜빡했네."

당황한 얼굴로 홀에 나온 사람은 백종원이었다. 깜짝 놀란 장의 눈이 커졌다.

"놀랐쥬? 오늘 진짜 운 좋으시네. 백종원 프랜차이즈에 백종원이가 다 있고. 안 그래유?"

"아아, 그러게요."

"이걸 어쩐다. 오늘 내가 아는 지인들이 오기로 해가지고. 장사 쉬려고 했는데."

"그럼 다음에 올게요."

"아유, 그래도 왔다가 그냥 나가면 섭하잖어유. 그냥 한 그릇 말아드릴 테니까 편하게 먹고 가유. 돈 안 받을 테니까."

"아니에요. 돈 낼게요."

"아녀. 그래도 백종원이 우동 한 그릇 말아줬다고 하면 악플은 안 달지 않겠어유? 이렇게라도 점수 좀 따야지. 그 대신 이따가 시끄러워도 이해 좀 해줘요."

출입문이 열리며 종이 딸랑거렸다. 백종원이 기다리던 손님인 듯했다. 디스크자키 배철수였다. 외국인 남자와 함께 들어왔다. 팝 뮤지션인가 싶었지만 익숙한 얼굴은 아니었다.

"하핫, 손님 계시네."

배철수가 자신만의 독특한 리듬으로 한국어를 낯설게 발음했다. 반갑게 인사 나눈 백종원이 가게 문을 잠그더니 주방으로 들어갔다. 장이 어색하게 앉아 곁눈질하는 동안 금세 김치우동 한 그릇이 나왔다.

세 사람은 오랜만에 만난 듯했다. 서로 안부를 묻고 세상 돌아가는 이야기를 했다. 백종원 씨는 사람들에게 미움받는 것의 고단함에 대해 작은 목소리로 토로했다. 장을 신경 쓰는 듯했지만 내용은 다 들렸다. 돌이켜 보면 아주 많이 사랑받는 것도 공허했다며 씁쓸한 표정을 지었다. 진짜 자기 모습을 찾고 싶다고 했다. 어쩌면 라틴 댄스 선수로 데뷔할지 모른다고 했다. 앞에 놓인 김치우동은 먹는 둥 마는 둥 장은 귀를 활짝 열고 있었다.

계속 듣다 보니 외국인은 위스콘신에 사는 밥 얼스 씨였다. 얼마 전 밴드를 결성해 전미 투어를 계획 중인데 약속대로 송골매가 오프닝에 서줄 수 있는지 확인하러 왔다. 아직은 자기들 곡이 없고 매치박스 트웬티 카피 밴드로 시작할 생각이라고 했다.

매치박스 트웬티를 카피까지 할 게 있나? 나도 옛날에 좀 듣긴 했지만. 장은 속으로 생각했다. 밥 얼스 씨! 데이식스라고 알아요? 그렇게 말할 만큼 용기가 있지는 않았다. 후다닥 그릇을 비운 뒤에 사인 받을 생각도 못 하고 나왔다.

*

그 밖의 일이라면 제련소에 대한 대대적인 수사가 시작된 것을 꼽을 수 있었다. 대민이 벌인 산재 은폐와 불법 하도급까지 공소시효와 관계없이 전방위적인 수사가 이루어졌다. 언론에 공개된 내용을 보니 거의 다 장이 두고 온 SSD에서 나온 자료들이었다. 중대재해법 시행 이후 발생한 사고들에 대해서는 대대적인 기소가 이뤄졌다. 여론의 주목도가 높은 덕분이었다. 그동안 질질 끌던 건들이 한꺼번에 처리됐다. 갓 출범한 정부의 강력한 드라이브로 공장 폐쇄까지 검토하는 분위기였다. 말은 그렇게 하지만 지켜볼 일이었다. 외국 자본에 공장 매각을 추진 중이라는 보도가 나오면서 규제 철폐와 산업 보호가 대립하는 의제로 떠올랐기 때문이었다. 정부로서는 어느 쪽 편을 들어주기에도 애매한 상황이 돼 버렸다.

놀라운 일은 따로 있었다. 대민그룹의 차남에 대해 아무도 이야기하지 않았다. 마치 처음부터 존재하지 않았던 사람 같았다. 예전에 나온 기사는 모두 삭제됐고 검색해도 동명이인만 스무 명 넘게 나왔다. 대민건설 자구안을 발표하던 기자 회견장의 자신만만한 모습도 장의 기억 속에만 있었다. 장은 스스로의 기억을 의심해야 할 지경이었다. 아니, 어느 순간부터는 자신의 착오가 맞을지 모른다는 생각까지 들었다. 유령을 만난 게 아니었을까? 혹은 만난 적 없는 유령에 대한 꿈이 아닐까? 〈심야괴담회〉 같은 데 출연해 그에 대해 증언해야지 않을까? 유령의 증거로 제출해야 할지도? 하지만 혼자서 움직인 흰 말리부의 기억은 간직하고 싶었다. 누군가에게 의심받거나 해명하고 싶지 않았다.

어쨌든 한 번쯤은 다시 만나고 싶은 사람이었다. 베란다에 가둔 일을 사과해야 했다.

*

전아정 씨와 길에서 마주쳤는데 서로 모르는 척 지나쳤다.

*

순애 씨를 보러 내려갔다. 그때 생긴 말리부를 그 뒤로도 계속 타고 다녔다. 전에 쓰던 차는 팔아버렸다. 너무나 명확하고 직접적으로 트라우마를 자극하는 기폭제였기 때문에…… 거의 PTSD 접속 장치라고 불러도 무방하지 않을까? 이 형사가 보강 수사를 한다며 차를 한 번 더 검사할 수 있느냐고 연락해 왔다. 아직도 수사를 하고 있어요라고 묻고 싶었는데 자신도 모르게 이렇게 말했다. 아직도 형사를 하고 있어요? 이 형사가 당황해서 예? 예? 하다가 어영부영 전화를 끊었다.

남의 차를 그냥 타고 다닐 수는 없었다. 명의를 이전하느라 꽤나 고생했다. 차량 원부를 떼보니 원소유주가 강원랜드 앞 전당포에 넘긴 차였다. 저당 풀고 체납액 전부 납부하고 명의 변경까지,

그냥 중고차를 사는 것과 들어간 돈에서 별 차이가 나지 않았다. 그러므로 손해는 아니었다. 장의 수고가 조금 더 들어갔을 뿐이었다. 그렇게 재수 없는 차를 팔아치우고 추억이 담긴 차를 얻었으니 이득이라고 볼 수도 있었다.

순애 씨는 제련소 앞 천막이 아니라 집으로 장을 초대했다. 시골 엄마 밥상 같은 걸 기대했는데 짜장면을 시켰고, 시장에서 사 온 양말 몇 켤레를 봉지에 담아 줬다. 고맙다는 말을 들었다. 제가 뭘 했다고요라고 했지만 고마웠다. 고맙다고 말해줬기 때문이었다.

공황 발작이 덮쳐오면 장은 말뚝의 하얀빛을 떠올리려고 노력했다. 살면서 본 다른 빛이 많지만 그 빛처럼 힘을 주는 빛은 많지 않았다. 그때 생긴 구멍과 그때 생긴 빛이 싸울 때 빛을 더 기억하기 위해 노력했다. 그 빛의 기억을 의심하고 싶지 않았다. 그 빛을 함께 본 순애 씨의 존재가 장에게는 특별했다. 떠나기 전 인사 대신 이렇게 말했다.

"순애 씨, 오래오래 살아줘요."

기대와 달리 좋지 않은 반응을 돌려받았다.

"니 돌았나? 으데 으른한테 씨씨거리노."

순애 씨에게 받은 주소는 읍내 쪽이었다. 버스 정류장 옆에 말뚝이 서 있어 속도를 줄였다. 잠시 정차하고 그 얼굴을 바라봤다.

누군가 가져다 놓은 아이스커피에 땀처럼 송골송골 물방울이 맺혀 있었다.

장이 그랬던 것처럼 자신의 말뚝을 직접 만나고, 환한 빛을 보고, 떠나보낸 사람들의 이야기가 인구에 회자됐다. 그 사람들은 다시 찾아온 말뚝들을 위해 할 수 있는 일을 찾았다. 장은 가끔 데보라와 메일을 주고받았는데 그도 많은 것을 생각한다고 했다. 이곳에 머물 때 본 것들이 생생하고, 잊히지 않는다고. 가끔 그때처럼 눈물을 흘리기도 한다고.

떠나기 전 장은 손을 흔들어 말뚝에게 인사를 보냈다.

목적지에 금세 도착해 차에서 내렸다. 대문 옆 기둥에 붙은 주소를 확인했다. 단층집이었다. 대문이 반쯤 열려 있어 마당이 들여다보였다. 고추가 심긴 고무 화분 여러 개와 햇볕을 오래 쫴 색이 날아가버린 빨간색 편의점 의자가 놓여 있었다. 집에 아무도 없는 듯했다.

"누구세요?"

장은 깜짝 놀라 뒤를 돌아봤다. 교복을 입은 남자애가 서 있었다. 인기척을 내지 않아 가까이 오는 줄도 몰랐다.

"아, 저는요……."

"당근 오셨어요?"

"예, 당근요."

"들어와서 기다리세요. 엄마 곧 올 거예요."

장은 남자애를 따라 대문 안으로 들어섰다. 장보다 키가 훌쩍 크고 삐쩍 마른 아이였다. 짧은 머리에 동그랗고 두꺼운 안경을 끼고 있었다. 선크림인지 비비크림인지를 발라 목보다 얼굴이 조금 더 희끗했다. 마당 안쪽에 애호박을 말리고 있는 평상이 보였다. 남자애가 평상에 가방을 던져 놓고 집으로 들어갔다. 통창 너머로 데스크톱 컴퓨터를 켜고 앉는 게 보였다. 장이 마당을 서성거리자 남자애가 문까지 나와 고개를 쭉 빼고 말했다.

"저기 앉아 계세요."

색이 바랜 편의점 의자를 턱으로 가리켰다. 장은 고맙다고 말하고 가서 앉았다. 고추나무 옆으로는 긴 플라스틱 화분에 꽃도 심겨 있었다. 무슨 꽃인지 이름을 말할 수 있을 정도는 아니었다. 장이 아는 꽃은 팬지나 봉숭아 정도가 전부였다. 남자애가 다시 나와 물었다.

"메시지 보내셨어요? 엄마 온대요?"

"아니요, 아직."

"잠깐만요. 제가 전화해볼게요."

아이는 산만하게 마당을 왔다 갔다 하며 엄마와 통화했다. 전화를 끊고 장에게 말했다.

"좀 기다리셔야 될 것 같은데요?"

대답을 기다리며 아이는 입을 다물고 있었다. 가지런히 모여 있는 입술이 누군가를 떠올리게 했다.

"그래요. 괜찮아요."

의자에 앉아 손가락을 까딱거리다가 장은 일어나서 마당을 좀 걸었다. 먼지도 모래도 없이 깨끗한 시멘트 바닥이었다. 칠한 지 오래돼 보이는 대문 안쪽에 글씨가 적혀 있었다. 가까이 갔다. 매직으로 적은 오래된 손글씨와 전화번호였다.

    치킨 636-2743
    굴다리반점 636-2219
    ~~명이왕족발 637-7676~~
    제육대왕 633-3248
    나갈 때 마당 전등 두꺼비집 내리기!
    들어올 때 인사
      나갈 때 인사
    행복한 우리 집

장은 그 앞에 서서 아는 사람의 글씨를 한참 바라봤다. 안다고 하기 힘들 수도 있겠지만 그렇다고 모르는 사람은 절대 아니었다. 굳이 따지면 그에 대해 아는 것보다는 모르는 게 더 많았다. 그의 어떤 것은 알 것 같기도 했는데 여전히 받아들일 수 없는 것도 많았다. 너무 힘든 기억과 너무 힘이 되는 기억이 순서 없이 떠올라

무엇을 기억할지 결정하기가 매번 힘들었다. 그때의 모든 일을 완전히 이해하기는 힘들 것이었다. 아마 영원히 그럴 게 틀림없었다. 장이 확신할 수 있는 건 그뿐이었다. 그에게 빚졌다는 사실을 바꿀 수는 없었다. 그 빚으로 계속 살아가야 한다. 그렇게 생각하지 않으면 이 세상은 망해버린다.

"물 드려요?"
남자애가 물어 장은 뒤를 돌아봤다.
"너 테믈렌 씨 아들이지?"
아이는 보이지 않을 만큼 작게 멈칫했다. 아주 오랜만에 들은 이름을 안에서 길어내는 것처럼 눈동자가 아래로 향했다. 그리고 천천히 다시 장을 바라봤다. 한결 차분해진 목소리로 장에게 물었다.
"저 아세요?"
"이름이 뭐야?"
"김규승요."
"김, 규, 승."
"아저씨는 누구신데요?"
"나는 장석원이야. 장, 석, 원. 너희 아빠 친구야." ■

작가의 말

본체가 떠나고 혼자 울었는데 이제는 다 같이 울고 있다(《엉엉》, 민음사, 2022). 구³이 된 구천구도 눈이 커다란 코끼리처럼 울었을 거다(《프라이스 킹!!!》, 문학동네, 2024). 세 단어짜리 노래 한 소절을 끝낸 기분이다.

메모를 열심히 한다. 생각한 건 거의 적는다. 쓰는 데 도움이 되어서기도 하지만 그렇게 하지 않으면 답답한 일이 생겨버린다. 아까 분명히 무슨 생각을 했는데 그게 기억이 안 나면 돌아버릴 것 같다. 걷다가 생각한 거면 다시 걸어보고, 고양이랑 놀다가 생각한 거면 고양이를 불러와야 한다. 아무리 용을 써도 한번 달아난 기억은 쉽게 돌아오지 않는다. 떠올린 그대로의 문장을 정확히 적어두어야 한다. 대충 이런 생각이었던 것 같은데 하고 써놓으면 진짜 너무 대충이다. 그렇게 놓친 생각들이 어느 평행 우주에 모여 있다면 그곳에도 소설 쓰는 내가 있기를 바랄 따름이다. 급한 마감 두어 개 정도는 처리할 수 있을 거다.

단지 이 소설을 위한 폴더에 든 메모가 220개다. 작가의 말을 쓰기 위해 열어보았다.

"너의 모든 운을 여기서 시험하지 마."

이건 2017년 10월 7일에 썼다. 문장이 그대로 쓰이진 않았지만 장의 어떤 결정들을 걱정하며 되뇌었다.

"똑똑하긴 한데 애가 바보예요."

2021년 2월 8일에 썼다. 태이를 이야기할 때 옮겨 적었다.

"너 인마 헤겔 백날 읽어봐라. 백배가 된다 지혜가."

2019년 9월 10일에 썼다. 뭐라는 건지 모르겠다. 왜 써놨지?

가장 오래된 기록은 2014년 9월 14일의 것.

"거꾸로 박혀 있는 사람들의 말뚝."

미처 소설의 문장이 되지는 못했지만 기억하고 싶어 하나를 더 옮겨둔다.

"말뚝이 널 지킨다. 니가 지키는 게 아니라."

2025년 2월 26일.

*

이 소설은 소전문화재단에서 지원한 '문학과 친구들' 프로그램과 함께하며 썼다. 내가 좋아서 하는 일인데 누군가의 응원까지 받는다니 감사한 일이다. 재단 분들의 열정과 노고에 감사드린다.

하루 소설을 쓰면 내 아내 이유리 씨가 읽어줬다. 나보다 뛰어난 소설가와 함께 사는 특혜를 마음껏 누렸다. 적으면 20~30매, 많으면 50~60매를 하루에 썼다. 귀찮은 일을 최소한 서른 번 이상 한 셈이다. 그때마다 질책보단 용기를 줬고, 순전히 그 힘으로 마지막까지 달려갈 수 있었다. 존경과 사랑을 드린다. 지금도 우리는 마주 보고 앉아 키보드를 두드린다.

중화문학도서관에서 다른 소설을 쓰다가 당선 통보 전화를 받았다. 그때부터 지금까지 아직도 여전히 어안이 벙벙하다. 가능성을 보아준 심사위원 선생님들께 감사드린다. 좋은 상을 30년째 지켜주고 계신 한겨레출판에도 감사하다. 순애 씨의 입말을 다듬는 데 출판사 마케팅팀 오민정 님의 도움을 받았다. 최해경 팀장님은 밭은 일정에도 불구하고 출간 작업을 일사천리로 이끌어주었다. 한 권의 책에 들어가는 많은 분의 노고를 늘 생각하게 된다.

첫 취업을 준비하던 2011년 한겨레 수습 공채에 원서를 넣었다. 돌고 돌아 14년 만에 인터뷰하러 건물에 들어서며 가슴이 살짝 뛰었다.

할머니 사랑합니다.

2025년 8월
김홍

추천의 말

영문도 모른 채 트렁크에 갇힌 남자. 세상에, 이것만으로도 이미 심각한데 어느 날부터 갑자기 세상에 말뚝들이 떠내려온다. 소설의 시작이다. 그러더니 이제는 전혀 과거나 상상의 영역으로 느껴지지 않는 계엄이 등장한다! 아수라장 속에서 '장'은 납치의 후유증(분노와 의심, 인간이 느낄 수 있는 최악의 모든 감정)에 시달리고, 사람들은 말뚝을 바라보며 우왕좌왕한다. 무엇보다도 이 황당하고도 어처구니없는 이야기들이 한데 모여 리드미컬하게 전개된다는 사실이 흥미롭다. 김홍은 개인의 불행과 세계의 불행이 만나는 지점을 예리하게 포착하고 대담하게 묘사한다. 그 활극(이렇게 표현할 수밖에 없는 장의 파란만장한 여정)을 따라가며 궁금해졌다. 우리는 불행 앞에서 어떻게 살아가야 할까. 매일 매시간, 숨을 쉴 때마다 밀려오는 이 소소하고도 거대한 악에 어떻게 맞서 싸워야 할까. 사실 아주 오래된 의문이었다. 지금껏 계속 답을 찾았고, 여전히 찾고 있는 깊은 궁금증.《말뚝들》을 다 읽고 났을 때 나는 작가에게서 한 가지 힌트를 건네받은 기분이었다. 무슨 일이 닥치든 눈을 부릅뜨고 꼿꼿하게 서서 자신의 이야기를 할 것. 그리고 농담을 멈추지 않을 것. 김홍 작가에게 축하 인사를 전한다. _강화길(소설가)

　말뚝은 죽음이다. 불행이다. 별안간 나타나 최루의 작용을 하는 불가해한 존재다. 우리는 모른다. 말뚝이 왜 우리에게 오는지, 그것을 볼 때 왜 눈물이 나는지, 알든 모르든 하여간 그것은 온다. 몰라도 되는데 일단은 받아들이라는 식이다. 다시 말하면, 젠장. 또 김홍이다. 한 사람이 평생 쌓아온 소설관을 거침없이 깨부수며 쇄도하는 장광 요설의 파괴력. 우리가 인식하는 세계와 개연의 관계를 처음부터 재정의하려는 듯 과감하게 내달리는 서사. 본심에서 이 원고를 발견했을 때 내 고민은 끝났다. 내 취향을 떠나 결국 이게 되겠구나, 강한 확신을 느꼈다. 달리 말하면 김홍이어서 다행이었다. 우리에게 단 하나의 말뚝을 소개하는 데에도 이만큼의 모험이 필요하다는 것을 그는 알기에. 김홍을 통해 우리는 이해할 수 없었던, 그러나 우리가 꼭 알아야 했던 진상과 친구가 된다. 이것이 이 세계의 진실이다. 받아들일 것. _박서련(소설가)

　어느 날 갑자기 출몰한 말뚝들이 우리 마음의 눈물 버튼을 누른다. 사람들은 도시 곳곳에 나타난 말뚝들을 보며 이유를 알 수 없는 눈물을 흘린다. 《말뚝들》이 전달하는 가장 핵심적인 메시지가 바로 이 '눈물'이라고 나는 읽었다. 제련소에서 유독 물질에 중독되어 죽은 외국인 노동자, 나흘째 잠을 못 잔 상태로 인도를 덮친 택배 노동자, 그 택배차에 받혀 숨진 아이, 그들이 모두 말뚝들이 되어 나타난 순간 이 죽음이 사회적 죽음이라는 사실은 명백해진다. 그리고 말뚝들 앞에서 자기도 모르게 우는 사람들의 눈물 역시 아마도 사회적 슬픔일 것이다. 《말뚝들》은 이 사회적 죽음과 사회적 슬픔을 추적하고 반추하며 기록한다.

사회적 죽음을 은폐하고 그 파급을 차단하려는 시스템에 대한 풍자는 주저 없이 단호하고, 자신의 눈물이 사회적 슬픔임을 인지하고 그것을 감당하려는 장의 이야기는 조심스럽고 섬세하다. 이 두 갈래의 서사는 장이 말뚝 1호 테믈렌에게 보내는 내용증명으로 통합된다. 공장 동료의 시신을 수습하려고 대출을 받으러 왔던 테믈렌에게 은행원 장은 제 주머니를 털어 50만 원을 빌려주었다. 말뚝 1호의 입속에는 뒷면에 계좌 번호가 적힌 장의 명함이 들어 있었다. "당신은 내게 50만 원의 빚이 있습니다. 당신의 죽음과 동료의 죽음에 애도를 표합니다. 말뚝으로 다시 돌아왔으니 내게 진 50만 원을 변제하십시오." 이 내용 증명은 부채의 변제를 요구하는 내용 증명이기도 하지만 테믈렌에게 진 빚을 고백하는 내용 증명이기도 하다. "나는 그때 당신의 처지를 알면서도 50만 원의 돈으로 당신을 외면했습니다. 그 후로도 오랫동안 나는 타인의 슬픔과 곤경을 외면하며 살았습니다. 당신에게 진 마음의 빚을 오래 기억하겠습니다. 당신이 내게 빌리고 갚지 못한 50만 원으로 우리는 서로 연결되어 있습니다."

부채도 자산이라는 말이 이렇게 감동적일 수도 있다. 서로의 마음에 진 빚으로 우리는 연결되어 있다. 그 빚은 변제되지 않은 채 우리를 인간으로 살게 한다. 말뚝들에 총을 쏘고 말뚝들을 통제하고자 비상계엄령을 선포하는 장면들이 소설 속 이야기 같지만은 않은 시대에 여전히 우리에게 남은 눈물의 의미를 《말뚝들》은 묻고 있다. 더 정확하고 용기 있게 슬퍼해야 한다고 촉구하며.
_서영인(문학평론가)

한국인이라면 누구나 이를 악물고 통과해야만 했던 믿을 수 없는 순간들이 있었다. 현실이 인간의 상상력을 무색하게 만들어버리는 사건들의 연속이었다. 그런 상처와 무력감을 이겨내고자 하는 의지가 활자로 맺혀 마침내 이 소설이 되었다. 한국 사회에 지울 수 없는 트라우마를 남긴 사건들이 대담하고 능청맞은 모습으로 소설의 구석구석에서 튀어 오를 때 '그 일들'을 떠올리면서도 웃을 수 있음에 놀랐고, 웃는 얼굴로 함께 우는 사람들이 있다는 걸 다시 깨달았을 때 조금씩, 먹먹하게 막힌 무언가가 트여 내려가는 듯한 기분이 들었다. _심윤경(소설가)

당신도 결국 알게 되겠지만 이 소설은 '눈물'의 이야기다. 아무리 유머와 능청, 말도 안 되는 설정이 난무한다고 해도 당신은 결국 울게 될 것이다. 그런데 신기하지. 당신은 울면서도 웃고 울면서도 자꾸 다음 이야기를 궁금해할 것이다. 이 얄궂은 정서는 당신의 잘못이 아니다. 모두 이 소설의 잘못이다. 이 소설이 지닌 문체의 잘못이다. 이 소설을 쓴 작가는 유머는 곧 문체임을 잘 아는 사람이다. 그 문체로 당신의 기억을 헤집을 것이다. 당신으로 하여금 12월 3일을 떠올리게 할 것이고, 눈 내리는 도로 위 은박 담요를 뒤집어쓴 사람들을 복원시킬 것이다. 그가 바로 김홍이다. 김홍을 어찌하면 좋단 말인가? 그는 이제 말뚝이 되어버렸다. 말뚝처럼 조용히 당신의 거실로 찾아가 말을 걸 것이다. 하지만 두려워하지 않아도 된다. 그저 같이 '엉엉' 울어주기만 하면 될 뿐. 그 어려운 일을 이 소설이 해냈다. _이기호(소설가)

재밌다! 오랜만에 단숨에 읽히는 소설을 읽었다. 대체 이 재미는 어디서 오는 걸까? 일단 김홍은 빠르다. 대한민국이 불과 반년 전에 겪은, 아직도 현재 진행 중인 계엄 정국이 소설의 배경이다. 소설보다 더 소설 같았던 황당무계한 계엄 정국을 소설로 이기겠다고? 설마? 그런데 이겼다. 현실보다 더 기발한 상상력으로. 억울하게, 서글프게, 쓸쓸하게 이름도 없이 죽었던 자들이 죽은 채 느닷없이 나타나 우리 삶을 뒤흔들기 시작한다. 소설은 이 '말뚝들'의 출현과 소멸의 미스터리를 중심축으로 삼고, 타락한 정치와 자본의 행태, 그 시스템 안에서 먹고살아야만 하는 소시민의 자아를 지키려는 발버둥과 보통 사람이라면 능히 가져야 할 연민과 연대에 이르기까지 21세기 대한민국을 전천후로 조망한다. 미스터리와 정치, 자본, 계급, 말만 들어도 현기증 나는 거대 담론들이 얽히고설켰는데, 이상도 하지, 전혀 산만하지 않고 단순하다 싶을 만큼 깔끔하다. 작가가 서사와 인물을 완벽하게 통제하고 있거나 상상력이 모든 것을 압도하고 있기 때문이라고밖에는 달리 설명할 방도가 없다. 아무튼 쉽고 재미있고 잘 읽힌다. 생전 처음 보는 낯선 재료들이 신박하게 잘 어우러진 짬뽕 한 그릇을 뚝딱 해치운 느낌이랄까. 뒷맛은? 개운하다! 정치고 나발이고, 계급이고 나발이고, 인간이 인간답게 살아가는 힘은 상식에서 출발한다. 다른 존재를 향한 연민과 연대, 이것이 《말뚝들》이라는 기발한 소설을 통해 작가 김홍이 우리에게 전하는 메시지다. 그것은 2024년 12월 3일을 거치며 대한민국이 간절히 꿈꾸던 가치이기도 하다. _정지아(소설가)

제대로 겪지 못한 슬픔은 모두 어디로 가나. 《말뚝들》은 우리 사회가 그간의 무수한 사회적 재난을 충분히 애도하고 통찰하는 대신 은폐하고 소거하기에 급급해왔음을 겨냥한다. 겪어야 할 슬픔은 억누르거나 외면하지 말고 진심으로 애도함으로써 통과해야만 한다. 슬픔은 어디로도 사라지지 않고 웅크렸다 우리 곁으로 되돌아오게 마련이니까. 어느 날 느닷없이 말뚝으로 시랍화된 슬픔이 우리 집 거실로 진군해 들어오거나 광화문 광장을 에워싸는 방식으로. 바라보기만 해도 가없는 슬픔에 빠져들게 하는 '말뚝'은 슬픔은 슬픔의 방식으로 겪을 수밖에 없음을 보여준다. 이 소설이 가닿은 애도와 연대의 윤리는 근래에 보기 드문 서사적 활력과 함께 찾아와 굳건한 말뚝처럼 독자에게 내리꽂힐 것이다. _편혜영(소설가)

현실과 상상력의 결합이 짐작 이상으로 솟구쳐 올라가 허공에 핏빛 무대를 그려내고 있다. 그 무대에서 기발하고 천외한 상황이 펼쳐진다. 그중의 하나. 어느 날 바닷가 간조대에 박혀 있는 말뚝이 발견되고 그 말뚝이 갑자기 당신 집 거실까지 찾아온다고 상상해보라. 거기에 얼마 전 우리가 당한 것처럼 계엄과 포고령이 난무한다면? 그 원인과 과정에 한국 사회의 쪽팔린 영역이 지하수처럼 흐르고 있다면?

역대 구라발 계보를 잇는 해학성, 도도하게 밀어붙이는 힘, 공중 3회전 초식을 시전해놓고 낯선 골목을 응시하는 의뭉(이 부분은 동시에 쓸쓸함도 풍긴다). 하지만 나는 심사 끝까지 그의 작품이라는 사실을 눈치채지 못했다. 그래서 드는 생각. 이 작가는 또한 번 진화 중인 것인가. _한창훈(소설가)

말뚝들

ⓒ 김홍 2025

초판 1쇄 발행 2025년 8월 30일
초판 6쇄 발행 2025년 12월 26일

지은이 김홍
펴낸이 유강문
문학팀 최해경 박선우 박지호
마케팅 김한성 조재성 박신영 김애린 오민정 우지윤

펴낸곳 (주)한겨레엔 www.hanibook.co.kr
등록 2006년 1월 4일 제313-2006-00003호
주소 서울시 마포구 창전로 70 (신수동) 화수목빌딩 5층
전화 02-6383-1602~3 **팩스** 02-6383-1610
대표메일 munhak@hanien.co.kr

ISBN 979-11-7213-306-1   03810

- 값은 뒤표지에 있습니다.
- 파본은 구입하신 서점에서 바꾸어 드립니다.
- 이 책의 내용 일부 또는 전부를 재사용하려면 반드시 저작권자와 (주)한겨레엔 양측의 동의를 얻어야 합니다.
- 본 저작물은 소전문화재단의 후원으로 집필되었습니다.